KB193274

깨소금과 옥떨메

ⓒ 박범신, 2009

초판 1쇄 인쇄.   2009년 9월 11일
초판 1쇄 발행.   2009년 9월 14일

지은이.   박범신
펴낸이.   강병철
주간.   정은영
그림.   박한영
편집.   유석천, 황인학
디자인.   배형원
제작.   시명국, 김상윤
영업.   조광진, 곽문석, 황삼문, 김영웅, 박대성, 최기훈

펴낸곳.   이룸
출판등록.   2001년 5월 8일 제20-222호
주소.   121-840 서울시 마포구 서교동 395-172 상록빌딩 2층
전화.   편집부 02) 324-2347 | 영업부 02) 2648-7224
팩스.   02) 324-2348
이메일.   erum9@hanmail.net

ISBN 978-89-5707-445-9 (03810)

옥탑방 사다리 문고 ❶

깨 소 금 과

옥 떨 메

박범신 장편소설

이룸

차례

순수한
인연

복주리(卜珠利)는 S여고 일학년이다. 그러나 콧잔등에 후춧가루를 솔솔 뿌려놓은 듯한 주근깨 때문에 이름보다는 '깨소금'이라는 별명이 훨씬 더 유명하다.

S여고 학생이라면, 누구나 복주리라면 잘 몰라도 '깨소금'이라면 알아 모신다. 배짱 좋고 능청맞고 말괄량이고 야무질 때는 차돌멩이처럼 야무진 구석도 있으니 자연 그럴 수밖에 없다. 하지만 입학하고 석 달밖에 안 된 처지에 전교에서 유명해진 것은 그럴 만한 짭짤한 사연이 있기 때문이다.

신입생 입학식 때였다.

연합고사에 합격한 사람은 너도나도 컴퓨터가 지정한 운수대로 들어왔던 판이라 어찌어찌하다가 (사실은 주리가 첫째 반에 배정을 받고, 스스로 자원하고 나섰던 까닭에서였지만) 신입생 대표로 선서문을 읽게 되었다.

"선서. 금번 이 전통 있는 S여자고등학교에 입학하게 된 저는 앞으로 교칙을 준수하고 학업에 충실하며, 학교에 대한 모든 의무를 충실히 실행함은 물론······."

복주리는 오른손을 활짝 펴 들고 조금도 막힘없이 선서문을 읽어나갔다. 카랑카랑하고 깨끗한 음색이었다. 장내는 그야말로 삼일절 기념식장 이상으로 숙연했다. 그런데 사건은 선서문의 마지막 부분에서 터졌다. 다 된 밥에 코를 빠친다고 하지 않던가. 이날 복주리야말로 잘 익은 밥에 코를 빠친 정도가 아니라 코를 풀어버린 격이 되었다.

"신입생 대표 깨소금."

이렇게 읽어버렸던 것이다.

그러나 거기까지만 해도 좋았다. '깨소금'이라는 이름이 너무 특이하여 사람들이 조금 어리둥절해하긴 했지만 숙연한 분위기에 눌려 누구도 감히 깔깔대고 웃진 못했다. 그런데 얼떨결의 실수에 당황했던지, 너무 정직한 탓이었던지, 복주리는 불쑥 다음과 같이 끝맺었던 것이다.

"깨소금은 제 별호이고 사실은 복주리라고 합니다."

입학식은 웃음바다를 이루었고 복주리는 단번에 유명해졌다.

그렇다고 복주리가 가을여자(추녀)라고 생각한다면 그건 천만의 말씀이다. 주리는 오히려 예쁜 축에 낀다. 돈 안 들이고 쌍꺼풀진 눈도 그렇고, 오뚝 치켜 오른 콧날도 그렇고, 웃으면 상큼하게 패는 보조개도 그렇다. 주근깨가 오히려 이렇게 균형 잡힌 주리의 얼굴을 더욱 건강하고 귀엽게 만들어주고 있다. 거기다가 키는 백육십삼 센티미터요, 몸무게는 사십육 킬로그램. 뭘로 보나 표준형이다. 학업성적이 뛰어나다고는 볼 수 없지만 그래도 중간에서 뒤로 넘어가본 적은 없다.

생김생김은 모범생이라 할 만하지만 하는 짓은 맹랑하다.

한번은 담임선생님 '안소니 퀸'이 아는 것이 힘이다, 라고 열변을 토한 적이 있었다. (국어과를 맡은 담임은 몸이 가늘고 키만 덜렁 커서 어깨가 꾸부정했다. 그래서 '노트르담의 꼽추'라고 불렸는데 세련된 별명을 만든다고 주리 자신이 '안소니 퀸'으로 고쳐놓았다. '안소니 퀸'이라는 영화배우가 〈노트르담의 꼽추〉에서 꼽추 역할을 맡았던 것이다.) 퀸 선생님의 열변은 구구절절 옳은 말이었고 어조 또한 어떻게나 힘차게 올리던지 아무리 목석같은 사람이라도 감동하지 않고는 견딜 수가 없는 대목이 여러 번이었다.

그때, 복주리가 손을 번쩍 들었다.

"선생님, 질문 있습니다."

"응, 어서 해봐."

"황소는 힘이 셉니까, 세지 않습니까?"

"뭐, 황소? 그, 그야 힘이 세지."

"그렇담 황소는 얼마나 아는 게 많습니까?"

퀸 선생님의 얼굴이 벌겋게 달아올랐음에도 불구하고 복주리는 시치미를 뚝 떼고 진지한 표정으로 그렇게 물었던 것이다.

어디 그뿐인가.

역사과 '귀가 사팔' 선생님께서 한참 중국의 '요'나라 멸망에 관해 강의를 하고 계실 때였다. (역사 선생님은 오십이 넘은 노인이셨는데 가는귀가 먹었다. 학생들 말소리를 얼른 알아듣지 못해서 '귀가 사팔뜨기'라고 역시 주리가 별호를 달아드렸다.)

원래 졸기 좋아하는 주리가 역사 시간이라고 그냥 지나갈 리가 없었다. 처음엔 묵념하는 자세로 조용히 눈을 감고 있다가 차츰차츰 끄덕끄덕 고개 운동을 하기 시작했다. 눈이 사팔도 아니요, 귀만 사팔인 역사 선생님이 이를 놓칠 리가 없었다. 발소리를 죽이고 주리 앞까지 걸어온 역사 선생님이 마침내 책상을 탁 쳤다.

"이봐, 복주리!"

"네, 선생님!"

"중국의 요나라는 어느 나라한테 망했지?"

"저어……."

"뭘 꾸물거렷!"

귀가 사팔 선생님의 목소리가 한 옥타브 탁 튕겨 올랐다.

"네, 요나라는 이불나라한테 망했습니다."

주리의 대답은 당당하였다. 언제나 어려운 상황에 놓여질 때 오히려 배짱과 논리로 당당하게 밀고 나가는 게 주리의 성격이었다. 생각해보라, 요야 항상 이불 밑에 깔리는 게 아니겠는가. 너무너무 엉뚱하고 재치 있는 대답이어서 근엄하신 귀가 사팔 선생님도 그만 웃어버리는 바람에 그날 복주리는 꾸중 하나 듣지 않고 말짱하게 지냈다.

하지만 이런 정도야 사실 아무것도 아니다.

어디서 그런 꾀가 솟아나는지 주리의 장난은 색깔도 다양하고 스타일도 다양하고 맵시도 다양했다. 아니다. '어디서 그런 꾀가 솟아나는지' 하는 구절은 마땅히 수정되어야 한다. '꾀'가 아니라 슬기요 지혜라는 것이 주리의 주장이고, '어디서'가 아니라 바로 콧잔등의 주근깨에서 솟아난다는 게 주리의 허심탄회한 고백이다. 그러니까 주리의 주근깨는 죽은깨가 아니라 산 깨다. 『알리바바와 40인의 도적』에 등장하는 '열려라 깨'다. 지혜의 주머니요 슬기의 원천이며 배짱과 용기의 근원이다.

입학하고 한 달이 채 지나지 않았을 때였다. 점심시간, 뒷짐을 진 교장 선생님께서 어슬렁어슬렁 복도를 지나가자 주리가 돌연 교단 위에 올라가서 묘한 제안을 했다.

"애들아, 누구 교장 선생님 한번 껴안아볼 사람!"

와그르르 웃음이 터졌지만 손을 드는 사람은 없었다. 교장 선생님은 학교의 제일 웃어른임은 물론이고 훈화 때마다 공자 말씀을 들먹이는 철저한 보수파가 아니냐. 남녀칠세부동석까지는 아니라도 남녀십육세부동석이야 열 번 스무 번 주장함직한 위엄 있고 점잖으신 분을 여제자의 신분에, 그것도 수많은 사람들이 지켜보는 가운데 껴안다니 천부당만부당한 말이다. 그런 일이란 도저히 일어날 수도 없고, 만약 일어난다 하더라도 퇴학

감으로 징계 대상에 요란하게 올라설 게 틀림이 없다. 그런데도 주리는 도무지 거기까진 신경 쓸 필요도 없다는 듯이 더욱 엉뚱한 장담을 다 하는 거였다.

"난 할 수 있어."

언제나처럼 복주리는 자신만만해 보였다.

"깨소금 너라고 해도 그것만은 뜻대로 안 될걸."

부반장 지영이가 이렇게 반박하고 나섰다.

"내 사전에 불가능이란 낱말은 없다! 나폴레옹."

"넌 깨소금이지 나폴레옹은 아니라는 걸 알아야지."

"물론 나야 나폴레옹보단 키가 더 크지."

"잠은 나폴레옹보다 많이 자고……."

머리가 곱슬곱슬해서 지영이보다도 '라면'이라는 별명으로 더 불리는 부반장 애는 끝내 주리를 놓아주지 않았다.

"내기를 걸자."

마침내 주리가 이렇게 소리쳤다.

"무슨 내기?"

"그림딱지 한 달치, 어때?"

그림딱지란 버스 회수권을 말한다. 한 달치라면 줄잡아 육십 매, 제법 큰돈으로 내기가 발전했지만 '라면'은 여전히 머리를 흔들었다.

"그럼 네가 지면 부반장을 그만두는 게 어때?"

"그대가 패배하신다면?"

"나야 부반장이라는 쪼달모자('꽁생원 같은 감투'란 뜻)가 없으니 이걸 걸 수밖에."

여전히 남의 일처럼 심드렁하게 주리가 자기의 이름표를 떼어 교탁 위에 놓았다. 이름표는 뒷면이 그대로 학생증으로 쓰이니까, 학생증을 걸겠다는 것은 학교를 그만두겠다는 뜻이었다. 내기가 비약했으므로 실감은 나지 않았지만, 두 사람을 빼놓은 나머지 오십팔 명은 자진하여 증인이 되었다. 분위기가 사뭇 비장해졌다.

다음 날은 아무 일도 없이 지나갔다.

목요일, 금요일도 마찬가지였다. 토요일 첫째 시간은 전교생이 참가하는 체육 조회였다. 운동장에 모여 한 시간 동안 전체 체조와 간단한 포크댄스를 배웠다. 주리는 출석 번호가 오십육 번이었으므로 자연 뒤로 처지게 되었다. 교장 선생님은 다른 체육 조회 때와 마찬가지로 뒷짐을 진 채 학생들의 후미에서 오락가락하고 있었다.

"등배운동, 하낫, 둘, 셋, 넷……."

때마침 전체 체조 중에서 등배운동이 이루어지고 있을 때였다. 일학년 후미 쪽의 대열이 잠깐 무너지는 듯하였다. 주리가 하얗게 질린 얼굴로 쓰러져버렸던 것이다. 쓰러져도 보통 쓰러진 것이 아니었다. 근엄하신 교장 선생님께서 바로 옆을 지나치는 그 찰나에 장작개비가 쓰러지듯 교장 선생님을 향해 털썩 무너졌던 것이다.

엉겁결에 무너지는 주리를 두 손으로 받쳐 든 교장 선생님의 모습은 가관이었다. 기운이 부족하셨든지 커다란 돌멩이를 끙끙거리고 안아 올리는 자세로 "들것! 들것!" 하며 소리치는 게 아닌가. 엉덩이는 하늘로 쳐들고 안경은 코아래로 흘러내려오고 목줄기엔 검붉은 핏줄이 툭 불거진 상태였다.

공교롭게도 쓰러진 주리를 받아서 그늘진 벤치까지 운반해 간 네 사람 중에는 부반장 '라면'이 끼어 있었다. 벤치까지 가는 동안 죽은 듯이 눈을 감고 있던 주리가 조심스럽게 눕혀지고 나서야 반짝 눈을 떴다.

"봤지, 교장 선생님 껴안은 것!"

그때서야 라면은 주리의 연극임을 알아챘으나 승부는 흐지부지되고 말았다.

"그건 교장 선생님이 껴안은 거지 주리가 껴안은 게 아니란 말야. 너희들도 주리가 두 손 축 내려뜨리고 있었던 거 봤잖아!"

라면의 이런 항변에 오십팔 명의 증인이 뚜렷한 해답을 내리지 못했던 것이다. 다만 이 일이 있은 뒤부터 교장 선생님께 '들것'이라는 별호가 생겼다.

이런 주리와 죽고 살고 하는 단짝동무 중에 안공주(安公珠)가 있다. 공주라고 이름이 붙여졌으니 잘 짜인 얼굴에 귀티가 자르르 날 것 같지만 이렇게 짐작했다간 '건너짚다 팔이 부러졌다'고 해도 여러 번 부러졌을 것이다.

공주의 별명은 자칭 '공주님'이지만 보통은 '옥떨메'라 한다. '옥떨메'란 '옥상에서 떨어진 메주'의 준말이다. 못생긴 교련 선생님한테 바로, 안공주 스스로 붙여놓은 별명인데 그것이 누워 침 뱉은 것처럼 자신에게 통째로 굴러떨어졌던 것이다. 그냥 메주라고만 해도 충분히 뜻은 전달될 만한데 옥상에서 떨어졌다는 설명까지 붙고 보니, 공주에게는 사실 섭섭해도 여간 섭섭한 게 아니다. 그래서 공주는 실제로 자기 집 옥상에서 덜 굳은 메주를 떨어뜨려본 적이 있었다. 공교롭게도 정원 사이로 난 자갈길에 떨어진 메주를 주워 든 공주는 '기가 차고 메가 차고 순경이 칼을 차서' 한동안 말이 안 나왔다. 이럴 수가 있단 말인가. 넓적하게 드러난 메주 안쪽은 자갈이 박혀 울퉁불퉁 꺼칠꺼칠, 그야말로 눈 뜨고는 못 볼 지경이 아닌가.

사실 아무리 후하게 점수를 줘도 공주의 얼굴은 메주와 사촌쯤 돼 보인다. 우선 이마를 보자. 훤하게 벗겨진 게 사실적으로 비유를 해도 책받침 넓이는 되고, 그 뒷머리카락 또한 머리를 감는지 안 감는지 뻣뻣이 뻗히는 게 아무래도 철사에 가깝다. 볼은 밑으로 내려올수록 넓어지는 형편이고 쭉 째진 입 또

한 마개를 해 붙이면 옥양목 한 자는 족히 들어갈 만하다. 어디 코라도 잘생겼는가. 코허리는 불끈 올라섰으나 아래로 내려오며 자지러들어, 아예 위로 말아 올린 입술보다 오히려 낮은 형편이다.

한 가지, 공주의 얼굴에서 그나마 내놓을 것은 눈뿐이다.

얼굴 면적이 넓고 살집이 많은 것에 비하면 눈의 모습은 크기와 맵시가 나무랄 데가 없다. 돈 안 들이고 생겨난 천연의 쌍꺼풀도 일품이지만 제법 긴 속눈썹하며 눈동자가 그야말로 맑은 호수 같다.

하기는 자랑할 만한 것이 또 하나 있긴 하다. 목덜미에 내려붙은 조그마한 혹이 그것이다. 혹이라면 혹시 징그럽게 생긴 것으로 오해할는지 모르지만 천만의 언행(言行)이다. 공주의 혹은 더도 덜도 아니고 앵두알만 하다. 귀엽고 앙증스러운 새끼 혹이다. 친구들은 이 혹을 '앵두'라고 부르지만 공주 자신은 반드시 '복앵두'라 애칭하고 있다.

중학교 일학년 때였다. 친구들이 하도 놀려대고 만져보고 하는 바람에 엄마한테 수술하자고 조른 일이 있었다.

"뭐? 아니, 복주머니를 떼자니 그게 무슨 홍두깨 같은 소리냐. 네 복은 전부 그 혹 속에 들어 있다는 걸 알아야지."

"복은 무슨 복. 선생님들까지 만져보고 웃는단 말야. 창피해 죽겠어."

"선생님들까지 만지고 싶다 하신다니 그게 복이 아니고 뭐냐 말야. 애들한테나 선생님들한테 인기 있는 것도 다 혹주머니 속에서 나온 복 때문인 걸 몰라?"

딴은 그렇다. 새로 만나는 친구들은 물론이고 선생님들까지도 이 안공주의 앵두를 만져보고 싶어 안달이다.

하지만 어림 반 푼어치도 없다.

복주머니로 단정하고 있는 터에 함부로 만지게 할 수야 있나. 지금은 여고생이 되어서 머리를 기른 덕분에 겉으론 이 앵두알이 안 보이게 됐지만 안공주는 불쑥불쑥 '금 나와라 뚝딱' 하는 작은 방망이가 혹 속에 숨겨져 있는 것 같은 착각에 빠졌다. 주리에게 주근깨가 '복깨'요 지혜의 원천이라면 공주에겐 '앵두'가 지혜의 샘이고 행복의 근원이다.

그러나 공주를 '옥떨메'로 부르게 한 원흉은 얼굴과 새끼 혹 때문만은 아니다. 면적이 유독 넓은 것이 죄라면 죄다. 얼굴뿐만이 아니라 몸 전체가 세로보다 가로가 넓은 형편이다. 키가 일 미터 오십일 센티미터에 가슴둘레는 일 미터에서 이 센티미터가 빠지고 보니 이건 숫제 옆으로 누우나 서나 높이 차이는 별로 없다고 해도 과언이 아니다. 그렇다고 '뚱순이'든 '배사장'이든 할 일이지 왜 하필 '옥떨메'란 말인가. 눈을 봐라, 메주 콩알에 어디 저런 눈이 박혀 있나.

그러나 이렇게 외치는 건 실제는 공주의 엄살이 섞인 푸념이다.

처음엔 옥떨메라는 게 섭섭하고 분통 원통 절통했지만 요즘 은 그런대로 정이 붙었다. 뜻이야 어떻든 '옥떨메'란 별명이 오 래오래 간직해온 만년필 같은 기분이 자꾸 드는 것이다. 우선 학교 문밖에 나서면 옥떨메라 해도 알아듣는 사람이 없어 좋았 다. 그래서 누가 '뚱순아' 하면 화를 내는 공주지만 '떨메야' 하 면 그 하마 같은 입으로 배시시 웃기까지 하는 터였다.

이런 공주와 주리가 단짝으로 짝짜꿍이 되었으니 함께 돌아 다니는 것만으로 학교 안팎에 화제가 되었다. 함께 서 있으면 얼핏 떠오르는 게 드럼통과 도곳대다. 키 크고 날씬한 주리는 떡방아 찧어주는 도곳대요, 허리도 없이 옆으로만 퍼진 공주는 드럼통밖에 갈 데가 어디 있겠는가. 거기다 둘 다 장난 좋아하 고, 구슬 주(珠) 자 돌림 같고, 배짱 좋고, 태평천하고…… 주리 의 자칭 '두뇌 플레이'와 공주의 자칭 '우직파 행동파'가 딱 맞아 떨어지고 보니 이거야말로 천생연분이 아니냐.

우리의 인간적인 작가 이광수 선생님은 일찍이 그랬다.

"생명을 가진 것치고 안전한 것은 없다. 날아가는 벌레에겐 거미줄이 있고 뛰는 짐승에겐 명수의 화살이 있다. 인연이란 이 와 같은 것이다. 누구든 인연의 화살을 피할 도리는 없다. 그것

을 피하는 첫 번째 길은 아예 인연을 맺는 것이요, 맺은 인연을
순수히 받아들이는 것이 두 번째 좋은 길이다."

'깨소금' 복주리와 '옥떨메' 안공주는 춘원 선생님의 후예답
게 순수히 인연을 맺었다. 맺고 나니 아뿔싸, 학교에서건 학교
밖에서건 주리와 공주 행차하는 곳에 바람 잘 날이 없게 되었다.

로키
산의
독수리

미술 선생님이 새로 오게 되었다.

"소금아, 깨소금아!"

점심시간에 공주가 그 암두꺼비 같은 체구를 시계추처럼 흔들어대며 교실로 들어섰다.

"깨소금, 숨 안 넘어간다. 대체 왜 이리 수선이니?"

"저 말야, 나도 말야. 그 뭐야, 희망이라는 걸 갖고 살게 됐다!"

안공주가 말끝마다 '말야'를 뻔질나게 붙이고 말머리마다 '그 뭐냐' 하기 시작하면 다음 얘기의 방향은 뻔하다. 기껏 몸무게가 백오십 그램쯤 줄었다거나 근사하게 생긴 남학생이 버스 속에서 가방을 들어줬다거나 뭐 그런 정도다. 체격과는 어울리지 않게 툭 하면 감동을 잘하기 때문이다.

지난 3월에만 해도 그랬다. 교문 앞에서 악을 쓰고 부르는 바람에 깨소금 복주리가 고개를 돌렸을 때 공주는 땀까지 흘리며 헐레벌떡 뛰어와서는 대뜸,

"저 말야, 버스 속에서 말야. 그 뭐야, 나 하마터면 까무러쳐 죽을 뻔했다!"

"죽어?"

"글쎄 말야. 어떤 남학생이 내 가방을 척 받아주는데 말야. 그게 바로 그 뭐냐, 줄리앙이더란 말야, 줄리앙."

"줄리앙의 석고상을 들고 있더라 그 말이니?"

"아이구 답답. 넌 왜 그리 센스에 희망이 절벽이니? 그 남자애가 말야, 그 뭐냐, 줄리앙과 꼭 닮았더란 말야. 나보고 씩 웃어주는 게 맘에 있다는 눈치였어."

아직도 황홀한 눈빛을 빛내며 공주는 사뭇 귀뿌리와 '목앵두'까지 빨갛게 물들이고 수줍게 웃었다. 줄리앙 같다는 그 남학생이야 공주를 척 보고 어쩜 저렇게 드럼통 같을까 하고 웃어준 게 틀림없으련만, 공주는 도통 그런 점에 관해선 판단력이 전혀 없었다.

더구나 가관인 것은 공주의 손에 가방이 들려 있지 않다는 것이다. 줄리앙 같은 남학생이 들어줬다는 그 소중한 가방이 없어지고, 다만 가방 손잡이만 대롱대롱 들려 있지 않은가. 아뿔싸, 만원 버스에서 악을 쓰고 내리면서 누구의 다리, 누구의 엉덩이에 걸렸는지 가방 손잡이 아래의 붙임쇠가 떨어져나갔던 모양이다. 그런데도 공주는 오직 줄리앙의 미소에만 넋이 빠져서 가방 손잡이만 굳건히 붙든 채, 아직까지 '설레는 가슴 누를 길 없어'였다.

"얘, 그럼 가방은 줄리앙 준 거니?"

주리는 시치미를 뚝 떼고 이렇게 물었다. 그때서야 공주는 가방이 떨어져나갔다는 걸 깨달았으나, 조금도 놀라거나 당황하지도 않는다.

"만원 버스에서 이럴 수도 있지 뭐. 그 가방 틀림없이 줄리앙이 주워 올 거야. 책을 보면 학교 이름이 적혔으니 더욱더 잘됐지 뭐니?"

이러면서 태평천하, 오히려 희망 사항을 한 꼭지 점잖게 늘린다. 이 점이 바로 공주의 좋은 점이었다. 벼락이 친다고 해도 외눈 하나 깜짝하지 않는다면 거짓말이 틀림없겠지만, 쥐구멍이 있더라도 '내가 어찌 저런 델 숨어?' 하면서 체통 있게 서서 견딜 만한 그런 공주. 물론 공주의 희망은 점심때도 못 돼 가방을 안고 나타난 낯선 노파의 출현으로 물거품이 났지만, 그때부터 주리는 '저 말야'로 시작되어 '그 뭐야'로 이어지는 공주의 말투를 대수롭게 여기지 않게 되었다.

지금도 마찬가지였다.

공주는 아직껏 숨을 씩씩거리면서 '나도 인제 희망을' 하면서 외쳐댔지만 주리는 『주홍글씨』라는 소설책만 든 채 건성으로 대답하고 있었다.

"미술과 그 '오떨메' 선생님 말야……."

공주는 뭣보다도 '오떨메'란 말에 악센트를 넣었다.

학교에서 떨메로 불리는 게 사실은 공주 말고도 둘이나 더 있었다. 교련 선생님이 '십떨메'요, 미술 선생님이 '오떨메'였다. '십떨메'란 '십층에서 떨어진 메주'의 준말이니까 '오떨메'란 '오층에서 떨어진 메주'의 준말이다. '오떨메'가 '십떨메'보다야 조금 났다는 표현이지만 떨메인 거야 피장파장이다. 그런데도 공주는 '오떨메'나 '십떨메'가 자기보다 못하다고 우겨대는 버릇이 있었다. '옥상'이라면 이층에서부터 십층, 삼십층도 있게 마련인데 굳이 '이층 옥상'만을 옥상으로 취급하는 게 그 주장의 근거였다.

"글쎄, 고 올드미스가 시집을 간다지 않니."

"시집을 가?"

"교무실에 청첩장이 탁 붙어 있더라 그 말이다."

"그게 네가 희망을 가진다는 것하고 무슨 상관이니?"

"아이고 답답. 오떨메는 옥떨메인 나보다도 못한 박호순 씨 (거꾸로 순호박이라는 뜻) 아니냐 말야. 그런 오떨메가 결혼을 하게 됐으니 그보다 나은 이 몸이야 결혼 전선 이상 없다 그 말이다."

공주는 이렇게 말하며 유리창 밖 파아란 하늘 끝에 새색시처럼 다소곳이 시선을 갖다 박는 것이었다.

며칠 후, 안공주의 가슴에 남몰래 희망을 주고 떠나간 오떨메 선생님 대신 새로운 미술 선생님이 화제를 몰고 왔다.

화제를 몰고 왔다는 것은 여러 가지 이유에서였다.

첫째는 교장 '들것' 선생님이 인사 소개를 했을 때, 단상 위에 올라선 주인공이 남자라는 데 있었다. 남자라도 어디 단순한 남자냐. 뛰어난 미남은 아니지만 척 보니 총각 선생님임에 틀림 없다 이거였다. 물론 총각이다, 아니다, 하면서 학생들 간에는 며칠 동안 이론이 분분했지만 대부분은 총각 선생님으로 낙착을 보았고, 총각 선생님이 귀한 S여고에선 그것만으로 단번에 화제의 중심이 될 만했다.

두 번째 화제의 초점은 옷차림에 있었다. 처음 전교생 앞에 인사하러 단상에 올라선 선생님이 도무지 선생님 같지가 않았다. 출근 첫날이니, 정장을 했어야 지당함에도 불구라고 날렵하게 걷어 올린 와이셔츠에 벨트 없는 바지, 거기다가 귀를 덮는 장발이었다. 바야흐로 1970년대가 기울어가는 때, 재수가 없는 장발은 파출소에 끌려가 머리를 깎여야 하는 세상이 아닌가. 도 대체 사리가 분명하고 만사 점잖으신 교장 '들것' 선생님이 어떻게 그런 차림새의 선생님을 영접하셨는지 그것부터가 알다 가도 모를 일이었다.

"그거야 들것 선생님이 잘 몰랐겠지 뭐. 첫 면접할 때야 정장을 했었는지 누가 아니?"

"정장을 했어도 그렇지. 귀를 덮는 장발은 왜 안 보셨겠니?"

"들것 선생님이 안경을 안 끼고 면접하셨는지도 몰라."

"아냐, 싸움은 이제부터야. 널이라도 새로운 미술 선생님, 머리 안 깎고는 들것 선생님 성화에 견디지 못할걸."

그야말로 화제 만발이었다.

"그게 뭐니? 선생님 같은 데는 조금도 없이 마치 건달이나 다름없는 옷차림이었단 말야."

"얘는. 네가 공자왈 맹자왈 하는 들것 선생님 피를 이어받았니? 그게 어째 건달 같아? 자유분방하고 싱싱하고 얼마나 멋지니?"

"멋져? 웃기지도 않는다, 얘. 자기가 무슨 존 덴버라고, 머리가 그게 뭐니?"

"그래도 국전에 세 번이나 특선을 했다더라. 굉장한 실력파래."

"이파 저파 가르다가 가를 파 없으니까 실력파까지 나오는구나."

"암튼 존 덴버하고 닮았다는 덴 나도 동감이야."

'라면'인 지영이가 이렇게 귀결을 지었다.

"안경을 안 껴서 그렇지 안경만 썼으면 영락없는 존 덴버 인상이야. 못생겼으면서도 귀여운 데가 있거든."

화제가 이쯤 번지다가, 조금씩 들뜬 음성으로, 교실 안에선 존 덴버가 부른 노래 중 '로키 산의 독수리'란 가사가 자연스럽게 허밍 코러스로 울려 퍼졌다.

마침내 첫 번째 미술 시간이 되었다.

6월의 태양이 창밖의 허공에서 쨍하며 불타는 금요일 5교시였다. 그러나 주리와 공주가 속해 있는 일학년 정(貞)반 교실은 오후의 나른함도 잊은 채, 긴장된 침묵 속에 덮여 있었다.

모든 준비는 다 되었다.

옆으로 밀도록 되어 있는 출입문 앞엔 반쯤 물이 담긴 대야가 누군가 밟아주기를 기다리듯 놓여 있고, 교탁 위엔 하얀 백묵가루에 섞인 후춧가루가 뿌려져 있고, 칠판엔 꽉 채워진 낙서, 그리고 교단 위엔 앉으면 다리가 떨어져나가며 뒤로 넘어지게 되어 있는 의자가 점잖게 놓였다. 모든 게 주리의 지시대로 빈틈없이 이루어졌으며 공주가 그 뒤뚱거리는 몸으로 쿵쾅거리며 확인까지 해본 다음 제자리로 돌아간 다음이었다.

이윽고 창밖을 내다보고 있던 라면이 신호를 보냈다. 새로 온 미술 선생님 '로키 산의 독수리'가 교무실을 떠나 교실로 가까이 오고 있다는 신호였다.

자박자박, 슬리퍼 소리가 교실문 밖에서 멎었다.

'신이여!'

공주가 잠깐 눈을 감았다.

'독수리의 발목이 물에 잠기도록 하옵소서.'

그러나 출입문을 열어젖힌 '로키 산의 독수리'는 미리 알고 온 것처럼 침착하게 제1단계의 물 대야를 건너서는 게 아닌가. 조금만 부주의해도 문을 열고 발을 내밀면 첨벙 담가질 자리에 놓았음에도, '로키 산의 독수리'는 눈썰미가 좋은 건지 본래 용의주도한 성격인지, 미소까지 띤 얼굴로 물 대야를 살짝 건넸다.

"눈이 무척 밝네. 마치 '스티브 오스틴'이지 뭐니?"

공주가 주리를 향해 소곤거렸다. 그러나 주리는 아직 여유
만만이었다. 2단계, 3단계, 4단계 그리고 독심술이 아니고는 절
대로 간파해내지 못할 마지막 5단계까지 설정해놓았기 때문이
다. 주리는 눈 밝은 '스티브 오스틴'에다가 귀 밝은 '소머즈'까지
합해놔도 절대로 자신이 쳐놓은 다섯 가지 덫을 다 통과할 수는
없을 것이라고 믿었다.

그러나 '로키 산의 독수리'는 역시 만만치 않은 인물이었다.
교탁 위에 보일 듯 말 듯 깔아놓은 후춧가루와 백묵가루 위에
사뿐하게 출석부를 내려놓았던 것이다. 혹 불어대어 날아오른
후춧가루 때문에 재채기를 줄줄이 쏟아주리라 기대했던 정반
육십 명은 잠깐 실망의 빛이 역력해졌다.

"차렷! 경롓!"

반장 강희가 구령을 붙였다. 인사가 끝나자 '로키 산의 독수
리'는 대뜸 환하게 웃기부터 했다. 밝고 가지런한 치아가 살며
시 드러나는 정갈하고 매력 있는 미소였다.

"여러분의 환영은 대단히 감사합니다."

'로키' 선생님은 그렇게 첫마디를 시작했다.

"웬만하면 여러분을 실망시키지 않겠다 생각은 했지만 사실
은 지난주 등반을 갔다가 발목을 좀 다쳤어요. 그래서 대야에다

발을 안 담갔으니 이해해주기 바라요. 그리고 백묵가루는 건강에 나쁘다잖아요? 난 특히 걸핏하면 안질이 잘 생기는 눈이어서……."

잘생긴 입으로 말 또한 청산유수였다.

아이들이 조금씩 긴장을 풀며 웃기 시작했다. 주리가 헤벌쭉 웃고 있는 공주의 옆구리를 쿡 찌르며 소곤거렸다.

"지금 웃으면 안 돼. 아직 남았단 말야."

그러자 공주가 옆자리의 아이를 또 쿡 찌르고, 그 아이가 또 옆자리를 쿡 찌르고, 또 쿡 찌르고, 또 쿡 찌르고……. 찌르고 찔러서 아이들이 다시 딱딱한 표정으로 돌아가자 주리가 벌떡 자리에서 일어섰다.

"선생님, 성함을 한자로 좀 일러주십시오!"

"좋아요. 내 이름은……."

'로키 산의 독수리'가 백묵을 들고 칠판을 향해 돌아섰다. 그러나 칠판은 꽉 찬 낙서로 글자 하나 제대로 쓸 자리가 없었다. 얼핏, '로키' 선생님의 표정이 굳어지는 것 같았다. 그러면 그렇지. 아무리 여유만만해봤자 3단계를 못 넘긴다니까. 공주와 찡긋 윙크를 나누며 주리는 쾌재를 불렀다. 돌아서서 화만 내보라지. 꼼짝 못하게 얽어매줄 테니까. 하지만 '로키' 선생님은 역시 독수리다운 데가 있는 사람이었다. 그까짓 병아리들 장난에 내가 넘어갈 수 있느냐, 그런 자세로 다시 한 번 앞니를 다 드러내고 웃었다.

"내 이름은 도웅이에요. 좀 희성이지만 쌀 일 도(淘) 자에 이름은 외자로 곰 웅(熊) 자를 씁니다. 쌀을 이는 곰이란 뜻인데 누구를 뜻하는지 아시겠어요?"

"곰의 엄마요!"

공주의 말에 학생들의 참았던 웃음이 와르르 터져버렸다.

"맞았어요. 곰의 엄마는 엄만데 쌀을 일었다면 보통 곰이 아니죠. 바로 웅녀(熊女). 단군의 어머니를 뜻한다 그런 얘기예요."

"단군의 어머니이신 웅녀가 미술을 전공했나요?"

지영이가 끼어들었다.

"전공했죠. 여러분, 창경원에 가본 일 있죠? 흰곰이 우리 안에 수없이 왔다 갔다 할 때 그 진지한 표정을 본 적이 있지요? 그게 바로 새로운 미술 작품을 구상하는 웅녀의 폼이라 그 말입니다."

다시 와그르르 웃음이 터졌다. 교실 안은 단번에 활력이 넘쳤다. 운동장의 햇볕 속을 지나온 바람이 '로키' 선생님의 이마로 흘러내린 더벅머리 끝에서 살랑살랑 놀았다.

"우리는 알고 싶습니다."

이번엔 웅변을 잘해 4월의 교내 웅변대회에서 일등상을 차지했던 '생리현상' 자경이가 일어섰다. 자경이에게 '생리현상'이라는 별명이 붙은 것도 역사 시간이었다. '귀가 사팔' 선생님께서 열강을 하고 계시는데 지영이가 그만 맑고 탄력 있는 릴리 소프라노 음색으로 룸 나인(room nine, 방구)의 팡파레를 울렸다.

"누구야!"

"어쩔 수 없었어요, 선생님. 생리현상이잖아요……."

'귀가 사팔' 선생님이 역정을 냈고 자경이는 대답했다.

그때부터 자경이의 별명이 '생리현상'이 되었다. 아무튼 자경이가 일어서서 '로키' 선생님에게 질문한 것은 요컨대 총각이냐, 바로 그 점이었다. 그 질문에 대해서도 '로키 산의 독수리'는 역시 싱그레, 봄바람처럼 웃었다.

"네, 올 라운드 플레이(all round play)입니다."

"우린 스포츠 지식이 빈약하니까 해설 좀 해주세요."

"수비와 공격을 명확하게 구분 짓지 않고 수비도 하고 공격도 하는 경기 전법이지요. 내 경우 올 라운드 플레이라는 건 혼자 밥도 짓고 빨래도 하고 뭐든지 다 한다는 뜻이지만……."

설명이 끝나자 아이들이 짝짝짝 박수를 쳐댔다.

이게 무슨 변고란 말인가. 주리는 박수까지 쳐대며 일찍 항복하고 속을 드러내 보이는 아이들 때문에 더욱 약이 올라 죽을 지경이었다. 이대로 가다간 그야말로 판정패 정도가 아니라 케이오 패다. 주리 자신의 역사 속에 일대 오점이 찍히려는 순간임을 주리는 명확하게 깨닫지 않으면 안 되었다. 아직 다리 부러진 의자가 불안한 자세로 남아 있지만 '로키 산의 독수리'는 도대체 앉을 기미를 보이지 않는다. 아니, 벌써부터 의자의 상태를 파악했는지도 모른다. 교탁 위의 후춧가루를 가려내는 '스티브 오스틴' 같은 눈이라면 그까짓 의자의 함정쯤이야 능히 간파하고도 남을 일이다.

하지만 주리도 그렇게 호락호락 포기할 사람이 아니었다. 깨소금 하면 전교에 소문난 지혜의 샘이 아니었는가. 아무려면 깨소금인 자기가 번지수도 없는 로키 산의 더벅머리 독수리에게 단번에 손들고 나설 수는 없지 않은가. 그거야말로 주리가 흔히 쓰는 표현을 빌리자면 '가티나는(가련한 티가 난다는 뜻)' 일이다.

주리는 마침내 최후의 방법을 쓰기로 마음먹었다. 이번 방법만은 아무리 여유만만하고 배짱 좋은 '로키 산의 독수리'도 어쩔 수 없을 터였다. 주리는 공주에게 신호를 보내고 두 눈을 감았다. 그리고 꾸벅꾸벅 졸다가는 사르륵사르륵 코까지 골기 시작했다.

어디 주리뿐이냐. 주리가 코를 골자 공주도 마찬가지였다. 그 다음엔 공주의 옆자리로, 또 옆자리에서 옆자리로 낮잠이 도미노처럼 퍼져나갔다. 주리가 코를 골면서부터 불과 일이 분도 안 돼, 전염병처럼 졸음이 일학년 정반 교실을 휩쓸어 이윽고 육십 명 모두 사르륵사르륵 코를 골며 잠들어버리고 말았다.

과연 이번만은 '로키 산의 독수리'도 싱그레 웃지 못했다. 굳어진 표정에 당황하는 빛이 역력히 나타났다. 그러면 그렇지,

주리는 눈을 감은 채 만세라도 부르고 싶은 심정이었다. 6월의 바람은 서늘하고, 햇빛은 불타고, 육십 명은 잠자고, 그리고 '로키 산의 독수리' 혼자 교단 위에 선 채 손수건을 꺼내 이마의 땀을 닦았다.

독수리라고 어디 전지전능할 수야 있느냐. 날아봐야 한 마리의 새일 뿐이고, 채어가봐야 기껏 산토끼가 최고지. 이마에 밴 땀을 닦으며 전전긍긍하는 '로키' 선생님을 슬쩍 바라보는 주리의 가슴속엔 그야말로 '청춘의 피'가 끓었다.

그런데 이때였다.

복도 쪽에 슬리퍼 소리가 나는 듯하더니 출입구 유리 너머로 한 남자의 모습이 얼핏 눈에 들어왔다. 남자라니, 이거야말로 대단한 망발이다. 교내 순시를 하시던 교장 '들것' 선생님께서 교실 안 풍경에 아연실색, 발걸음을 멈췄던 것이었다.

주리는 꿀꺽 침을 삼켰다.

재빨리 옆자리 공주의 옆구리를 찔렀으나 가슴둘레 구십팔 센티미터의 믿음직한 상체는 요지부동이었다. 옥떨메 공주는 진짜로 코까지 골아대며 잠들어버렸기 때문이다.

마침내 '들것' 선생님께서 출입구를 기운차게 밀었다.

그 소리에 놀라 번쩍 고개를 든 아이들은 다음 순간 그만 눈을 다시 감아버리지 않으면 안 되었다. '들것' 선생님의 그 점잖으신 오른발님이 첨벙 물 대야를 밟아버리는 게 아닌가. 그 통에 교장 선생님의 닳아빠진 슬리퍼가 물과 함께 두 자 높이나 뛰어올랐고, 출입구 근처는 물바다가 되었다. 어디 그뿐이냐. 중심을 가누지 못해 고고춤이라도 추듯 앞뒤로 흔들어대는 교장 선생님의 모습은, 보태고 뺄 것도 없이 우습기보다 차라리 심청이만큼이나 불쌍해 보였다. 더구나 그놈의 안경까지 주르르 코허리에서 미끄럼을 타더니 짤그락하고 방정맞은 소리까지 내면서 엎어진 대야 위로 떨어지는 게 아닌가.

'로키' 선생님이 달려와서 불안하게 뒤뚱거리는 교장 선생님의 손을 잡았으나 교장 선생님은 과연 노기등등이셨다.

"도대체 도 선생은 수업 중에 뭘 하고 있는 거요!"

쨍하는 쇳소리였다. '로키' 선생님의 손이 뒤통수로 갔다. 불문곡직, 벅벅 거기만 긁어대는 게 할 말이 없어서라기보다는 지금 상태에선 묵비권 행사 이외엔 '긁어 부스럼'이 아니겠느냐, 그런 태도였다.

그런 정도라면 그래도 좋았다. 그런데 사태는 이쯤해서 끝난 게 아니었다. '설상'이라면 '가상'이란 말이 뒤따라오듯이 무릎까지 젖은 바지를 철떡거리며 교탁까지 온 교장 선생님이,

"여학교 교실의 교탁이 왜 이 모양이야."

하시면서 두 볼을 맹꽁이배처럼 잡아당겼다가 체통머리 없이 혹 불어제쳤던 것이다. 하얗게 뿌려놓은 백묵가루 속의 후춧가루가 교장 선생님의 두 눈과 두 콧구멍에 맹공격을 가한 것은

말할 나위도 없다. 물리적인 원리는 거짓이 없는 법이다. 교장 선생님은 당장 눈물을 줄줄이 흘리며 요란하게 재채기를 털어 놓기 시작했다. 마치 몇십 년 만에 만난 이산가족이 부둥켜안고 울려다가 잘못하여 사레가 들린 꼴이었다. 재채기는 여간해서 진정되지 않았다.

'로키' 선생님이 조심스럽게 입을 열었다.

"우선 교장실로 가시죠."

"아뇨. 여기에서 도 선생과 학생들하고 얘길 좀 해야겠어 요."

교장 선생님은 젖은 바지에 눈물 콧물까지 얼룩진 패잔병 같은 모습으로, 그러나 목소리만은 근엄하게 선언하였다.

"도 선생이 지시했습니까?"

"네? 뭘요?"

"뭐라니. 수업 중에 학생들한테 잠을 자라 지시했느냐 그 말 이에요."

"아, 네에……."

'로키' 선생님의 손이 어김없이 뒤통수로 가는 것을 보며 주 리는 동동 발을 굴렀다.

"아, 네에…… 라니. 지금이 '아, 네에……'로 그럭저럭 넘어 갈 때냐 말이다. 이가 없으면 잇몸으로라도 먹어야 하듯, 뭐가 됐던 우선 둘러다 붙이고 볼 일인데도 '로키' 선생님은 그저 머리나 긁고 앉았으니 한심한 일이 아닐 수 없었다.

보다 못해 주리가 벌떡 자리에서 일어섰다.

"교장 선생님, 저희들은 잠을 잔 것이 아닙니다."

주리의 목소리는 자신만만하게 울렸다.

"잠을 안 자? 여러분의 코 고는 소리가 복도까지 들려왔는데 잠을 안 잤어?"

"구상을 하고 있었습니다."

"구상?"

"네, 오늘 추상화를 그릴 참이었거든요. 아까 선생님께서 설명하실 때 추상화 구상은 아무것도 못 보는 상태에서 순간적으로 떠오르는 영상을 포착하는 게 좋은 요령이라고 그러셨어요. 그래서 잠시 눈을 감고 있었던 것뿐입니다."

"그래요? 그거 참 별스런 미술 이론이군. 그렇다면, 눈을 감았으면 됐지, 책상 위에 엎드려 코까지 골 건 없지 않아?"

"눈만 감으면 실감이 안 나니까 그렇죠."

"그럼 저 학생은 아직도 추상화 구상 중인가요?"

교장 선생님께서 손을 들어 가리키는데 이 무슨 무감각한 주책이냐. 그 소란 속에서도 우리의 공주님은 아직까지 계속 오수 속에 잠겨 있지 않은가. 그것도 입맛까지 쩝쩝 다시며 히죽이 웃기까지 하는 게 영락없이 잘생긴 남학생이 책가방 받아주는 꿈이라도 꾸고 있는 눈치였다. 거기다가 주리가 세게 옆구리를 쥐어박자 육중한 상체를 들어 올리며 다짜고짜 기지개부터 쓰는 폼이 참으로 볼만했다. 갈데없이 하마가 달밤에 보건체조를 하는 모습이었다.

"이봐, 뚱뚱한 학생!"

교장 선생님은 우선 그렇게 불렀다.

"추상화 구상은 끝났나?"

"추상화라뇨?"

잠에서 깬 공주가 대답했다. 저런 '추상화라뇨?'라니. 주리가 이눈 저눈 꿈적거리며 팬터마임으로 사태의 심각성을 전해봤으나 아직도 잠에서 덜 깬 듯한 공주는 막무가내였다.

"추상화 구상 중이 아니었나?"

"저는 잠을 잤습니다."

맙소사. '정직은 정책이다'라고 말한 것은 『돈 키호테』를 쓴 세르반테스다. 그러나 이 상황에선 분명히 정직이 최선일 수 없었다. 그런데도 공주는 정직하게 잠을 잤다고 고백하고 나섰으니 상황은 그야말로 급전직하 폭발 일보 전이 아닐 수 없었다.

"얘는 몸이 좀 아팠거든요. 그래서 선생님께서 자라고 했었어요."

주리가 말했다. 그때서야 교장 선생님의 노안에 보일 듯 말 듯한 미소가 떠올랐다. 네가 뭐라고 악을 써봤자 전후 사정은 훤하게 알겠다는 그런 표정이었다.

"좋습니다. 그럼 추상화에 대한 수업을 계속하세요. 난 지금부터 여러분의 미술 수업을 참관하겠습니다."

교장 선생님의 목소리는 한결 느긋해졌다.

그러나 고약한 운명의 장난은 거기에서 끝난 게 아니었다. 수업을 참관하시겠다고 선언한 교장 선생님께서 털썩, 그 부서진 의자에 몸을 힘차게 내려앉혔던 것이다. 의자의 한쪽 다리가 떨어져나가며 교장 선생님의 몸은 순식간에, 뒤로 훌렁 재주를 넘었다. 안경이 앞에 앉은 학생의 책상까지 날아와 박살이 났다.

한마디로 수난 정도가 아니라 참혹했다.

교장 선생님은 쉽게 일어나지 못했다. 아이들과 '로키' 선생님이 달려가 안아 올렸지만 교장 선생님은 여전히 제정신이 아닌 모양이었다.

"내 안경, 내 안경……."

허우적거리는 게 차마 눈뜨고는 못 볼 지경이었다. '로키 산의 독수리'를 잡자고 준비해놓은 덫이 어찌하여 육십이 다 된 교장 선생님에게만 어김없이 터진단 말인가.

"도 선생하고 주리 학생과 저기 뚱뚱보 학생은 이따 종례 끝나는 대로 교장실로 내려오시오."

교장 선생님이 마침내 이렇게 쏘붙이곤 절룩절룩 한쪽 발까지 절면서 교실을 나간 뒤에도, 그 뒷모습이 너무 처량하여 아이들은 아무도 웃지 못했다. 다만, 누군가 "세상에, 불쌍도 하지"하고 중얼거렸을 뿐이었다.

"너무 걱정들 하지 말아요."

침묵을 깨뜨리며 이윽고 '로키' 선생님이 말했다.

"교장 선생님이 오늘 당한 건 순전히 손금 때문이에요. 아까 얼핏 손을 잡으며 교장 선생님 손금을 봤는데, 올해 운수가 참 안 좋아 보였어요. 여러분 덕분에 교장 선생님께선 액운을 때운 거라고 생각해요. 어떻게 보면 천만다행한 일이죠."

'로키' 선생은 여전히 남의 말하듯 궤변을 늘어놓고 있었다. 옛날 소피스트의 궤변철학가가 다시 태어나 오늘의 '로키 산의 독수리'가 됐단 말인가. 주리는 맹렬한 저항을 느꼈다.

저놈의 능청, 하고 이를 갈았다.

미술 시간이 끝나고 나자 즉각 임시 학급 회의가 열렸다. 사후 대책을 세우자는 게 중요한 안건이었다.

"오늘 일은 떨메나 소금이만 책임질 일이 아니야. 우리 모두가 거기에 동조했으니까 죽어도 함께 죽고 살아도 함께 살아야된단 말야. 우린 공범자니까."

첫 발언자는 '생리현상' 자경이었다. 이 애는 공부도 잘했지만 뭣보다도 의리가 있었다. 목소리까지 걸걸한 데다가 하는 짓이 꼭 남자애였다.

"공범자라는 건 동감이지만 범죄엔 주모자가 따로 있게 마련이야……."

두 번째 발언자는 부반장 '라면'이었다.

"우리가 자경이 말대로 '의리의 돌쇠'가 되자는 건 좋지만 죽어도 함께 죽고 살아도 함께 살고 한다는 건 좀 과장인 거 같아."

"뭐가 과장이니?"

자경이가 발끈해서 일어섰다.

"그럼 자경이 넌 주리가 퇴학이라도 당한다면 함께 학교를 그만두겠다 그거니?"

"물론. 우리 육십 명 모두 관둬야지."

"아서라. 써니텐 먹고 나서 몸 흔들고 말지 네가 무슨 돌쇠네 집 가장이라고 악쓰고 나오니?"

"악은 네가 썼지, 내가 썼니?"

"네 입에서 지금도 파편(침) 튀는 것 좀 봐라."

"얘얘, 정말이지 맨 노우 맨(men no men, 사람이 사람 같지 않다는 뜻)이다!"

"별꼴이야. 미친 애가 날뛰면 발광도 한다더니……."

"뭐야!"

사태가 좋지 않은 방향까지 발전하고 있었다. 주리가 일어섰다.

"관둬라, 둘 다 말버릇하고, 아주 못 봐주겠다. 오늘 문젠 나와 떨메, 둘이서 책임지겠어. '돌쇠'파든, '비돌쇠'파든, 난 상관없단 말이야. 아무려면 이 깨소금이 이 정도로 굉장한 처벌이라도 당할 것 같으니? 나도 다 생각이 있어. 걱정들 해주는 건 좋지만 더 이상 이러쿵저러쿵한다는 건 문제만 확대시킬 뿐이야. 제발 부탁인데 우리를 위하려거든 그 '코밑의 구멍(입)'들 좀 닫아두라고."

그러자, 공주가 일어나면서 육중한 몸을 크게 움직여 주택복권 추첨 때처럼 활을 쏘는 시늉을 하더니,

"준비하시고— 입 다물엇!"

함으로써 회의는 흐지부지 웃고 끝났다.

7교시는 체육 보충수업이었다. 주리와 공주는 체육복으로 갈아입고 우선 점매청(매점을 거꾸로 해서 붙인 이름)부터 들렀다.

"얘, 쭈리! 너 껀수 올렸다면서?"

아이스크림 한 개를 고양이처럼 핥으며 반겨 맞아주는 게 '빵순이' 미령이었다. (걸핏하면 빵긋빵긋 웃길 잘해서 빵순이란 별명이 붙었다.) 미령인 주리와 같은 반은 아니었지만 중학교 때 동창생이어서 남달리 친하게 지내는 터였다.

"촐싹대지 좀 말아. 건수라니 무슨 말이니?"

"시침 떼고 있네. 들것 선생님, 뒤통수까지 터졌다던데 너무했지 뭐니?"

"대체 누가 그러든?"

"다 알고 있는데 뭘. 너희 반 부반장 애 있잖아, 걔가 우리 반 애들한테 소문을 터뜨린 눈치였어."

참, 소문이란 과연 빛의 속도와 비길 만하구나. 두 시간도 안 돼 안 터진 머리가 터졌다고까지 불어났으니 주리로서는 그저 물구나무라도 서고 싶은 심정이었다.

"라면, 이 가시내, 아까 회의 때도 의리 없이 놀더니, 혼 좀 내 줘야겠어!"

공주가 발끈해서 자리를 떴다. 그러고 보니, 저쪽 구석 자리에서 '라면' 패거리가 냉면을 먹고 있는 게 보였다.

주리가 서둘러 공주를 불렀으나 때는 이미 늦었다. 다짜고짜 달려간 공주가 '라면'의 냉면 그릇을 덥석 들어 올리고 있었다. 짜고 맵고 질긴 냉면이었다. 그것을 한입 막 입에 넣었는데 그릇을 들어 올렸으니 '라면'으로선 졸지에 그릇을 따라 일어설 수밖에 없게 되었다. 뱉어버릴 수도 없는 일이고, 가만히 앉아 있자니 그 한없이 길고 긴 냉면 가락이 팽팽하게 당겨 늘어지다가, 결국 '라면' 자신의 앞가슴을 칠 것이 뻔했다. 하얗게 잘 다림질 된 앞가슴에 고추장투성이의 냉면이 찰싹 들어붙는다고 생각해보라. 부반장 '라면'은 별수 없이 공주가 냉면 그릇을 가지고 물러서는 대로 따라갈 도리밖에 없었다. 엉덩이는 뭐 마려운 강아지처럼 뒤로 빼고, 목은 있는 대로 늘여 뽑고, 냉면은 한

입 가득 물고…… 입 안에 못이라도 박아, 냉면 가닥으로 고삐를 맨 듯, 그릇을 따라 움직여가는 '라면'의 모습은 참으로 가관이었다.

질겁을 하여 물러선 아이들 사이에서 폭소가 터지고, 누구랄 것도 없이 짝짝짝 박수까지 쳐댔다.

모든 아이들이 너무 그 광경에 몰두하고 있어서 매점 입구에 '안소니 퀸' 선생님이 들어서는 것을 아무도 보지 못하였다. '퀸' 선생님은 너무 어처구니가 없어 잠깐 동안 멍하니 섰다가, 그 바싹 마른 체구와는 어울리지 않게 큰소리로 외쳤다.

"야, 안공주, 무슨 짓이야!"

'퀸' 선생님의 목소리가 너무 컸던 것일까, 아니면 일부러 그랬던 것일까. 아무튼 그 순간, 공주는 냉면 그릇을 놓쳐버렸고, 팽팽히 당겨졌던 냉면 가닥이 시위 떠난 화살처럼 달려가 '라면'의 얼굴 위에 찰싹 붙어버렸다. 엉덩방아를 찧고 넘어진 '라면'이 이내 초상난 집의 외동딸처럼 소리 높여 울기 시작했다.

"안공주, 덩칫값 좀 해라, 덩칫값 좀 해!"

담임 '퀸' 선생님은 끌끌 혀까지 차면서 공주를 향해 그렇게 말했다.

"라면, 이 가시내가 먼저 덩칫값을 못했단 말예요, 선생님."

"지영이 덩치하고 네 덩치하고 값이 같이 나가니?"

"……비슷하죠, 뭐."

"지영인 말야, 냉면 그릇이나 들고 다니면 딱 알맞고, 넌 지영이를 통째로 안고 다녀야 어울려. 그런데 그 조그마한 냉면 그릇을 들고 행진을 해?"

"덩치에 대해서 얘기하지 마세요. 선생님께서 그러시면 나도 슬퍼진단 말예요."

"암튼 시간 끝나는 대로 두 사람 다 교무실로 와!"

'퀸' 선생님이 그렇게 매듭을 짓고 가버리자, '에라, 모르겠다' 하는 투로 이번에는 공주가 소리 높여 울었다. '퀸' 선생님의 덩칫값 어쩌고 하는 말에 속이 상한 모양이었지만 공주의 우는 모습은 하나도 슬퍼 보이지 않았다.

"떨메야, 그만 울고 빨리 운동장으로 나가. 시작종 칠 거야."

"소금아, 내가 그렇게 뚱뚱하니? 가슴둘레가 백도 안 되는데. 흑흑흑……."

"내가 보기엔 괜찮아. 너무 마른 것도 보기 흉하다고."

"그렇지? 괜찮을 정도지?"

비로소 울음을 딱 그치는 공주의 얼굴은 울어본 지가 십 년도 더 돼 보일 만큼 맨숭맨숭했다.

"그나저나 종례 끝나면 바쁘게 생겼구나. 들것 선생님, 퀸 선생님, 가볼 데가 많아서 말야."

"일진이 사나운 날이야. 그치만 라면 가시내, 아까 교실에서부터 말하는 것 좀 봐. 얼마나 싸가지가 바가지로 없었니?"

"그래, 라면 혼내준 건 공주 네가 잘했어. 어쨌든 염려하지 마. 내게도 이 위기를 때워갈 계획이 다 돼 있으니까…….."

"주리, 네 지혜의 샘, 고 주근깨만 믿는다."

"흥하게 주근깨가 뭐니? 깨소금이지."

안공주와 복주리는 나란히 운동장을 향해 뛰어나갔다. 기우는 햇빛이 운동장의 공간 속에 하얗게 빛나고 있었다.

보충수업이 끝나자 곧 종례가 시작되었다. 담임 '안소니 퀸' 선생님은 어디서 무슨 말을 들었는지 유독 잔소리가 많았다.

"여학생은 뭣보다 우선 품위가 있어야 하는 거예요. 요즘 우리 정(貞)반은 전교에서 시끄럽기로 일등이요. 반 이름이 정숙할 정 반인데 이게 말이 돼요? 게다가 성적은 또 꼴등이니 이런 언밸런스를 나는 개탄하는 겁니다. 앞으로 학급의 정숙해야 될 분위기를 흐려놓는 학생이 있으면 어김없이 냉수를 한 컵씩 먹이겠어요. 냉수 먹고 속 좀 차리게…….."

"냉수를 먹이는 건 비위생적이에요, 선생님."

자경이었다. 그러나 자경이의 항변은 간단히 묵살되고 말았다. 선생님이 훈화 도중 불쑥 일어나 말허리를 자른 것부터가 여학생으로선 품위 제로가 아닐 수 없었다.

"우선 자경이부터 냉수를 한 컵 먹도록 해야겠어요. 주번! 주번 없나? 물 떠 와!"

이래서 자경인 지극히 옳은 주장을 했음에도 불구하고 냉수 한 컵을 마시지 않을 수 없게 되었다. 주리와 공주는 퀸 선생님의 이 비교육적이고 야만적인 행위에 대해 마음속으로 규탄해 마지않았으나 종례 끝나고 불려가야 될 처량한 신세여서 우선 꾹 참지 않으면 안 되었다.

마침내 종례가 끝났다.

교무실에 들르자 퀸 선생님은 공주가 '라면'의 냉면 그릇을 들고 다니며 애를 먹인 사건에 대해 거의 삼십 분이나 땀까지 흘리며 개탄하였다.

"앞으로 말이야, 한 번 더 그런 품위 없는 행동이 일어날 때는 학부형을 소환하겠어. 알겠니?"

"알겠습니다."

"알긴 뭘 알아?"

참, 기가 막혀. 아느냐고 물어봐놓고 금방 '알긴 뭘 알아'라니. 하지만 사실, 주리는 교무실을 나올 때 벌써 퀸 선생님의 소언(小言, 잔소리)은 잊어버렸다. 선생님의 잔소리는 들리는 대로 곧장 흘려보내는 것이 최고의 상책이라는 게 평소 주리의 지론이다. 어디 선생님의 잔소리뿐인가. 잊는 것을 좋은 것이라고 주리는 늘 생각했다. 슬프고 가슴 아픈 일일수록 그렇다. 어떤 어려운 일도 최종적으로는 다 새사람이 되는 데 도움이 된다.

망각을 통해 사람은 늘 새로 태어날 수 있다는 것이다.

"애, 어떡하니?"

교무실을 나와 교장실을 향하며 공주가 말했다.

"어떡하긴 뭐, 배짱대로 밀고 나가는 거지."

"들것 선생님, 기어코 우릴 처벌하려 하실까?"

"아이 돈 노우!"

"미안쫩쫩. 내가 아까 들것 선생님한테 불려 일어났을 때, 잠
잤다고 솔직하게 고백하지 않았음 일이 잘 풀려나갔을지 모르
는데…….'"

"네가 안 그랬어도 불려가는 건 마찬가지였을 거야. 이게 어
디 우리 탓이니? 그 능글맞은 '로키 산의 독수리'가 부서진 의
자에 앉지도 않고, 발목을 대야에 담그지도 않고 했으니까 그렇
지."

"난 말야, 거짓말을 하려면 식은땀이 흘러. 어떡하면 나도 거
짓말을 좀 태연히 할 수 있을까?"

"걱정도 팔자구나. 자, 들어가자!"

마침내 교장실 문에 손을 대며 주리가 말했다.

"음, 그래."

공주가 침을 꼴깍 삼키며 고개를 끄덕거렸다.

두 사람은 적진에 뛰어드는 소년 병사처럼 비장한 각오를
다지며 교장실 문을 밀고 들어갔다.

교장실엔 주리네보다 한발 먼저 로키 선생님이 와 있었다.

들것 선생님과 소파에 마주 앉아 있던 로키 선생님이 들어서는 주리와 눈이 마주치자 어럽쇼, 한쪽 눈을 찡긋해 보이는 게 아닌가. 그것 참, 배짱 한번 두둑해서 좋다. 하지만 근엄해야 할 교사 신분에 그것도 교장 선생님 앞에서 학생을 향해 윙크를 날리다니. 주리는 괜히 속이 쓰린 기분이었다. 어디 두고 보자. 로키 산의 독수리야말로 퀸 선생님의 품위론을 백번이라도 들어둬야 될 사람이다. 암, 아리스토텔레스(아랫다리 털 났음)거든.

"추상화 구상은 끝났나?"

들것 선생님은 우선 그렇게 물었다.

이 순간, 어떤 생각이 전광석화처럼 주리의 가슴을 치고 갔다. 이왕이면 로키 산의 독수리에게 약이라도 올려놓자. 주리는 마음속으로 혀를 날름거리면서 똑바로 교장 선생님을 바라보았다.

"사실은 그게 아니었습니다."

"그게 아니라니?"

"도 선생님께서 우리에게 잠을 자라고 했었습니다."

"잠을 자라고 해? 수업 시간인데?"

"네. 저희는 수업을 하자고 했었습니다만……."

"허어, 이럴 수가 있나?"

아니나 다를까. 들것 선생님은 노여움이 깃든 시선을 '로키'

에게 돌리며 이맛살을 찌푸렸다. 용용 죽겠지. 주리는 쾌재를 불렀다. 아니라고 발뺌만 해보라지.

주리가 근본적으로 노리는 것은 교장 선생님께 '로키'가 몇 마디 잔소리를 듣게 만들자는 정도가 아니었다. '그게 아닙니다. 주리의 얘기는 전부 거짓말입니다' 하고 부정했을 때, 그 사실을 널리 학생들에게 선전해서 로키 산의 독수리를 비겁한 이미지로 만들자는 게 주리의 목적이었다.

'글쎄 말야, 로키 산의 독수리가 잘못을 고스란히 우리들에게 돌리고 자기 입장만 좋은 대로 살짝 빠져나갔다지 뭐니? 정말 파렴치해. 아더메치유(아니꼽고 더럽고 메스껍고 치사하고 유치하다는 뜻) 정도가 아니야. ABC야, ABC(에이 보기 싫어).'

학생들이 이구동성 이렇게 '로키'를 규탄하고 나오면 속이 시원할 것 같았다. 그러나 '로키 산의 독수리'는 역시 용의주도하고 비범한 데가 있었다.

"네, 교장 선생님. 날씨도 덥고 해서 제가 학생들에게 좀 자라고 했습니다. 모든 잘못은 제게 있습니다."

그 말에 감동한 것은 공주였다. 지금껏 침묵을 지키고 있던 떨메 안공주가 감격한 표정으로 한발 나서며 척 내놓은 말씀이 완전히 사태를 급전환시켰다.

"아닙니다. 들것…… 아니 교장 선생님. 도 선생님은 아무 잘못도 없습니다. 그 뭐냐, 저희들이 도 선생님을 그 뭐냐, 골탕 먹일 셈으로……."

한 문장 속에 '그 뭐냐'가 두 번씩이나 나왔다면 공주의 흥분은 상당한 경지에 이르고 있음을 나타내는 것이다. 한번 엎질러진 물은 주워 담을 수 없는 법이다. '로키' 선생님의 '의리'를 앞세운 제스처에 완전히 말려들어간 공주는 계속하여 모든 걸 털어놓고 있었다.

"교장 선생님, 저희가 잘못했습니다. 그 뭐냐, 대야의 물이랑 부서진 의자를 거기 놓은 건 전부 제가 한 짓입니다. 정말입니다. 정말이에요."

그래. 정말은 정말이다.

주리로서도 이쯤 되면 속수무책일 수밖에 없다. 멍텅구리 옥떨메 같으니. 그런데 공주의 고백을 듣고 있는 교장 선생님의 노안에 놀랍게도 화안한 미소가 떠오르고 있지 않은가.

"그래, 그래. 뚱뚱보 학생이야말로 훌륭한 재산을 가졌어요."

어렵쇼. 들것 선생님께서 무릎까지 친다. 감격하기 좋아하는 것으론 암두꺼비 같은 공주와 똑 닮았다.

"뭐라고 변명을 해도 난 다 알고 있었어. 요컨대, 누군가 정직하게 고백해주기만 바랐거든. 뚱뚱보 학생은 정직이라는 고귀한 재산을 가졌어요. 정말 장해. 정말……."

'정말' 풍년이다. 들것 선생님과 공주의 짝짜꿍이 이렇게 잘맞을 수가 없다. 덕분에 주리만이 개밥에 도토리 꼴이다. 연초에 본 토정비결에 구설수가 있다더니만 이를 두고 한 예언인 모양이다.

결국 공주의 재산, 정직에 감격한 들컷 선생님께선 처벌까지 바람을 몰고 가지 않고 간단한 숙제로써 일을 결말지었다.

"어찌 되었건 학생들의 그런 심한 장난은 찬양할 수 없어요. 따라서 두 학생은 다음 주 월요일까지 추상화 다섯 장을 내게 그려가지고 오도록. 알았나? 그리고 도 선생님은 우선 그 머리부터 좀 잘라요. 그게 뭡니까?"

"전 삼손인데요."

"삼손이라니?"

"이 머릿속에 힘이 담겨 있거든요. 머릴 자르면 힘을 못 써요."

"허어. 정 그러시면 머릴 자른 다음 내가 비타민을 한 통 사드리지. 비타민 힘이 머리 힘보다 나을 테니까."

그때였다. 돌연, 공주가 훌쩍훌쩍 울기 시작하는 게 아닌가.

"아니, 왜 그래?"

들컷 선생님이 놀란 얼굴로 이렇게 물었으나 공주의 울음소리는 차츰 더 그 가락을 애잔하게 잡아가고 있었다.

"이봐요, 주리 학생. 이 뚱뚱보 학생 왜 우는지 모르나?"

"얘는 감격하기 쉬운 성격이라서요. 교장 선생님께서 초상화 다섯 장 그리는 가벼운 벌을 내리시니까……."

"그게 아니야, 이 계집애야!"

주리의 설명이 끝나기도 전에 공주가 툭 내쏘는데 이게 영락없이 깨진 뚝배기, 구둣발로 밟는 소리였다.

"그럼 왜?"

"교장 선생님, 전 지금 죽고만 싶어요."

"뭐, 뭐? 주…… 죽고 싶어?"

"제가 어째서 뚱뚱보 학생입니까. 공주라는 기막힌 예쁜 이름이 엄연히 있는데…… 흐흑…… 저도요, 가슴둘레가 구십팔밖에 안 된다고요. 백도 안 되는데 교장 선생님께서 체면도 없이 뚱뚱보 학생이라니요? 듣다 보니까 너무 섭섭하고 기가 막혀 죽고 싶지 뭐예요. 흐흑……."

"이…… 이런. 이봐요, 뚱…… 아니, 고…… 공주 학생. 내가 실언을 했었구면. 주…… 죽다니. 내가 보기엔 표준 체격인데……."

죽고 싶다는 말 한마디에 들것 선생님은 완전히 혼이 달아난 얼굴이었다. 허둥거리는 게 후춧가루 때문에 재채기를 하면서, 의자와 함께 넘어지던 바로 그때의 모습과 똑같았다.

만세. 오늘은 완전히 옥떨메 안공주가 만세를 부르는 날이었다.

주리가 가장 치욕적으로 코가 빠지게 된 하필 이 장면에서, 안공주가 만세를 불러야 되는 당당한 위치에 설 수 있다니. 그래서 그런 말이 있지 않은가. 음지가 양지 되고 양지가 음지 된다고……. 이 순간만은 주리도 안공주의 그 절구통 같은 체격이 한없이 부러워 보였다.

수두꺼비의
출현

주리네 가족은 도합 일곱이다.

　제일 웃어른으론 일흔이 넘은 할아버지가 살아 계신다. 할아버진 평생을 교육계에 계셨던 분이다. 말년엔 대학에 계시다가 정년 퇴직하셨지만 더 많은 세월을 고등학교에서 교편을 잡으셨다고 한다. 그래서 그런지 매우 근엄하고 체통을 중히 여기신다. 비유하자면 들것 선생과 상당히 닮았다. 아니다. 한마디로 엄격한 성격이다, 해버리는 건 옳은 설명이 아닐 것이다. 할아버지가 엄격하신 건 이따금 찾아오는 당신의 제자들이나 주리의 엄마 아빠에게만 통용된다. 특히 아빠를 대할 때의 할아버지 모습은 꼭 병졸을 대하는 호랑이 장군의 얼굴이다. 조금의 실수나 잘못도 용서하는 일이 없으시다.

　한번은 식사를 끝낸 아빠가 무심코 상머리에서 담배를 꺼내 물었던 일이 있다. 그때도 할아버진 단번에 벽력같이 소리를 질렀다.

　"고이얀 놈. 당장에 무릎을 꿇어! 글쎄, 꿇으라니깐. 그리고 주리야, 내 방에 가서 라디오를 내오너라."

　주리가 라디오를 가져오자 할아버진 불문곡직, 아빠에게 두 손을 머리 위로 들게 해서 라디오를 척 올려놓았다. 라디오를 들고 무릎까지 꿇은 채 초등학생처럼 벌을 서는 아빠의 모습은 안쓰러울 정도였다. 어디 그뿐이냐. 라디오를 틀어놓기까지 하고 태연자약 아침 뉴스에 귀를 기울이는 할아버지였다.

그런 할아버지도 주리네 세 자매한텐 그야말로 항상 때깔 좋은 봄바람이었다. 너그럽고 신식이고 산들산들하였다. 특히 막내인 주리에게는 오히려 쩔쩔매는 정도였고, 아빠에게 벌을 내리신 때도 주리의 청만 있으면 특사를 베풀었다.

거기에 비해 아빤 물색없이 사람이 좋았다.

나이 오십에 개인회사 부장이라는 사실이 말해주듯이 빼어난 재주는 없었으나 지극히 인간적인 성격이어서 주리에겐 조금도 불평할 수 없는 그런 아버지였다. 다만 좀 게으르고 맺힌 데가 없어, 할아버지에게 불호령을 들어야 되는 일이 종종 있었다.

엄마는 어느 편이냐 하면 안공주 옥떨메의 성격 그대로였다. 어디 성격만 그러하냐. 우선 체중부터가 칠십 킬로그램을 오르락내리락하는 형편이고 가슴둘레는 백을 훨씬 넘는다. 안공주가 '새끼 두꺼비'라면 엄마는 '어미 두꺼비'다. 평수로 따진다는 것은 엄마에겐 좀 가혹한 일이지만, 아빠는 곧잘 코미디언 오천평 양에게 엄마를 비유하곤 한다.

주리네 집엔 남자 형제가 없다. 엄마는 하느님이 주신 그 건장한 체격을 갖고도 또르르 딸만 셋을 낳았다.

큰언니 주순이는 금년 나이 만으로 스물셋. 작년에 대학을 졸업하고 남자중학교 사회 선생으로 있다. 지난봄부터 아침마다 정성 들여 화장하는 시간이 길어지는 걸 보면 밤마다 면사포를 쓰는 신나는 꿈을 꾸고 있는지 알 수 없다. 잘생기지도, 못생기지도 않은 얼굴에 아랫니가 벌어져서 금으로 그 사이에 기둥을 해 박았다. 웃을 때마다 그 금기둥이 번뜩번뜩 나타나는데 아빠의 지론에 따르자면 주순 언니의 매력은 바로 그것이다.

큰언니에 비해 둘째 언니 주경이는 대단한 미인이다. 날씬한 체격인 데다가 일류 여자대학 불문학과에 다니고 있다. 다만 성격이 좀 괄괄한 것이 흠이라면 흠이어서 집까지 쫄랑거리고 쫓아오는 남학생을 향해 뺨을 친 것도 두서너 번은 된다.

주리의 집은 뜰은 제법 넓으나 건물은 낡은 단층 벽돌집이다. 주리네 자매는 언제고 산뜻한 이층집이나 맨션아파트로 이사 가는 게 소원이지만 이 소원만큼은 할아버지가 계시는 한 쉽게 이루어질 것 같지가 않다. 이십여 년이나 산 집이다. 꽃나무 한 그루, 벽돌장 한 개에 이르기까지 할아버지의 손때가 묻었다. 그렇지만 주리는 역시 틈만 있으면 새집으로 이사 갈 것을 할아버지에게 조르곤 하였다.

더구나 지난봄부터 옆집에서 낡은 건물을 헐고 아담한 이층 양옥을 지어 올리자 주리의 소망은 더욱 간절해졌다. 또드락또드락, 서너 달 장난하듯 하더니 두어 주일 전 마침내 낯선 사람들이 그 이층집에 이사를 왔다. 주리는 괜히 속이 상했다. 괜히가 아니었다. 우선 이층집의 베란다에서 주리 방의 창문이 환히 내려다보인다는 것부터가 마음에 들지 않았다.

그러나 주리가 참말 속이 뒤틀리기 시작한 것은 단순히 그런 감정 때문만은 아니었다. 하필이면 그 이층 방을 그 집 맏아들이 사용하는 모양인데 이 맏아들이라는 남학생이 한마디로 웃기게 생겨먹었다.

하마같이 넓은 얼굴 면적, 벌쑥 들린 콧구멍, 속없이 돋아난 여드름, 거기다가 가무잡잡하니 수염자리까지 집터를 잡고 앉았으니 주리로선 장님 되지 못한 게 철천지한이 되는 심정이었다.

거기다가 행동거지나 어디 점잖은가.

아침마다 베란다에 나와 웃통을 벗어부치고 역기를 드네, 아령을 합네, 하면서 별스런 원숭이 재주를 다 피우고 앉았으니 기가 차고 순사가 칼을 찰 일이다.

며칠 전만 해도 그랬다. 아침에 무심코 주리가 창문을 여니까 그 남학생이 기다렸다는 듯이 아령을 양손에 든 채 씩 웃어주는 게 아닌가. 주리는 대뜸 가래침을 한입 물고 퉤하고 뱉어내며 앙칼지게 창문을 닫았지만 속이 뒤틀리는 거야 표현할 말이 없을 정도였다.

언제 걸리기만 해봐라. 그저 반창고 열 개쯤 붙일 만큼 골탕을 먹여줄 테니까.

주리가 이렇게 이를 갈기 시작한 것은 바로 그날부터였다. 헌데 복통할 일이 바로 엊그제 또 일어났다. 그쪽 편에서 먼저 도전을 해온 것이었다. 도전도 애교로 치고 넘어갈 도전이 아니었다. 악랄하고 치사한 도전이었다.

아침이었다. 눈을 떴으나 이불 속에서 채 일어나지도 않았는데 누군가 "쭈리!" 하고 소리쳐 부르는 목소리가 들렸다. (주리네 집에선 누구든지 '주리'라고 부르지 않고 '쭈리'라고 불렀다.)

주리는 처음엔 그저 할아버지나 아빠려니 생각하고 "네, 지금 일어나요" 하고 대답했는데 아뿔싸, 그게 아니었다. 두 번 세 번 연거푸 불러대는 게 대청 방향에서가 아니라 바로 창 너머 이층집 쪽이 아닌가.

"쭈리! 야, 쭈리!"

주리는 벌떡 일어섰다. 하마에다가 수두꺼비를 합해놓은 것 같은 이층집 남학생의 얼굴이 휙 떠올랐다.

"저게 그런데, 제정신인가……."

주리는 독이 오를 대로 올라서 창문을 힘껏 열어젖혔다. 헌데 이게 웬일인가. 옆집의 이층 베란다엔 배짱 좋고 지혜로운 주리로서도 입만 딱 벌릴 수밖에 없는 고약한 장면이 태연히 연출되고 있었다. 옆집 베란다엔 지금 막 강아지 한 마리를 가지고 수두꺼비 같은 남학생이 요리조리 어르고 있는 중이었다.

"쭈리! 앉아! 앉으라니까!"

요컨대 강아지 이름이 '쭈리'였다. 쭈리는 너무나 약이 올라 당장에 얼굴이 벌겋게 달아올랐다. 그러나 '수두꺼비'는 이쪽 사정을 빤히 알면서도 일부러 모르는 채, 여전히 강아지만 두고 불호령이었다.

"야, 쭈리. 넌 왜 그렇게 멍청하니? 앉으라고 벌써 몇 번이나 가르쳤어? 어이쿠 벼엉신, 앉으란 말야, 앉아!"

허어, 사람 환장할 지경이다.

강아지라고 어디 잘생기기나 했나. 주황색 털이 부스스 일어 나다 만 몸뚱어리에다가 콧구멍은 벌름 들리고 눈가에 눈곱까 지 허옇게 낀 게 영락없는 싸구려 똥개였다. 그놈의 싸구려 똥 개가 꼬리를 사려 붙이고 전전긍긍하고 있는데 주인인 '수두꺼 비'는 유들유들 나무의자에 버티고 앉아 갖은 욕설을 다 퍼붓는 중이었다.

"쭈리! 어이, 쭈리. 요거 먹어. 어서 처먹으라니까. 넌 왜 먹 는 거 한 가지만 잘하니? 대갈통에 돌만 잔뜩 들어가지고 꼴값 하고 있네. 쭈리, 임마 쭈리! 이리 좀 와. 이리 오라니까. 내 명령 안 들으면 회초리로 갈겨줄 거야. 야, 쭈리!"

쭈리는 결국 아무 말도 못하고 창을 닫았다.

생각 같아선 그 '수두꺼비'의 못생긴 얼굴에다가 개 오줌을 가지고 세수라도 씻기고 싶을 정도였지만 당장은 어떻게 손써

볼 요량이 나지 않았다. 그런데 돌연 현관 밖 정원에서 우렁찬 할아버지의 목소리가 들려오는 게 아닌가.

"저런 고이얀! 공부하는 학생이 어째 새벽부터 얌전한 여학생 이름을 소리쳐 부르고 야단이야, 야단이……."

할아버진 얼핏 옆집 베란다에서 일어나고 있는 사태의 진상을 확실히 깨닫지 못하고 있었던 모양이었다. 여전히 노여움이 가득 찬 목소리로,

"그리고 뭐, 우리 쭈리를 회초리로 갈겨줘? 허어, 이럴 수가 있나?" 하시며, 점잖지 못하게 정원의 자연석(自然石) 위로 척 올라서 당장 담이라도 넘어가 요절을 내겠다는, 그런 돌격 자세를 보였다. 그 바람에 주리네 집에선 주리를 뺀 온 식구가 정원으로 몰려나왔고, 옆집에선 옆집대로 온 식구가 이층 베란다로 몰려들었다.

그러나 '수두꺼비'는 할아버지의 불호령에 조금도 기가 죽는 눈치가 아니었다. 오히려 야들야들하게 웃기까지 하면서 한 수 더 뜨는 것이었다.

"참, 할아버지도. 그게 아니에요, 할아버지. 이 강아지 이름이 쭈리란 말예요. 지금 아침 체조를 시키는 중이었어요. 제가 왜 여학생 이름을 부르고 그러겠어요? 여학생 이름이 쭈린가요?"

"뭐, 강아지 이름이 쭈리라고? 왜 하필 쭈리야? 일부러 우리

쭈리를 골탕 먹일 배짱이렷다?"

"골탕은요. 전 정말 그 집 여학생 이름이 쭈린지 몰랐어요."

"암튼 그 강아지 이름 당장에 갈앗!"

할아버지로서도 강아지 이름이 '쭈리'라는 데야 어쩔 도리가 없는 것 같았다. 한결 누그러든 음색으로 이렇게 말씀하시는데, 이번엔 '수두꺼비'네 쪽에서 관망만 하고 있던 수두꺼비 할머니가 톡 튀어나왔다.

"왜 우리 집 강아지 이름을 갈라 마라예요? 쭈리가 그래, 강아지 이름으로 어울리지 사람 이름으로 어울리우? 댁의 손녀 이름이나 가시우."

"뭐? 아, 어디다 대고 손녀 이름을 갈라 마라 하는 게여!"

"그편에서 왜 아침부터 남의 집 강아지에 시비요, 시비가……."

'수두꺼비'네 할머니도 만만치가 않았다. 사태는 바야흐로 가족 대항 난투극까지는 몰라도 돌이킬 수 없는 방향까지 발전할 흥분된 조짐을 보였다. 마치 네트를 사이에 두고 오가는 배구공처럼 담장을 사이에 두고 한참 동안 주리네 할아버지와 수두꺼비네 할머니 사이에 피차 가시 돋친 얘기들이 오고갔다.

그런데 밖에서야 난리를 치건 말건 내내 화장실에 앉아 신문만 들여다보던 주리의 아빠가 뜰로 나오면서부터, 사건은 그야말로 극적 전환을 가져왔다. 엉거주춤 뒷짐을 진 채 옆집 베

란다를 올려다보던 아빠가 돌연 할아버지가 서 계신 자연석 위로 황급히 올라서며,

"아니 거기, 혹 차진도 씨 아뇨?"

했던 것이다. 그러자 베란다 쪽에서도 할머니를 밀쳐내며 척 나서는 게 얼른 보아 '수두꺼비'의 아버지, 대머리의 중년 남자였다.

"허어! 공부벌레였던 복, 복수남? 그래, 자네 복수남이지?"

복수남이라면 누군가. 바로 주리의 아빠가 아닌가.

아빠는 완전히 감동한 얼굴로 허공에 두 손을 내밀고 악수라도 하듯 흔들어 보이며 놀랄 만큼 큰소리로 말하는 것이었다.

"그래, 나 복수남이야. 자넨 축구 선수였지? 자네 별명이 삐(B)29 폭격기가 아니었나? 운동장에선 정말 B29폭격기 같았지."

"자넨 공부를 잘했지. 아무렴. 자네 별명이 백과사전이었을 정도니까……."

"옳거니! 이거 대체 몇 년 만인가?"

"십 년도 넘었을걸, 아마……."

두 사람은 담장 때문에 서로 얼싸안지 못하는 것만이 이 순간엔 비극인 듯 보였다. 모든 사람은 너무나도 돌연한 이 장면에서 각각 입을 벌린 채 다물지 못했다.

그러나 이날 아침, 아빠는 당장 할아버지로부터 호된 꾸지람

을 들었다. 하필 그런 장면에 튀어나와 아는 체를 해서 할아버지의 체통과 가문의 체면이 말씀 아니라는 것이었다.

"그렇지만 십 년 만에 만나는 고등학교 동창생입니다. 반가운 걸 어찌 모른 체하겠습니까?"

"왜 못해? 네가 어디 한두 살 먹은 애란 말이냐?"

"아버님은 언제나 절 애 취급하시지 않으셨습니까?"

"반항하는 게냐?"

"반항이라니요. 이치가 그렇다는 게지요."

"허어, 그래도 말대꾸야. 애, 주리야! 거기 라디오 가져오너라."

마침내 할아버진 아빠에게 또 라디오를 들리실 모양이었다. 자중지란(自中之亂)이다.

"할아버지도 참, 애들 일 가지고 뭘 야단이세요?"

주경이 언니가 아침부터 얼굴 이곳저곳에 오이를 썰어 붙이고 있다가 말참견을 했다.

"애들 일이라니?"

"주리한테 맡겨놓으세요. 아무려면 주리가 저까짓 남학생 하나 기 못 죽일 줄 아세요?"

"이건 주리만의 문제가 아니다. 그놈의 노망 들린 할망구, 나서서 소리 지르는 것 못 봐서 그러냐?"

"호호 참, 할머니는 그럼 할아버지가 담당하시면 될 거 아네요? 아빠가 무슨 죄예요? 십 년 만에 동창생 만난 감격밖에요."

이래서 결국 주리 대 수두꺼비의 한판 승부와 할아버지 대 이웃집 할머니의 한판 승부로 범위가 좁아진 셈인데, 그것만 가지고도 이후 아침저녁 조용할 날이 없게 되었다.

다음 날, 할아버지는 대뜸 강아지 한 마리를 사 들고 오셨다.

"눈에는 눈으로, 이에는 이로!"

할아버진 그렇게 외쳤다. 그렇지만 옆집 '수두꺼비'의 이름을 알 수 없는 게 문제였다. 할아버진 그 문제를 아빠한테 일임하였다.

"네가 그 녀석 애비하고 친구라니까 이름 알아보는 것은 네가 맡아야겠다."

"친구의 우정을 배반하란 말입니까?"

"배반은 무슨 배반이야? 그저 저쪽 집과 접근하기 제일 쉬운 게 너라는 게지."

"접근하기 쉬워도 마찬가지예요. 저쪽 집에서도 우리가 이렇게 나올 줄 다 알고 있다고요. 그래서 벌써 보안 조치를 철저히 내려놨답니다."

"보안 조치를?"

"그러믄요. 아침 출근할 때 저쪽 집 'B29'가 그러던데요. 막내놈 이름 물어볼 생각일랑 아예 말라고요."

"그래도 알아내는 게 능력이지. 보안 조치를 아무리 철저히 해도 그걸 뚫는 게 바로 훌륭한 첩보 기술이라는 게야."

"그럼 제가 첩보원이란 말입니까?"

"암, 첩보원이지. 꽁꽁칠(007) 정신을 가져라, 그런 얘기다."

그러나 할아버지의 엄명에도 불구하고 아빠는 하루가 지날 때까지 결국 수두꺼비의 이름을 알아오지 못하셨다. 그 대신 힘 안 들이고 실적을 올린 것은 주경이 언니였다.

"그 애 이름이 삼수(三樹)가 틀림없어요."

"아니, 네가 어떻게 아니?"

"아침에 학교 가는데 그쪽 큰아들을 만났거든요."

"큰아들보고 네가 물어봤단 말이지?"

"묻긴 제가 왜 물어요. 자기가 그러대요. 제 이름이 일수(一樹)라고요. 자기 아빠 나무 수(樹) 자를 좋아한다고요."

"그러니까 둘째놈이 이수(二樹), 셋째가 삼수(三樹), 그럴 거라는 얘기구나?"

"뻔하죠, 뭐."

"그 이름 한번 빌어먹게 생겼다. 그러잖아도 재수생 문제가 대두되는 세상인데 삼수가 뭐냐, 삼수가⋯⋯."

아무튼 할아버지가 사 오신 강아지에겐 당장에 '삼수'라는 이름이 붙여졌다. 그래서 수두꺼비네 베란다와 주리 방 창문 사이엔 아침저녁 '강아지 타령'으로 바람 잘 날이 없게 되었다.

가령 새벽에 먼저 베란다에서 수두꺼비가,

"헤이, 쭈리! 앉아!"

하고 소리 지르면,

"야, 욘석 삼수야! 일어섯! 일어서란 말얏!"

주리가 앙칼지게 강아지를 향해 불호령을 내렸다. 그러다 보면 사정을 모르고 소리만 듣는 사람에겐 말다툼이라도 하는 듯 들리는 게 예사였다.

"애, 삼수야, 이거 먹어!"

"어이쿠, 쭈리야, 그건 못 먹는 거라고 그랬잖아!"

"삼수, 요 녀석! 넌 왜 그렇게 말을 듣지 않니?"

"쭈리, 너 정말 혼나볼 거야? 회초리로 두들겨줄 테니깐……."

"삼수야! 말 안 들음 밥 굶길 거야."

"넌 구제불능이다. 쭈리! 넌 바보요, 병신이요, 머저리요, 별수 없는 똥개라니까!"

"삼수, 넌 할 수 없어. 구제불능성 먹는 거 밝힘증이라니까. 애가 아무리 지능이 낮아도 그렇지 어찌 먹는 거 하나밖에 모르니? 천치, 멍텅구리!"

"쭈리, 너 정 이러면 발길로 찰 거야."

"삼수, 너 정말 말 안 들음 꽁꽁 묶어놓을 거야."

"등신, 바아보!"

"머저리!"

대체로 이렇게 욕설과 힐난이 오고 가는데, 이게 내용을 알아보면 각각 자기 집 강아지보고 하는 소리다, 이거였다.

그러나 이런 정도로 주리의 상처 입은 자존심이 치료될 리가 없었다. 어떻게 하면 저 수두꺼비의 코를 납작하게 해줄 수 있을까. 밥을 먹으면서도 그 생각이요, 변소에 가서도 그 생각이요, 버스를 타고도 그 생각이요, 심지어는 잠을 자다가도 "삼수! 삼수!" 하면서 깨기가 일쑤였다. 남이 들으면 삼수라는 남학생 때문에 상사병이라도 든 줄 오해하기 십상이었다.

"얘, 쭈리야. 얘, 쭈리야! 너 무슨 걱정 있니?"

점심시간에 점매청(매점)에 들러 아이스크림 하나씩을 물고 나오면서 옥떨메 안공주가 이렇게 물어왔다.

"응. 사실은 이가 갈릴 일이 있었어. 어떻게 하면 골탕을 좀 먹일까 궁리 중이야."

"얘는…… 해도 너무한다. 너 아무려면 그까짓 일로 그렇게 이를 가니? 그래봤자 '로키 산의 독수리'는 날로 인기 상승이더라 얘. 라면 그 가시내가 글쎄, 아침에도 꽃 사다가 '로키' 책상에 꽂고 앉았지 뭐니?"

공주는 아마도 주리가 '로키 산의 독수리'를 생각하고 있는 줄로 착각한 모양이었다.

"그게 아냐. 로키 산의 독수리도 이가 안 갈리는 건 아니지만 그보다 더 급선무가 있단 말야. 우리 옆집에……."

주리는 공주와 수두꺼비가 서로 닮았다는 얘기만 쏙 빼고 자초지종으로 브리핑하지 않을 수가 없었다. 그러자 공주는 금방 노기등등, 비분강개하여,

"그런 도그 베이비(dog baby, 개자식)를 지금까지 가만히 뒀니? 그게 웬 조화 속이여? 오늘 내 너희 집에 갈게. 그걸 그냥……."

하면서, 구십팔 센티미터의 가슴을 턱 펴고 두 팔까지 휘둘러대며 금방이라도 수두꺼비의 목을 비틀어버리는 시늉을 했다. 수두꺼비의 체격을 보지 못해서 하는 소리였다.

"그러니끼니 기게 그래요……."

주리가 자수 간첩 기자회견하는 말투를 흉내 내며 타일러봤으나 공주는 여전히 막무가내였다.

"소금이 넌 가만있어! 내가 그 자식을 그냥, 삼수생인지 사수생인지, 좌우당간 접시 물에 미역 감기고, 똥차 피하려다 쓰레기차에 치어 죽은 사람 꼴로 만들어놓을게."

"그 애, 운동선수란 말야. 니 힘으로 안 돼."

"운동선수? 무슨?"

"축구부인가 봐."

"쳇, 웃기지도 않네. 깨소금 너, 그럼 이 몸의 힘을 과소평가

하는 거니? 나도 말이지, 새벽마다 운동한단 말야."

"무슨 운동?"

"줄넘기, 아령, 태권도…… 내 격파술이 어느 정돈지 넌 모를 거야. 스무 장은 문제없이 깰 수 있다고, 스무 장……."

"기왓장을 말이니?"

"헤헤…… 아냐. 저 있잖아, 두부 말야 두부, 헤헤헤……."

"공주님. 제발 좀 식당문(입) 좀 닫아주세요."

주리와 공주는 동시에 맑게 웃으며 운동장이 내려다보이는 벤치에 앉았다. 언제 와봐도 정이 똑똑 붙는 등나무 아래였다. 어디선지 매미 소리가 들려왔다. 하얗게 비어 있는 운동장 저 너머에 뭉게구름 한 쌍이 눈부시게 걸려 있었다. 이제 며칠 후면 여름방학이다. 방학, 아아, 여름방학!

주리는 무언가 가슴이 꽉 차는 듯해서 크게 기지개를 켰다.

그때였다. 뒤로 높게 올려진 주리의 팔목을 덥석 잡는 손이 있었다. '로키 산의 독수리'였다. 여전히 가볍게 소매를 걷어 올린 팔에다가 귀를 덮는 장발을 하고, 서글서글한 눈동자를 따뜻하게 굴리며 로키 산이 정말 우람한 산처럼 우뚝 서 있었던 것이다.

"숙녀 손을 함부로 잡는다는 거, 실례인 줄 모르세요?"

주리가 얼굴을 붉히며 손을 빼자, 로키 산은,

"손 말고 여길 잡는 건 괜찮겠지?"

하면서, 이번엔 공주의 '복앵두'를 손가락으로 잡는 것이었다. 귀밑에 밤톨만 하게 돋아난 그 혹은 머리 사이에 묻혀 있었으나, '스티브 오스틴' 같은 눈을 가진 '로키 산'은 책꽂이에서 보고 싶은 책을 뽑아내듯 자연스럽게 찾아내었다.

"앉으세요, 선생님."

공주가 반색을 하며 자리를 권했으나 주리의 입술은 한 자나 밖으로 나왔다.

"선생님, 머리 안 자르실 거예요?"

"난 뭐 머리 특별히 기르는 게 아니야."

"그럼요?"

"그냥 자연스럽게 놔두는 거지. 놔둬도 자꾸 자라는 걸 낸들 어떻게 해?"

"교장 선생님께서 뭐라 안 하세요?"

"줄 당기기 하는 중이지."

"결국 교장 선생님한텐 지셔야 될 걸요."

"그럴까. 그런데 주리는 왜 그렇게 입술이 앞으로 나왔나? 나한테 아직도 화가 안 풀린 모양이지?"

"주리는요, 점심 먹고 물을 안 먹어서 그래요. 거기다 수두꺼비 같은 어떤 남학생이 우리 주리한테 약을 잔뜩 올려놨지 뭐예요."

"얘는……."

주리가 공주를 향해 찢어져라 눈을 흘겼으나 '정직이 최선의 행복'인 우리의 떨메 공주는 나불나불, 야들야들, 식당문(입) 닫을 생각을 못 하고 있었다.

"허허허…… 남학생을 이기는 덴 방법이 하나밖에 없지."

"어떤 방법요, 선생님?"

"근접전을 펴는 거야. 그럼 허점을 보이게 마련이거든……."

그러자 주리의 가슴속에 차 있던 안개 같은 것이 일시에 사라지는 듯했다. 그렇다. 왜 생각을 못 했을까. 그 수두꺼비쯤이야 잘하면 우리 집 강아지처럼 길들여놓고 맘대로 골탕을 먹일 수도 있을 텐데…….

탁 트인 여름의 교정에 이윽고 오후 수업을 알리는 차임벨이 울렸다. 일어서면서 '로키 산의 독수리'가 주리를 향해 윙크를 날리는 걸 공주는 보지 못했다. 공주는 절대로 '스티브 오스틴'이 아니니까—.

대결

다음 날 아침이었다.

잠자리에서 채 일어나기도 전에 옆집 베란다 쪽에서 '수두꺼비' 삼수의 갈라진 목소리가 총알같이 건너왔다.

"야, 쭈리! 넌 도대체 언제나 철이 들 거니? 어이쿠, 병신이 육갑까지 떨고 있네. 임마, 거기다 오줌을 싸면 어떡해? 나이가 몇이니? 나이가 몇인데 오줌 하날 못 가려!"

저런! 오늘은 지저분한 오줌 타령이다. 보나 안 보나 못생긴 그놈의 노랑강아지를 베란다에 묶어놓고 이쪽 눈치 슬슬 살피며 앉았을 '수두꺼비' 삼수의 이가 갈리는 모습이 눈에 선하다. 다른 때 같았으면 쭈리도 발딱 일어나 창턱에 강아지를 올려놓고,

"이놈, 삼수야, 내가 그렇게 타일렀는데도 오줌을 수돗물로 알고 세수를 해? 언제나 오줌하고 수돗물을 제대로 구별할래? 어이구, 천하에 못생긴 게 그래도 멋은 알아가지고……."

하면서 표독스럽게 응수할 것이고, 할아버지는 할아버지대로 뜰에 나와 옆집 베란다를 올려다보면서,

"얘, 쭈리야! 그렇게 멍청하거든 그 삼수 놈의 볼기짝이나 철썩철썩 두들겨주렴. 그저 말 안 듣는 개는 매가 약이니라."

다소 시치미 뚝 뗀 얼굴로 한마디 거들 것이고, 그쯤 되면 '수두꺼비'네 할머니도,

"애애, 삼수야, 그 쭈린가 뭔가 하는 변변치 못한 강아지, 두

말 말고 머리통이나 몇 번 쥐어박으럼. 될 성 부른 나무는 떡잎부터 알아본다고 돼가는 꼴이 벌써 틀렸다 틀렸어. 그 쭈리, 아무리 가르쳐봐야 쓸 만한 강아지 만들기는 다 틀렸다니까……."

어쩌고저쩌고 내쏠 것이다. 그래서 한 삼십 분, 할아버지와 주리와 주리네 '삼수'와, '수두꺼비'와 '수두꺼비'의 할머니와 수두꺼비네 '쭈리' 사이에 주거니 받거니 입 운동을 할라치면, 아침이 활짝 밝아버리는 게 여느 날의 풍경이다.

그런데 이날은 사태가 좀 달랐다.

우선 우리의 '깨소금' 주리가 목젖까지 차오르는 분노와 울분과 적개심과 증오감을 잘 참았던 것이다. 주리는 말없이 일어나 국기대를 찾아 국기 대신 흰 손수건을 매달아 창틀에 턱 내걸었다. 말하자면 백기(白旗)를 들어 보임으로써 휴전을 제의한 셈인데, 상대편에서도 그 휴전 제의가 맘에 들었던지, 혼자 열을 올린다는 게 겸연쩍었던지 '오줌 타령'이 쑥 들어갔다.

정적이 왔다.

그러나 정적이라고 그게 어디 꼭 평화를 뜻하는 것인가. 창틈으로 살짝 건너다보니, '수두꺼비'는 주리 쪽의 진의가 무엇인지를 탐색해보겠다는 얼굴로, 그 못생긴 코를 슬슬 어루만지며 잔뜩 신경을 곤두세우고 있음이 역력했다.

주리는 뜸을 들였다.

이 대목에서 금방 얼굴을 내밀고 속된 말로 '헬렐레' 해버리면, 상대편이 이쪽의 간계를 눈치채버릴는지도 모른다. 주리는 거의 십여 분 동안이나 '수두꺼비' 쪽에서 경계를 풀기를 기다렸다. 이윽고 '수두꺼비'는 심심해진 모양이었다. 서성거리다가는 윗도리를 홀홀 벗어부치더니 돌아서서 역기를 번쩍 들어 올렸다.

주리가 때를 놓치지 않고 창문을 드르륵 열자 역기를 든 채 '수두꺼비'가 고개를 휙 돌렸다. 주리는 배시시 웃기부터 했다. 자연스럽고, 예쁘고, 밝고, 호감을 주도록 웃기 위해 주리는 애를 썼다.

애쓴 보람은 금방 나타났다.

'수두꺼비'도 처음엔 웃을 듯 말 듯 하다가 급기야, 그 하마 같은 입을 최대 면적으로 벌리며 바보처럼 헤벌쭉했던 것이다. 무거운 역기를 들고 있어서 목까지 벌겋게 달아오른 힘겨운 동작에다가, 헤벌쭉 웃음까지 곁들여놓으니 참으로 눈뜨고는 못 볼 가관이었지만 주리는 조금도 그런 내색을 하지 않았다.

다음으로 주리는 노트장과 연필을 양손에 들어 보이며 '내가 너한테 쪽지를 보낸다'라는 뜻을 팬터마임으로 전하고, 미리 써 둔 쪽지를 돌멩이를 싸서 힘껏, 이층 베란다를 향해 던졌다.

총알같이 날아간 돌멩이가 역기를 든 '수두꺼비'를 쓰러뜨리고 쨍그랑하며 베란다의 넓은 유리창을 박살낸 것은 순식간의 일이었다. 돌멩이를 피하려다 제풀에 주저앉은 '수두꺼비'는 잠시 역기와 함께 넘어진 충격으로 일어나지 못하는 듯하였다. 주리는 역시 갖은 손짓을 다하여 '유리창을 깬 것은 본의가 아니었으니 어서 쪽지나 찾아 읽어봐라' 하는 의사를 표시했다.

이때, 할머니를 선두로 '수두꺼비'네 가족들이 우르르 베란다에 몰려들었다. 그리곤 '수두꺼비'를 일으켜 세우면서,

"아니 어쩌자고 그래 유리창을 박살 내냐. 쭈리란 똥개 땜에 속이 상하면 차라리 그 녀석을 두들겨주지 않고……."

하다가, 이쪽 편 주리와 시선이 마주치자 짚이는 게 있었던지 "저기…… 혹 저 애가 돌멩이를 던진 거 아니냐? 응? 삼수야. 아이고 삼수야! 어떻게 유리창이 깨졌어? 저 애 짓이지? 그렇지?"

하면서, 왜소한 체구에 처억 팔부터 걷어 올리는 것이었다. 잘못하면 사면초가 '독 안에 든 쥐' 꼴로 주리가 톡톡히 망신을 당해야 될 위급한 순간이었다.

그런데 어느 틈엔지 주리의 쪽지를 찾아 대충 읽어본 '수두꺼비' 대답이 할머니의 투지만만한 자세에 제동을 걸었다.

"아녜요, 할머니. 제가 역기를 들다 넘어져서 깨진 거예요."

겸연쩍은 듯이 '수두꺼비'는 얼굴을 돌리고 이렇게 말했다. 어디 그뿐인가.

"옆집 저 여학생하곤 오늘 아침부터 휴전을 하기로 했어요. 그렇게들 알고 계세요."

하고는, 횡하니 베란다를 빠져나가는 것이었다.

주리는 창문을 닫고 다시 이부자리에 털썩 누우며 비로소 참고 참았던 웃음을 터뜨렸다. 막 깨어 일어난 주경 언니가 뱃살을 움켜쥐고 때굴때굴 구르다시피 하는 주리를 보면서 눈을 동그랗게 떴다.

"아니, 얘가 미쳤나!"

"그래 언니, 나 미쳤어. 후후후…… 나, 정말 미쳤다니까…….."

"어머, 어머! 이를 어째! 할아버지, 아니, 엄마! 주리가 글쎄 잠자고 나서 미쳤지 뭐예요!"

주경 언니가 잠옷 바람으로 이렇게 소리치며 밖으로 뛰쳐나갔다. 할아버지를 선두로 온 집안 식구가 좌르르 몰려든 다음까지 주리는 웃고 또 웃었다. 부끄럽고 겸연쩍어서, 그 두꺼비 같은 얼굴에 콧구멍을 벌렁벌렁 들면서, 황송해하는 꼴이라니……. 그치만 두고 봐라. 앞으로 점점 더 황송해질 테니까.

주리는 '수두꺼비'한테 보낸 쪽지에다가 이렇게 예쁜 글씨로 썼던 것이다.

삼수 오빠. 이유도 없이 아침마다 지저분한 표현으로 열 낼거 뭐 있어요? 이웃사촌이라는데 차라리 친구가 돼주세요. 하나도 아옹다옹할 이유가 없잖아요. 난 사실은 삼수 오빠의 그 남성적이고 늠름한 모습이 참 맘에 들어요. 오늘 밤 여덟시, 우리 동네 뒤의 언덕으로 오세요. 큰 소나무 하나 있죠. 거기서 기다릴게요.

이날 학교에서 주리와 공주는 종일 수군거리며 작전 계획을 짰다.

"로키 산의 독수리만 협조해준다면 계획은 완벽해."

"아무렴. 여자가 한 번 원한을 품으면 오뉴월에도 서리가 내린다는데 두뇌파 깨소금의 원한을 샀으니 어련하겠누."

"근데 떨메야, '로키 산의 독수리'가 우리 계획에 참여해줄까?"

"건 염려 붙잡아 매라. 내가 책임질게."

"그래도 난 '로키'에게 부탁한다는 게 어째 꺼림칙해."

"글쎄, '로키'가 제일 적임자라니까. 그건 나한테 탁 맡겨봐!"

이래서 계획은 만족하게 마무리되었다. 공주와 주리는 악수하고, 껴안고, 서양식으로 볼까지 비벼대면서, 서로의 우정을 확인했다.

우정이란 이런 것이다.

무언가 슬프거나 기쁜 일이 있을 때, 따뜻한 자리에 홀로 눕는 것만이 좋은 건 아니다. 진실로 훈훈한 자리, 향기까지 그윽이 풍기는 자리, 그것은 바로 젊은 시절, 부딪치고 웃고 노래 부르며, 탑을 쌓듯 만들어가는 우리들의 우정인 것이다. 그래서

여자보다 훨씬 아름다운 용모를 지녔다는 '바이런'이란 시인도
그렇게 읊지 않았던가.

수많은 연인의 정을 모아도
내 가슴에 타오르는 우정의 불꽃에는 미치지 못한다.
항상 이 가슴에 꺼지는 일 없이
내 혈맥은 따뜻한 우정으로 물결친다.

점심시간이 지나자, 오후 첫 시간은 체육 시간이었다.

체육 선생님은 별명이 '마이너스 일'에다가 '교무 수첩'이었다.

괄괄하신 성미와 튼튼한 체격과는 어울리지 않게 언제나 교
무 수첩을 들고 다니시며 조금만 눈 밖에 나는 행동을 해도,

"너 무슨 반 몇 번이야? 옳지, 정반 오십이 번이구나. 너 체육
점수 마이너스 일 점이야. 알았어?"

하면서 연필에다 침까지 발라가며 교무 수첩에 꼭꼭 표시를
하는 거였다.

새 학기 시작되고 이제 넉 달이지만 주리는 벌써 두 번, 공주
는 다섯 번이나 걸렸다. 공주야 원래 뚱딴지같은 소리를 잘하는
성미니까 다섯 번 걸린 것은 당연하지만 주리가 걸린 두 번은
사실 억울한 점이 없지 않았다. 한 번은 차렷 자세에서 웃었다
고 걸린 것이고, 또 한 번은 체육복 옆구리가 조금 터졌대서 걸

린 것이었다.

"임마. 여학생이 그래, 체육복이 터졌는데 그걸 그냥 입어? 뭐, 날씬하다고 허리 자랑하는 거니? 슬립이 다 보이잖아? 너, 마이너스 일 점이야."

"선생님, 체육복 터진 건 사실 체육하곤 아무 상관도 없잖아요? 모르고 입었는데, 억울해요."

"요 녀석 요거, 체육에 대해선 보통 무지한 게 아니구나. 무식하다는 건 악덕이야. 알앗! 에 또, 인류사적으로 말할 때 옷이라는 건 몸을 보호하기 위하여 입었다 그 말이야. 그런데 옷 터진 거하고 체육하고 왜 관련이 없어?"

'교무 수첩'은 주리의 무지를 십여 분이나 개탄했다.

그렇거나 말거나 공주와 주리는 마이너스 일 점 따위를 두려워하는 건 아니었다. 체육이라는 게 대부분 실기 위주여서 점수 차가 별로 안 나므로, 마이너스 오 점쯤 되면 대단한 손해인 건 틀림없지만, 점수에 얽매인다는 건 황금 같은 여고 시절을 스스로 포기하는 거나 다름없다는 게 평소 주리와 공주의 신념이었다. 그런데도 대부분의 선생님들은 시험 점수, 그것으로 학생들을 똘똘 묶어놓지 못해 안달이었다. 까짓 거, 시험 보다가 모르는 문제 나오면 '통밥 굴리면' 될 게 아닌가. (통밥 굴린다는 말은 시험 때, 연필을 굴려서, 연필 멈추는 것을 정답으로 때려 맞추는 것을 가리킨다.) 그것도 안 돼 사면초가가 되면 그때야 별수 없다. 비장한 각오로 컨닝의 삼대 원칙 '신속, 정확, 시치미 뚝'으로 무장하는 수밖에…….

하지만 이런 생각이야 물론 공주나 주리 같은 애한테나 해당되는 소리였다. 대부분의 학생들은 '점수' 때문에 전전긍긍하게 마련이고 특히 부반장 '라면' 같은 애는 체육 선생이 교무 수첩만 펴 들어도 행여 마이너스 일 점이 되지 않을까 얼굴까지 노래져서 전전긍긍, 똥 마려운 강아지처럼 굴었다.

아무튼 이날 체육 시간에도 공주와 주리는 각각 한꺼번에 마이너스 이 점을 기록하게 되었다. 마침 교내 체력장을 앞두고 철봉에서 '매달리기'를 연습하는 시간이었다. '마이너스 일'은 언제나처럼 교무 수첩을 펴 들고 한 번에 다섯 명씩 철봉에 매달리기를 시켰다. 일 초라도 더 매달리기 위하여 아이들은 저마다 안간힘을 썼다. 다리를 벌벌 떠는 애, 목줄기에 전봇대처럼 빳빳이 핏대를 세우는 애, 몸은 내려오는데도 턱을 철봉 위에 올려놓기 위하여 아예 얼굴을 들 대로 들어 올려 목이 빠진 듯한 애…….

"애, 소금아! 난 매달리진 못해. 도대체 내가 몇 킬로그램이냐. 이 몸을 워찌 공중에 매달겠노?"

"건 나도 그래. 나야 떨메 너처럼 면적이 넓은 건 아니지만 매달리길 하면 현기증이 난다니까."

"우리 빠지자."

"오우케이. 기회 봐서, 저쪽 끝난 애들 줄로 가서 앉는 거야."

'옥떨메' 공주의 마지막은 거의 노래였다. 이렇게 해서 두 사람은 '마이너스 일'이 한눈파는 사이 고양이처럼 민첩하게 끝난 줄 쪽으로 옮겨 앉았다. 뭐 그런 일쯤이야 공주와 떨메에겐 그야말로 '따뜻한 죽 먹기'였다.

그런데 매달리기 연습이 다 끝나고 마지막 주의사항을 듣고 있을 때였다. '마이너스 일'이 열중쉬어 자세로 매달리기 요령을 열강하고 있는데 공주가 먼저 소곤거리며 말을 붙여왔다.

"얘얘, 주리야. 저 말야 그 삼순가 사순가 하는 머슴아, 오늘 밤 아예 그 소나무에 매달리기를 시켜버릴까? 로키 선생께 부탁해서……."

"후훗, 그렇게만 되면 정말 근사할걸. 그 두꺼비 같은 얼굴에다 체구는 너보다도 더 태산 같은데……."

"살 빠지게 해주는 거지 뭐, 히히히힛……."

무슨 여학생의 웃음이 저 모양일까. '히히히힛'이라니. 거기다가 주책없이 웃음소리의 끝이 너무 컸다. 웃음을 멈추려고 호흡을 크게 들이마신 게 오히려 휘파람 소리처럼 들렸던 것이다.

아니나 다를까. '마이너스 일'이 휙 고개를 돌렸다.

"누구얏! 누구냐니까?"

"네, 접니다."

역시 우리의 공주는 '정직이 재산' 아니냐. 손을 번쩍 추켜들고 척 앞으로 나서는 게 오히려 개선장군의 세련되지 못한 폼, 그대로였다. 주리도 따라나서지 않을 수가 없게 되었다.

"무슨 얘길 했어?"

"저……."

공주가 더듬거리는데 '마이너스 일'이 갑자기 소리쳤다.

"체력장이 얼마나 중요한데, 임마! 대학 떨어지고 삼수생이 되고 싶어!"

그러자 고함 소리에 놀란 공주가 얼떨결에,

"예! 삼수 얘길 했습니다!"

"뭐?"

"삼수 얘기를 했……."

아이들이 놀란 토끼눈을 하고 엉뚱한 말을 뱉어버리는 공주 때문에 까르르르 웃음을 터뜨렸다. 주리는 순간 사태가 심상치 않은 데까지 발전될 조짐을 느꼈다. 그래서 공주의 옆구리를 꾹 쥐어박고는 말했다.

"아닙니다, 선생님. 이 공주는 너무 뚱뚱해서 매달리기를 전혀 못하니까, 삼수생으로 고생할지도 모른다는 얘기였습니다."

'마이너스 일'의 눈이 그때 가늘게 좁아지는 듯하더니 입가에 엷은 미소를 깔면서,

"오라, 이제 보니 너희 두 녀석, 아까 매달리기 안 했지? 너처럼 체격이 큰 애가 매달렸던 기억은 없단 말이야. 그렇지? 너희

들은 강의 듣는 태도가 좋지 않았고 또 매달리기를 안 했으니까 마이너스 이 점이야. 알았어?"

결국은 이런 연유로 공주와 주리는 단숨에 마이너스 이 점이라는 비운을 맞이하게 됐던 것이다. 아무리 점수에 초연한 공주와 주리지만 기분 좋을 리야 없었다. 더구나 따지고 보면 이게 다 그놈의 '수두꺼비' 때문에 당하는 수난이 아니냐. 두 사람은 이래저래 '수두꺼비'에 대한 원망이 사무쳤다.

종례가 끝났다.

마지막 할 일은 '로키' 선생의 계획 참여에 대한 승낙을 받는 일이었다. 공주가 함께 가자고 했으나 주리는 끝내 '로키' 선생을 만나러 가지 않았다. '로키'에 대한 감정이 아직 완전히 풀린 것도 아닌데, 부탁하러 간다는 게 주리의 자존심을 상하게 했기 때문이었다.

"소금아, 됐다 됐어!"

교무실을 나오며 공주가 의기양양하게 외쳤다.

"뭐라디?"

"뭐라긴…… 전폭적으로 지원한대. 이따 일곱시에 니네 집의 그 아래 제과점에서 만나기로 했어. 뭐, '로키' 선생의 친척 한 분도 그 근처에 산다던데……."

그럼 만사 잘됐다. 이제 옥떨메 공주와 함께 집으로 가서 '수두꺼비'와 만나기로 한 여덟시만 기다리면 되는 것이었다.

주리네 집에서 이삼 분만 더 들어가면 언덕이 하나 나온다.

본래는 꽤 넓게 자리 잡은 산이었지만 사방에서 신흥 주택
들이 야금야금 깎아먹어 지금은 산이라고 불러주기엔 아니꼬
울 정도였다. 주택들 사이에 볼품없이 올라와 있는 모습이 뱅
둘러 가운데 머리만 조금 남은 대머리 꼴이라고나 할까. 그나마
산의 기분을 내주는 것은 바위 사이에 악을 쓰듯 살아남은 잡목
들과 주책없이 키만 큰 몇 그루의 소나무였다. 그중에 제일 늙
은 소나무는 그 둘레가 한 아름이 다 됐다. 환갑 진갑 다 넘겼을
나이지만 나무라는 건 사람하고 달라서 그 위풍이 여간 당당한
게 아니었다.

언덕 뒤쪽엔 작년부터 재채기 쏟아놓듯 급히 지어진 새집들
이 꽉 차 있었다. 그러나 다른 방향에서 버스가 들어가기 때문
에 언덕은 늘 사람의 발걸음이 뜸했다.

저녁 일곱시 오십분, 황혼이 암갈색으로 변하면서 이내 어
둠이 왔다. 바위 뒤에 은신하고 있던 주리가 아래를 내려다보자
저만큼 수두꺼비가 올라오고 있었다. 어둠 때문에 잘 보이진 않
았으나 곰 같은 몸집이 수두꺼비가 틀림없었다.

"온다!"

주리가 소나무에 기대고 있는 공주를 향해 한쪽 눈을 찡긋했다. 주경 언니 화장대에서 훔쳐다 얼마나 뿌려놨는지 공주의 몸에선 향수 냄새가 풀풀 날렸다.

"우린 철수한다. 잘해봐, 공주 나리."

"근데 주리야, 너무 어두워선지 나 쪼금 떨려."

"애는, 우리가 누구 때문에 마이너스 일한테 그 곤욕을 당했니. 이를 갈아, 그래서 전투 정신을 높이란 말야."

"응, 알았어."

"저기 운동하는 남자들 있지? 네 소리가 적어도 거기까진 들려야 돼."

"너무 멀리 가지 마."

"알았어. 가요, 선생님!"

내내 빙그레 웃고 있는 로키 선생과 주리가 바위 뒤편으로 돌아 나갔다. 돌부리에 채여 주리가 넘어질 듯 허우적거리자 로키 선생이 얼른 손을 잡아왔다.

"조심해야겠다. 평평한 길이 아니어서……."

여전히 손을 놓지 않고 로키 선생이 말했다. 주리는 혼자 얼굴을 붉혔다. 투박하고 지저분한 게(손톱 밑에 때가 낄 때도 있었다.) 로키 선생의 손인 줄 알았는데, 잡히고 보니 그게 아니었다. 징그럽긴 하지만 따뜻하고 부드러웠다. 거기다 가슴까지 두근두근해지는 게 사뭇 기분이 맹랑하였다.

"그만 멈춰요, 선생님."

손을 빼며 주리가 말했다. 바위 뒤에 의지하고 살펴보자 소나무에 기대 선 공주의 모습이 어슴푸레 보였다.

공주는 로키 선생과 주리가 어둠 저쪽으로 사라지자 두어 번 등배운동을 했다. 조금 떨려오는 가슴을 가라앉히기 위해서였다. 그때 저만큼 길 쪽에서 검은 물체가 나타났다. 가까이 걸어올수록 주택가에서 뻗어온 엷은 불빛으로 수두꺼비의 못생긴 얼굴이 그 윤곽을 내보였다.

"주리야!"

수두꺼비가 먼저 한마디 했다. 공주는 얼른 소나무 뒤로 돌아서면서 콧구멍 한쪽을 엄지손가락으로 질끈 눌렀다.

"너무 가까인 오지 말아요."

"왜?"

왜라니, 공주는 기가 막혔다. 그걸 몰라서 묻느냐 말이다. 남자라는 건 너나 없이 속은 시커멓고 유들유들하다는데, 그럼 어둠 속에 손이라도 맞잡고 해롱해롱해야 좋겠다는 말인가.

"암튼 그쪽에 서 있어요."

"목소린 왜 그래?"

"감기."

여전히 한쪽 콧구멍을 막고 공주가 짧게 대답했다.

"우리 무거우니까 말 놓자. 어떠니?"

그건 찬성이다, 하고 공주는 생각했다. 네까짓 거한테 해요를 붙이는 건 아까부터 기분이 안 좋았걸랑.

"내가 남자니까 먼저 사과하지. 그동안 미안했다. 낼부터는 개 이름 갈게."

"난 그대로가 좋은걸."

"괜히 그런 척하지 마. 쪽지에 아옹다옹할 이유가 하나도 없다고 네가 먼저 그랬잖아?"

"누가 아옹다옹하겠어?"

"그럼 그냥 장난이나 치잔 말이니? 것도 좋은데. 그치만 말야, 내가 쭈리야 하는 건 상관없지만 주리 네가 삼수야 하면 곤란하단 말야. 난 너보다 2년이나 위잖니? 오빠 같은 사람한테 삼수야가 뭐니, 삼수야가……."

"그럼 그러지 뭐. 난 사실 첨부터 삼수 오빠 인상이 괜찮았어."

"정말? 어떻게?"

수두꺼비가 헤벌쭉 웃으며 한 발 앞으로 내디뎠다. 그대로 달려와 손이라도 덥석 붙잡을 기세였다. 공주가 질겁을 하며 소나무 뒤로 한 발짝 더 돌아가자,

"뭐, 자랑은 아니지만 남들이 나보고 그러더라. 사내답고 늠름한 것이 어딘가 믿음직스러워 보인다고……."

수두꺼비는 어깨에 딱 힘을 주며 말했다.

"나도 솔직히 말하면 첨부터 주리 네 인상이 아주 좋았어. 그 뭐랄까, 크리넥스 티슈 선전하는 여자 있지? 그래, 맞아! 그 여자 닮았어!"

"뭐?"

"거 왜 있잖아, 화장지……."

아이구 참! 공주는 속으로 혀를 끌끌 찼다. 하필이면 왜 화장지냐. 아무리 수두꺼비에다가 운동선수라곤 하지만 이쯤 되고 보면 한심하다고 말할 도리밖에 없었다.

"삼수 오빤 무궁화야."

"무궁화? 거 좋은데. 정말 좋아. 나보고 괜찮게 생겼다던 사람도 무궁화라는 표현은 안 했는데 말야. 내가 무궁화라니……."

단번에 하마 같은 입이 옆으로 찢어지는 게 가관이었다. 잘못하면 아예 더 찢어져서 수술대에 눕히고 꿰매게 될 것만 같아 공주는 마음이 조마조마했다.

"무궁화꽃이 아니고 무궁화 화장지 말야. 있잖아, 두루마리 화장지. 그거 같단 말야."

용용 죽겠지, 공주는 어둠 속에서 혀를 날름했다. 그러나 수두꺼비는 너그러웠다. 남자답고 씩씩했다. 그 정도의 악담에 쉽게 이 평화 무드를 깰 생각이 아닌 모양이었다.

"좋아, 두루마리 화장지가 아니고 아예 넝마쪽이라 해도 난 상관없어. 그 대신 말야, 너 나 축구할 때 응원 안 올래?"

"싫어!"

"친구 된댔잖아?"

"누가?"

"주리 네가 아침에 준 쪽지엔……."

"주리가 누군데?"

"너, 정말……."

수두꺼비가 공주 쪽으로 두어 발자국 다가왔다. 그 순간 공주는 불쑥 얼굴을 드러내며 히히히 웃었다. 못생긴 얼굴에다가 머리의 일부를 앞으로 풀어내리고 히히거리자, 수두꺼비는 엉겁결에 뒤로 물러서며 더듬거렸다.

"누구야, 너!"

공주는 이 틈을 놓치지 않았다. 힘껏 수두꺼비의 앞가슴을 밀어젖히며, "사람 살려요! 저 좀 구해주세요! 아저씨이! 아버지! 엄마! 엄마아……" 하고 소리치면서 앞으로 뛰기 시작했다. 그러나 열 발자국도 채 가기 전에 재빠르게 나타난 로키 선생이 공주의 어깨를 붙잡았다.

"왜 그래, 학생?"

로키 선생이 다급하게 물었다.

"글쎄, 집에 가는 길인데 저 남학생이 나를 붙들고서……."

"뭐라고? 아니 저런 나쁜 자식이 있나!"

로키 선생이 다짜고짜 뒤로 엉덩방아를 찧고 앉아 있는 수두꺼비의 멱살을 붙잡아 올렸다. 그러나 여기서부터 사태는 의외의 방향으로 급전환하였다. 뺨이라도 한 대 후려갈길 듯이 손을 번쩍 들었던 로키 선생의 목소리가 다음 순간 쨍하고 솟아오른 것이다.

"아니, 너 삼수 아니냐!"

"욱이 형!"

수두꺼비와 로키 선생은 피차 감격하여 전신마비 증세라도 일으킨 듯 와락 다가들어 손을 잡은 자세로 그냥 서 있었다.

그동안에 근처에 산책 나왔던 몇 사람이 주변으로 몰려들었다.

"어찌된 일이야?"

노인 한 분이 공주와 주리를 향해 물었다.

"우린 아래 사는데요, 이쪽 동네 친구가 있어 갔다 오는데 저 남학생이 길을 가로막고 못 가게 하잖아요."

주리가 대답했다.

"이런 변을 봤나. 공부하는 학생 녀석이 그래······."

"저거 가짜 학생 아냐, 혹시?"

젊은 청년 둘이 끼어들었다.

"옳거니! 진짜 학생이라면 이런 데서 여학생을 붙잡고 그럴

리가 없지. 그런데 저 남잔 누구야?"

노인이 물었다.

"저 학생 선배 되는가 봐요."

"그럼 저 남자도 함께 있었나?"

그 순간 주리의 머릿속에 전광석화처럼 떠오르는 생각이 있었다. 이 기회에 아주 로키 선생에 대한 복수까지 속 시원히 해두자는 배짱이었다.

"네, 저만큼 떨어져 있긴 했지만……."

"저런, 저런!"

노인이 혀를 찼다. 그때 로키 선생이 혼자 껄껄거리며 사람들을 향해 돌아섰다.

"할아버지, 사실은요……."

"예끼 순! 고이얀 사람 같으니라고. 그래, 이판에 웃음이 나와!"

"허허허. 그게 아니고요……."

"아니긴 뭐가 아냐! 이봐, 젊은이들, 자네들은 그 학생 녀석 좀 붙들게. 이런 사람들은 그저 파출소로 데려가서 경을 치게 해야지……."

노인은 잔뜩 흥분하여 로키 선생의 멱살을 끌어 잡았다. 돌변한 상황에 얼떨떨해 있던 공주가 비로소 불쑥 노인 쪽으로 나서려 했으나 그보다 먼저 주리의 손이 공주의 허리를 감았다.

"빨리 와."

소곤거리며 주리는 무조건 공주를 잡아끌었다.

빨리 이곳에서 사라지는 게 좋다고 주리는 판단하였다. 어물 거리다간 말짱 헛일이 되고 만다. 어디 헛일 정도냐. 오히려 주리와 공주 쪽이 호되게 꾸지람을 받게 되기 십상이다. 더구나 공주는 여전히 '정직이 재산'이니 로키 선생의 수난을 그대로 봐 넘길 그런 애가 아니다. 주리는 죽자 사자 용을 쓰며 공주를 잡아끌었다.

"보아 하니 나이가 아주 어린 것도 아닌데 이 머리 좀 봐. 건 달은 그저 머리 하나만 봐도 안다니까. 어서 가! 천하에 순⋯⋯."

노인의 고함소리가 계속 들렸다. 로키 선생의 장발 때문에 노인은 완전히 뜻을 굳힌 듯하였다. 오오, 로키 선생의 장발에 복 있을진저. 회심의 미소를 짓고 있는 주리에겐 이 순간, 로키 선생의 여자처럼 긴 머리 앞에 절이라도 하고 싶은 심정이었다.

화해,
그리고
출발

다음 날 아침, 주리는 창틈으로 옆집 베란다를 건너다보며 어서 수두꺼비가 나타나기를 기다렸다. 주리는 수두꺼비의 얼굴엔 적어도 서너 군데쯤 반창고가 붙여져 있을 것이라고 상상했다. 아니, 그보다도 싸움은 이제부터 다시 본격적으로 시작될 것이다.

그러나 주리의 예상은 완전히 빗나가고 말았다. 베란다에 나타난 수두꺼비의 얼굴은 여전히 멀쩡하였다. 싸움을 다시 걸어오지도 않았다. 그저 윗도리를 벗어부치고 역기만 들었다 내렸다 하는 것이다. 갑갑해진 주리가 창을 드르륵 열어젖히자 어렵쇼, 수두꺼비 쪽에서 먼저 배시시 웃어주는 게 아닌가. 거기다가 뒤따라 베란다로 나서는 것이 다름 아닌 로키 선생님이었다. 로키 선생님은 간밤에 수두꺼비 집에서 그냥 잤던 모양이었다.

"어! 주리 일찍 일어났군."

로키 선생님이 먼저 손을 번쩍 들며 웃었다.

주리는 대답도 하지 않고 웃지도 않았다. 간밤에 저 두 사람 사이에서 도대체 어떤 음모가 꾸며졌단 말인가. 차라리 수두꺼비 쪽에서 "쭈리! 넌 왜 그렇게 못생겨 먹었니? 오줌 하나 제대로 못 가리고 넌 천상 똥개 신분을 벗어날 수 없다니까!" 하면서 도전해왔다면 주리의 마음이 훨씬 편했을 것이다. 그런데 로키 선생님과 수두꺼비는 완전히 미소 작전이다. 두 사람의 미소가 짝짜꿍 잘도 맞는다. 아무래도 심상치가 않았다.

여전히 싱글거리며 로키 선생님이 또 말했다.

"삼수는 내 사촌동생이야. 이쪽으로 이사 오곤 어젯밤 처음 봤지."

그러자 수두꺼비가 고개를 꾸뻑 숙이며,

"네, 소인 도삼수올시다. 앞으로 잘 부탁합니다."

"임마, 부탁은 무슨 부탁이야?"

"첫째, 엊저녁 그 체격 좋은 여학생 좀 다시 만나게 해줄 것. 둘째, 깨진 유리창은 다시 끼워놨으니까 종종 깨뜨려줄 것."

수두꺼비는 주리가 던져 보냈던 쪽지를 흔들어 보이며 다시 한 번 허리를 굽실했다. 그때 아래층에서 외치는 수두꺼비의 할머니 목소리가 들려왔다.

"애, 삼수야! 운동한답시고 괜히 유리창 또 깨지 말고, 그 주리란 놈 버릇이나 가르쳐라."

위층에서 잠잠하니까 오히려 할머니 쪽에서 좀이 쑤시는 모양이었다. 그러자 주리의 할아버지도 현관문을 열고 나오며,

"애, 주리야, 어서 삼수란 놈 혼 좀 내줘라. 못된 강아지 엉덩이에 뿔난다고 어제만 해도 그 녀석이 화단 흙을 다 헤집어놨지 뭐냐."

이렇게 옆집 할머니의 말꼬리를 턱 붙들고 나서는 것이었다.

"삼수야. 쭈리가 글쎄 제 밥그릇을 현관에 엎었던 거 너 모르니. 오늘 아침엔 매로 좀 때려줘라."

다시 수두꺼비 할머니의 말.

"주리야, 아, 뭐하고 있어? 삼수 자식 혼 좀 내주라니까!"

주리네 할아버지의 말.

주거니 받거니, 노인들끼리 서슬 퍼렇게 법석을 떨었다. 한참 동안 멍하니 듣고 있던 수두꺼비가 주리의 시선과 만나자 잇몸을 온통 드러내며 환하게 웃었다. 주리 쪽에서도 웃음이 나왔다.

"어! 주리, 너 웃었어!"

수두꺼비가 주리를 가리키며 아예 뱃살을 거머쥐고 웃기 시작했다. 그러자 주리도 에라 못 참겠다 하는 투로 까르르까르르 웃음이 터져 나왔다. 창문을 닫으며 돌아선 뒤에도 얼마나 오래 웃음이 계속됐는지 나중엔 눈물까지 찔끔찔끔 나왔다.

그런 가운데 언제 나타났는지 담장을 사이에 하고 각각 정원의 자연석 위로 방정맞게 올라선 주리의 아버지 '백과사전'과 수두꺼비의 아버지 'B29'가 동창의 우애를 나누고 있었고, 주경 언니는 연방 창틈에 눈을 주며,

"얘얘, 주리야. 저 남자 누구니?"

하면서 베란다의 로키 선생님을 손가락질했다.

"응, 우리 학교 미술 선생님인데 저 집하고 사촌이래."

"그으래?"

"왜 맘에 들어? 이리 와봐, 언니."

주리가 주경 언니를 밀어붙이며 창을 활짝 다시 열었다.

"선생님, 우리 둘째 언니예요."

"아, 네에!"

아, 네에, 라니. 웃음이 싹 사라진 로키 선생님의 얼굴은 이 순간 똥 마려운 강아지 꼴이었다. 거기에 비해 주경 언니 쪽은 똑똑하기가 '시계 집 딸'(시계 소리가 '똑똑'하니까 결국 '똑똑하다'는 뜻)이었다.

"안녕하세요!"

"아, 네에……."

또 '아, 네에'다. 여유만만한 채는 혼자 다 하더니 이럴 땐 어째서 '아, 네에……'뿐일까. 주경 언니를 보고 '로키 산의 독수리'는 전에 없이 긴장한 눈치가 역력했다.

등교하고 보니까, 공주는 완전히 풀이 죽은 얼굴이었다.

"어떡해, 주리야?"

"어떡하긴 뭘?"

"로키 선생님! 어제 괜찮았을까?"

그러자 또 웃음이 터져 나왔다.

"후후후…… 있잖아, 수두꺼비가 너 좀 보고 싶대."

"뭐?"

어쩜! 수두꺼비가 보고 싶어 한다는 말을 들은 우리 공주 옥떨메의 표정 좀 봐라. 시베리아만큼 넓적한 두 볼엔 노을빛보다도 곱게 홍조가 피고, 십 리는 되게 째진 입은 벌릴 둥 말 둥 씰

룩쌜룩하는 데다가, 단 하나 거짓말처럼 예쁜 그 눈동자엔 사뭇 쨍하며 서기까지 서리는 게, 좀 과장하면 흑진주 같다. 그러면서 새끼손가락을 입에 물고 그 거구를 살짝 뒤틀며 한다는 말이,

"그 뭐냐, 수두꺼비가 그러니까…… 그, 그 뭐냐…….."

그 뭐냐, 연발에다가 더듬거리는 건 등화관제 때의 주리 아빠를 꼭 닮았다.

"써니텐을 먹었니? 왜 그렇게 몸을 흔들고 야단이니?"

"흔들긴 얘. 등이 가려워서 그렇지."

"수두꺼비 한번 만나볼래?"

"아냐, 그 뭐냐……."

"아니면 아니지, 그 뭐냐는 또 그 뭐냐?"

"씩이나."

공주는 '씩이나' 다음엔 말을 잇지 못했다. '그 뭐냐'에 주리가 핀잔이니 요즘 교내에서 대유행인 '씩이나'밖에 할 말이 없는 게다. 여름날의 백사장만큼이나 속이 타는 공주의 속마음을 빤히 들여다보면서 주리는 한 번 더 시치미를 뚝 떼고,

"사실 그 수두꺼비 괜찮은 데가 있다고. 남자답게 씩씩하기도 한 데다가 생긴 것도 얘, 자세히 들여다보면 '에드워드 지 로빈슨' 닮았다. 안 그러니?"

"에드워드 지 로빈슨?"

"응, 그런 이름의 외국 영화배우가 있어. 왕년엔 요즘의 찬손 부르튼손(찰스 브론슨)보다 인기가 좋았다더라."

"씩이나, 내 생각에도 수두꺼비 인상이 좋아 보였어!"

어렵쇼. 주리 한마디에 공주는 제풀에 넘어지는 꼴로 할 말 못할 말 가릴 겨를이 없다.

"수두꺼비가 있잖아, 엊저녁에 있잖아, 내가 그 뭐냐, 크리넥스 있지, 크리넥스하고 꼭 닮았다는 거야."

"크리넥스를 닮아?"

"아니. 그 뭐냐, 크리넥스 선전하는……."

허어, '정직이 재산'인 우리 공주도 이렇게 거짓말을 할 때가 있다. 수두꺼비 삼수가 크리넥스 선전하는 여배우 닮았다는 게 어디 옥떨메였던가 말이다. 엄연히 공주를 주리로 착각하고 했던 말인데도 공주는 태연하게 우쭐하고 나서고 있다. 전후 사정을 훤히 알 만하지만 주리는 애써 웃음을 참았다. 저렇게 '빛나는 눈빛'을 여자가, 그것도 꿈 많고 감정적인 소녀는 감정의 파장을 쫓아갈 때 때로는 그야말로 눈앞에 뵈는 게 없는 법이다.

"암튼……."

주리는 결국 한 가지를 결단하지 않을 수가 없다.

"너 수두꺼비 한번 만나줘. 네가 아주 매력적이라고 헬렐레 하는 눈치였으니까. 1/2한 게(반한 게) 틀림없어."

"시, 싫어, 얘."

참, 그래도 여자라고, 번지르르 자존심은 남아서, 싫다고 엄살을 부리는 공주의 귓불은 그야말로 잘 익은 홍시감이다.

"있잖아, 들어보니까 수두꺼비 성질이 보통 아니래. 공주 네가 안 만나줌 그 애 아마 절망감 때문에 축구를 그만두게 되는지도 몰라. 내 Sixbox(육감)가 그래."

"글쎄……."

"수두꺼비가 얼마나 유망한 축구 선수인지 너 모르지? 그런 애가 축구를 포기한다는 건 국가적인 손실이야. 그 애가 축구를 하느냐 못하느냐는 공주 네게 달린 거나 다름없어."

"그렇담 그 뭐냐, 투 비 오아 낫……."

"쉽게 말하자. 죽느냐 사느냐 그것이 문제로다."

"그, 그럼 할 수 없지. 니 말대로 한다면 내가 수두꺼비를 안 만나주는 건 국가에 대한 배반이다 그거지?"

"그렇대도."

"좋아. 만나주지 뭐. 만나줄게."

아쭈! 정말 아쭈다. 기가 차고 메가 차고 순경이 칼을 찰 노릇이지만, 주리는 친구를 위해서 모든 걸 참아 넘기기로 했다. 하긴 뭐 공주야 암두꺼비고 삼수는 수두꺼비 인상이 틀림없으니, 암두꺼비 수두꺼비 서로 만나 12시(데이트)한다는 걸 누가 막겠는가. 이거야말로 신의 섭리가 아니겠는가. 아무렴. 두꺼비도 두꺼비끼리 도킹하여 랑데부도 하고, 발전하면 사랑할 권리도 있다, 그 말이렷다!

점심때 부반장 '라면'이 와서 쌩하고 토라진 음성으로 한마디 했다.

"깨소금 너 오래."

"누가?"

"로키 산의 독수리."

"어디서?"

"미술실. 그치만 너무 좋아 마라. 굉장히 화난 눈치였으니까."

라면은 아직도 주리와 공주에 대한 원한을 풀지 못해 안달이었다. 주리와 공주만 보면 샤보텐처럼 뿔이 돋아서 저 혼자 안달 발광이다. 진절 넌덜 거덜머리가 난다는 투지만 주리야 어디 그따위 투정에 넘어갈 앤가.

"저게 그냥……."

의리파 공주가 금방 쌍심지를 켰다.

"놔둬."

"웃기지도 않는 게 놔두니까 말끝마다 불어터져서 아니꼽게 놀잖아."

"씩이나, 놔두래도. 그보다도 로키 산이 뭐 땜에 날 상면하려 할까?"

"엊저녁 그 일 때문이겠지 뭐. 어떡하면 좋지?"

"가보면 알겠지 뭐. 천하의 옥떨메가 왜 그리 겁을 먹니? 어서 정서순화실(화장실)이나 가보렴. 꼭 고체화된 메탄가스(대변) 마려운 견공(犬公) 같구나."

주리는 이렇게 공주를 다독거려놓고 미술실로 갔다.

미술실에는 로키 선생님 혼자 있었다. 한낮의 햇빛이 비켜드는 그늘에 앉은 채 운동장을 내려다보고 있는 로키 선생님의 옆모습은 오늘따라 한결 단아해 보였다.

"앉아."

옆의 의자를 가리키며 로키 선생님이 말했다.

주리는 앉아서 로키 선생님의 시선을 쫓아 운동장을 내려다보았다. 플라타너스와 미루나무가 이열종대로 심어져 있는 운동장 가의 벤치마다 하얀 하복 차림의 여학생들이 그림엽서처럼 아름답게 짝지어 앉아 있고, 텅 빈 운동장 그 너머에서 하늘은 한껏 푸르렀다.

"엊저녁은 주리 덕분에 한참 혼났다. 파출소까지 끌려갔었다니까."

"선생님의 팔자소관이죠, 뭐."

"뭐, 팔자소관. 허허허……."

로키 선생님은 저렇게 웃을 때가 매력 있다. 희고 고른 치아가 정갈해 뵈고 어깨를 들썩들썩하는 게 소년티가 난다.

"그래서 저 야단치시려고 부르셨어요?"

"암, 야단쳐야지."

로키 선생님이 근엄한 표정을 지었다.

"어떻게요?"

"어떻게라니?"

"무릎 꿇고 있을까요? 손바닥을 때리실 거예요?"

"학부모님을 모시고 와!"

로키 선생님이 더욱 딱딱하게 굳어지며 선언하듯 말했다. 주리는 한 대 얻어맞은 기분이 되었다. 학부모님을 모시고 오라니.

"선생님!"

"잠깐. 딴소리는 필요 없음. 알겠지, 복주리?"

아더메치유. 주리는 발끈해지는 기분을 가까스로 붙잡았다.

"알겠어요. 제가 벨트 이하라 그 말이죠?"

"벨트 이하?"

"불량학생 말예요."

"응. 벨트 이하. 어허허허……."

로키 선생님이 다시 풀어지며 소년처럼 웃었다. 도대체 로키 선생님의 진심이 이 순간의 주리에게는 안개 낀 장충단공원(보일 듯 말 듯)이다.

"있잖아!"

갑자기 로키 선생님의 목소리가 은밀해졌다. 게다가 '있잖아' 하면서 뒤통수를 긁적이며 겸연쩍어하는 게 아까 수두꺼비 얘기할 때의 공주 표정하고 비슷한 데가 있다.

"있긴 뭐가요, 선생님?"

"저 말야…… 저…… 아니다, 아냐."

할 말이 있긴 있는 모양인데 선생님은 재빨리 어색한 표정을 바꾸어버렸다. 이때 주리의 머릿속에 한 가지 생각이 바람보다 빨리 지나갔다. 오오라, 그렇구나! 이젠 좀 주제를 파악할 것 같다.

"선생님, 저 학부모 모시고 오는 거, 언니가 대신 오면 안 될까요?"

"뭐, 언니?"

"네, 엄마 아빠는 바쁘시거든요."

"그, 그래. 것도 좋지!"

로키 선생님의 두 볼에 순간 활짝 폈다 가라앉는 홍조를 주리는 놓치지 않았다. 어쩜! 엉큼하기도 하시지. 목표는 처음부터 주경 언니였던 모양이다.

"그럼요, 선생님, 학교보다도 제과점이나 찻집 같은 데서 언니가 선생님을 뵙게 해주세요. 학교는 창피하다고 언니 안 올 거예요."

"오우케이. 내일 7시쯤 광화문 동경제과점으로 모시고 와."

"알겠어요, 선생님. 저 너무 나쁘게 말하지 말아주세요."

주리는 웃음을 참으며 미술실을 나왔다.

주경 언니가 보고 싶겠지만 어디 두고 봐라. 언니가 주경 언니뿐인가 뭐. 큰언니 주순이가 떠올랐다. 아직 올드미스라곤 할 수 없지만, 화장품 소모량이 부쩍 늘고, 신경질이 늘고, 남자중학교 사회 선생님이면서도 손톱 소제에만 열을 내는 게, 요즘 여러모로 올드미스의 초기 증세가 나타나고 있지 않느냐. 쩍 벌어진 앞니에 금으로 기둥을 해 박아서 말끝마다 번쩍번쩍하는 것도, 잘생기지도 못생기지도 않은 얼굴에 가는 테의 안경을 척 올려놓은 것도 로키 선생님에게는 쓰디쓴 약이 될 수 있을 것이다. 그러고 보니 수두꺼비 삼수와 공주를, 주순 언니와 로키 산을 도킹시키는 일이 한꺼번에 생겼으니, 며칠간은 바쁘게 생겼다.

이게 웬 조화 속이여. 주리는 중얼거렸다. 남 12시(데이트) 건에 나 혼자 관전평을 써야 하다니. 그렇지만 이번 일은 어쩐지 '주제'가 마음에 든다. 괜히 부끄러워 일기장에나 언뜻언뜻, 그것도 '12시'니, '1/2했다(반했다)'느니 하면서 무슨 탐정소설처럼 암호로나 써보는 가슴 설레는 '주제'가 아니냐 말이다.

야아, 신발마다 다 짝이 있다는데 내 짝은 어디메서 지금쯤 '산전수전' 다 겪고 있을꼬.

주리는 등나무 아래 벤치에 혼자 앉아 남이 알까 모를까 괜

히 얼굴을 붉혔다. 마치 인생이라는 길고 긴 여정을 이번의 '주
제 파악'으로 비로소 출발하는 신선한 기분이 주리의 가슴을 찔
렀다.

인생이라니! 미지의 저쪽에서 나를 향해 조금씩 조금씩 숨
가쁘게 달려오고 있는 내 인생이라니!

"언니, 내일 시간 좀 내줘."

집으로 돌아온 주리는 이제 막 퇴근하여 옷을 갈아입고 있
는 주순 언니에게 이렇게 서두를 떼었다.

"가져가라. 시간에도 임자 있다든?"

"그럼. 난 주순 언니 시간이 필요해."

"내 시간이라면 너 줄 여유 없다, 얘."

"체, 형부가 갖고 싶어서 그런단 말야."

"뭐?"

"관둬. 멋진 남자 소개해줄 셈이었는데 시간 없다니 주경 언
니한테나 알아봐야겠어."

주리가 이쯤해서 자리를 뜰 눈치를 보이자 주순 언니는 대
뜸,

"얘얘, 뭘 그렇게 급해서 그러니? 공습경보라도 났니?"

하면서, 주리의 손을 붙잡아 앉혔다. 블라우스를 벗어놓고
막 티셔츠로 갈아입는 중이어서 주순 언니의 머리는 티셔츠 목

에 걸려 목 없는 여자 꼴이었다.

"어떤 남잔데 쥐알만 한 네가 다 아니?"

새알도 아니고 쥐알이라니. 숙녀의 말솜씨가 이쯤 되고 보면 앞으로 올드미스 신세는 면하기 어렵겠다. 주순 언니 앞니의 금기둥까지 포함하여 다른 건 다 좋은데, 이놈의 말버릇 하나는 틀려먹었다. 거기다 목소리까지 생긴 거하고 영 달라서 투박스러운 게 꼭 남자 목소리다.

"우리 학교 미술 선생님."

"뭐야. 관둬라 얘. 선생이라면 지긋지긋하다."

주순 언닌 금방 돌아앉아 톡톡톡 분첩을 두들겼다. 자기도 사회 선생이니, 하긴 남자 선생쯤이야 어디 한둘 알겠는가. 하지만 이 정도에서 물러날 주리가 아니다.

"선생도 보통 선생인 줄 알아? 국전에만 네 번이나 특선한 화가란 말이야. 내년엔 세계일주도 떠난대."

"정말? G선상의 아리아가 아니고?"

"물론."

별걸 다 아는 체한다. 'G선상의 아리아'란 낙제생을 말하는 학생들만의 은어인데, 주순 언닌 자기가 선생이랍시고 어깨 너머로 들은 소리를 한번 써먹어보는 것이다.

"사실은 말야, 우리 미술 선생님께서 언니를 한번 봤나 봐. 언니한테 굉장히 끌린 눈치였거든."

"어머! 어디서 봤대니, 날?"

"어디서 봤든지 간에 언니의 그 금이빨 얘길 하더란 말야."

"내 금니? 뭐라고?"

"반짝반짝하는 게 근사하더래. 쓰리 쓰리 두(three three do, 삼 삼하다)다 이거지."

"그래?"

언니는 당장에 거울을 끌어다놓고 입을 벌렸다 오므렸다, 이 빨을 마주쳐도 봤다, 손톱으로 금이빨을 문질러도 봤다, 별 오 두방정을 다 떨었다.

세상에, 하고 주리는 속으로 혀를 찼다.

얼마나 예쁜 구석이 없었으면 하필 금이빨의 칭찬일까? 어 째서 언니는 이런 생각을 못하느냐 말이다.

그렇다고 주순 언니가 옥떨메처럼 못생겼다는 건 절대 아니 다. 주경 언니만큼이야 어림없지만 주순 언니의 얼굴도 그럭저 럭 괜찮은 편이다. 옥떨메가 눈 코 입 등이 제멋대로 여기저기 떨어져 면적만 넓게 차지한 '지방자치제'임에 비하여 언니의 눈 코 입 등은 조금 작다 뿐이지 오밀조밀 '중앙집권제'다. 다만 그 놈의 금이빨이 오목조목한 얼굴에 떡 버티고 앉아서 격을 떨어 뜨리고 있는데, 언니는 오히려 금이빨이 무슨 훈장이라도 되는 것처럼 수선이니 그게 웃긴다 이거였다.

"내일 일곱시까지 동경제과점으로 와."

"너도 올 거니?"

"나도 가긴 가지만 딴 볼일이야."

"무슨 볼일인데?"

"옆집의 수두꺼비 좀 만나기로 했어."

"뭐, 그 강아지 말이니?"

"아니, 강아지가 아니고 축구 선수."

"얘는, 쥐알만 한 게 무슨 남학생을 만나?"

"공주 소개하려고 그래."

"니네 선생님도 온다면서?"

"그래도 괜찮아. 로키 선생님은 오히려 우리가 만나 서로 화해하기를 간절히 바라고 있으니까. 또 뭐 어때. 삼수는 오빠뻘이고, 그 집 아빠 우리 아빠와 친구고, 이웃사촌이고. 색안경 끼고 보지 마. 나, 사심 없으니까."

학교에서 귀가하는 즉시 제일 먼저 수두꺼비에게 메모를 해서 전처럼 베란다로 날려 보내고 난 후의 일이다. 메모 쪽지를 주워 든 수두꺼비가 헤벌쭉 웃으며 손을 흔들었으니, 내일 일곱 시면 어김없이 동경제과점에 나타날 것이다.

이제 됐다. 주리는 밤새 꿈 하나 꾸지 않고 달게 잤다.

주순 언니는 벌써부터 가슴이 설레는지 얼굴에 계란을 바른다 오이를 썰어 붙인다 별스런 짓을 다 했지만 주리로서야 가타부타 상관할 일이 아니었다.

다음 날 점심시간엔 학급에서 '볼펜 돌리기' 시합이 있었다. 끝까지 결승에 오른 것은 라면과 자경이와 주리였다.

시합의 방법은 두 가지였다.

한 가지는 속도를 측정하는 것이고 다른 한 가지는 몇 가지 방법으로 볼펜을 돌리느냐 하는 다양성을 겨루었다. 남학교에서 비롯된 이놈의 볼펜 돌리기는 이젠 여학교에서도 아주 '생활화'되어 수업 중 졸고 있는 애까지도 스리슬쩍 엄지손가락 위에서 볼펜이 돌아갔다.

속도 경기에서는 단연 자경이가 앞장을 섰다.

주리와 라면은 자경이의 속도에 비하면 초보자나 다름없었다. 그러나 몇 가지 방법으로 돌릴 수 있느냐 하는 시합에선 주리와 라면에 비해 자경이가 떨어졌다. 자경인 불과 다섯 가지 방법밖에 제시하지 못했던 것이다.

마침내 라면과 주리는 마지막 대결을 하지 않을 수가 없게 되었다.

"파이팅 깨소금!"

공주가 소리치자 짝짝짝 짝짝짝 삼삼칠 박수가 터져 나왔다. 거기에 질세라 라면 쪽 패거리들도,

"빅토리, 오지영!"

하면서 한바탕 기차박수를 쳤다. 일학년 정반은 이 통에 심판인 반장 강희만 빼고 쪽밤 벌어지듯 딱 양분되어 볼펜을 들

고 선 라면과 주리를 에워쌌다. 창밖은 한참 불타오르는 여름이
었다.

'볼펜 돌리기 대회'는 쉽게 승부가 나지 않았다.

'라면'이 엄지손가락을 이용하면 주리도 마찬가지 방법을 해
보였고 주리가 검지 쪽으로 퉁겨 돌리는 재주를 보이면 라면도
같은 형태로 맞섰다. 팽팽한 대결이었다. 여섯 가지 방식을 해
보일 때까지 '라면'과 주리는 똑같이 초조해하는 빛을 하나도
보이지 않았다. 둘러선 아이들이 감탄하였다.

"무당 굿할 때나 똑같다. 신들린 게 별거 아냐."

'생리현상' 자경이가 말했다.

"볼펜 돌리기 세계올림픽이나 있었으면……."

'옥떨메' 공주가 선망하는 표정으로 중얼거리자,

"있어봤자 떨메 네 실력으론 국내 지구별 예선대회도 낙방
일걸."

하고, 입을 삐죽 내밀며 '폐품' 미림이가 끼어들었다. 미림은
학급에서 봉사부장 일을 맡았기 때문에 한 달에 한 번씩 폐품
수집 일을 하지 않으면 안 되었다. 본인은 '폐품'이라는 별명에
결사적으로 항의하는 형편이지만(폐품이라니! 5월의 나무처럼
싱싱하게 자라는 이팔청춘 열여섯 나이에 '폐품'으로 불려야 되
다니!) 워낙 폐품 수집에 대해 아이들의 원성이 드높은지라 쉽
게 이 비극적인 별명은 소멸되지 않았다.

그런데 이 '폐품' 미림이가 요즘에는 유독 라면만 싸고돌며, 툭 하면 주리와 공주를 향해 십 리쯤 입술을 빼물고 헐뜯지 못해 안달을 하고 있었다.

　"폐품 넌 몰라!"

　기분이 상한 공주가 대뜸 폐품에 힘을 주며 말했다.

　"주제 파악을 좀 똑똑히 해라. 내 말은 내가 아니라 주리가 볼펜 돌리기 경기에서 올림픽에 나가도 일등할 거라는 그런 스토리였어."

　"지영인 어떡하고?"

　"어떡하긴. 라면은 라면 맘대로 지는 거지."

　"웃기지도 않네, 정말……."

　"그야…… 내가 어디 코미디언이니, 할 일 없이 널 웃기게?"

　이때 자경이가 공주의 손을 덥석 잡으며 소곤거렸다.

　"얘얘, 징조가 보여."

　"징조?"

　"저 봐. 라면이 질 징조가 뵈잖니?"

　과연 여덟 번째 방법에서 라면은 볼펜을 떨어뜨리고 말았다. 다시 해봤지만 마찬가지였다.

　"과연, 주리다워!"

　"볼펜 회전의 여왕 복주리 양!"

　아이들이 짝짝짝 박수를 쳤다. 주리는 가운뎃손가락까지 사용하는 여유를 보이면서 놀랍게도 열한 가지 방식이나 연출해 보였던 것이다.

드르륵, 교실 문이 열리며 역사과 '귀가 사팔' 선생님이 들어왔다.

아이들은 수업 시작 종소리도 듣지 못하고 있었다. 우르르 흩어지는 아이들을 보면서 '귀가 사팔' 선생님은 안경을 고쳐 쓰며 차려 자세를 취했다. 수업 준비가 엉망이니 적어도 이십 분쯤 잔소리하겠다는 결정적 징조였다.

동경제과점 일곱시는 만원 사례였다. 게다가 이층으로 올라가는 층계 입구엔 '어른과 동반하지 않은 중고생의 입장을 절대 사절합니다'라고 쓰인 게시문이 걸려 있었다. 제과점에 중고생의 입장을 제한하다니, 새로운 시대, 1970년대도 다 기울어가는 참에 해도 너무한다는 반감이 들었다.

"어떡해, 쭈리야?"

"어떡하긴 뭘 어떡해? 저런 글귀 하나 걸어놓고 어른들만 재미 보겠다는 그 배짱이 가증스럽잖니?"

"그래도 못 들어가게 하면……."

"행동파 옥떨메가 왜 이렇게 쩔쩔매니? 우린 무럭무럭 자라야 될 청소년이야. 빵 좀 먹겠다는데 누가 뭐래? 더구나 로키 선생님도 와 있을 거고……."

"정말 와 있을까?"

"안 왔어도 상관없어. 나가라면 까짓 거 싸우지 뭐."

"싸워?"

"그럼. 우린 투쟁해야 돼. 여긴 뭐 빵집이야. 중고생이라고 일용할 양식을 먹을 곳인데 왜 못 들어간단 말이니? 자기들끼리 좋은 것 배 터지게 먹고 놀겠다는 이기적인 어른들 때문에 우리가 쫓겨날 수는 없어."

주리가 먼저 성큼성큼 이층으로 올라갔다. 다행히 로키 선생님은 와 있었다. 아니, 로키 선생님뿐만이 아니었다. 주순 언니도, 수두꺼비도 전원 출석이었다.

"내가 소개해버렸지, 뭐."

엉거주춤 자리에서 일어서며, 수두꺼비가 건너편 구석자리를 가리켰다. 주순 언니와 로키 선생님이 구석자리에서 마주 앉아 있는 게 빤히 보였다.

"근데 뭐가 잘못됐는지 우리 형님은 별로 기분 좋은 눈치가 아니던데."

"후훗, 그럴 거예요, 아마……."

"그럴 거라니?"

"금이빨 때문에 속 좀 상했을 거라고요."

주리는 혼자 쿡쿡 웃었다. 주경 언니한테 기대 만발이었으니, 로키 산의 독수리로선 기분이 크게 상했을 터였다.

얼핏 건너다봐도 로키 선생님과 주순 언니의 속사정은 빤히 들여다보였다. 자신의 금이빨이 예쁘다 하더라는 주리의 거짓말을 곧이곧대로 믿어버린 주순 언니는 그야말로 아무 대목에서나 호호 하고 웃으며, 한 번이라도 더 금이빨(정확하게 표현하자면 벌어진 앞 이빨 사이에 해 박은 금기둥이지만)을 노출시키는 데 전력을 다하는 눈치이고, 금이빨이 또렷하게 드러날 때마다 로키 선생님은 못 볼 것을 봤다는 표정으로 눈알만 사방팔방 바쁘게 돌리는 형편이다.

"어제 미안해요."

시집가는 새댁같이, 홍조 띤 얼굴을 하고 공주가 넌지시 수두꺼비를 향해 말문을 열었다.

"천만에. 재미있던데 뭐."

"파출소까지 끌려갔었다면서요?"

"그러게 재미있다지 않아. 어젯밤 같은 일이 없었음 나같이 선량한 사람이 언제 여학생을 희롱했다고 파출소까지 끌려가 보겠어?"

"어쩜!"

공주가 단번에 감동한 얼굴을 했다. 감동도 참 주책없이 잘한다. 그 정도의 말재간에 금이빨도 없는 입을 한 뼘쯤 벌려 보이다니.

"토요일 축구 대회가 있는데 와보겠어?"

"정말 축구 선수예요?"

"와보면 알 거 아냐. 이번이 서울시 고교 축구 대회 결승전이란 말야. 이 몸은 센터포드고."

"어머, 센터포드예요?"

"그럼. 이래 봬도 운동장에서 내 몸은 나비처럼 가볍다고."

"가볼게요, 나비채 하나 커다랗게 만들어 가지고."

"나비채?"

"너무 가벼워 볼보다 먼저 골대 속으로 날아들면 어떡해요? 그럴 땐 내가 나비채로 탁 잡아줘야지."

"허허허…… 근사한데……."

짝짜꿍짝짜꿍 잘도 맞는다. 도대체 수두꺼비에겐 어디든 멋진 구석을 찾아볼 길 없는데 여학생이, 그것도 몇 차례 만나보지도 않았으면서 저렇게 손뼉을 맞춰주느냐 그 말이다. 주리는 벌써 몇 번이나 소백산맥 같은 공주의 옆구리를 꼬집었으나 옥떨메 공주는 끄덕도 않는다. 약한 자여, 그대 이름은 여자로다. 주리는 쓸쓸하게 입맛을 다셨다.

"운동장이 만원일 테니까, 공주와 주리가 어디쯤 와 있는지 내가 모를 것이거든. 그러니까 경기 중 내가 두 팔을 하늘로 올리면 공주와 주리를 향한 신호로 알아둬."

"호호…… 그거 재밌겠어요. 다른 사람은 아무도 모를 거고. 그렇지, 주리야? 우리도 두 손을 들어 신호에 대답할게요."

"두 손만 들면 내가 볼 수 있나?"

"그럼, 저…… 옳지!"

공주는 다짜고짜 주리의 다리를 손바닥으로 탁 쳤다. 참 갈
수록 가관이다. 치려면 시베리아처럼 넓은 자신의 다리를 칠 일
이지 왜 주리의 다리를 치느냐 말이다.

"내가 빨간 보자기를 가지고요, 요렇게 펴 들고 일어서겠어
요. 그럼 아마 운동장에서 쉽게 눈에 띌 거예요."

공주는 당장에 자리에서 벌떡 일어서며 보자기를 펴 드는
시늉으로 두 손을 높이 들었다. 수두꺼비가 당장에 하마 같은
입을 쩍 벌렸다.

"오우케이! 그거 좋겠어!"

이때, 로키 선생님이 주리네 자리로 혼자 건너왔다. 향수 냄
새가 은근하게 풍겨오는 게 주경 언니가 나올 줄 알고 부릴 멋
을 다 부린 모양이었지만, 표정은 한참 찌푸린 겨울 날씨였다.

"도대체가……."

로키 선생님은 주리를 향해 말했다.

"주리의 언니, 왜 아무 때나 흐흐 하고 웃어?"

"어머, 선생님! 학부형 면담하면서 그런 식으로 엉뚱한 흉이
나 잡으실 거예요?"

"아, 아니 뭐…… 그게 어디 흉이랬나?"

"그럼 칭찬이에요?"

"그, 글쎄…… 칭찬이랄 수도 있겠지……. 근데 말야, 주리 언닌 걸핏하면 금이빨 얘기뿐이네."

"선생님은요?"

"나야 버릇없는 주리에 대해 말했지."

"싫어요, 선생님. 저 너무 나쁘게 말하면 우리 언니한테 밤새 기합이란 말이에요."

"기합?"

"그럼요. 우리 언니 태권도가 3단이란 말예요."

"뭐?"

"얼마 전에도 어떤 남자가 언니를 건드렸다가 갈비뼈가 분질러진 일이 있었다구요!"

후훗, 용용 죽겠지. 겉으론 발을 동동 구르는 얼굴을 하면서도 주리는 하얗게 질려가는 로키 선생님을 보면서 마냥 쾌재를 불렀다.

"도 선생님!"

그동안을 못 참고 쪼르르 따라온 주순 언니가 로키 선생님을 불렀다. 딴엔 부드럽고 감미롭게 소리 내자고 애쓴 목소리였지만 투박하게 갈라진 게 영락없이 남자였다.

"숙녀를 혼자 놔두는 법이 어디 있어요? 어서 나가세요. 제가 학부형 자격으로 저녁 대접할게요. 흐흐……."

또 흐흐다. 금이빨이 형광등 불빛에 십자군 갑옷만큼이나 빛나 보인다. 로키 선생님이 본능적으로 목을 움츠렸다.

"가보세요, 선생님. 저희들도 곧 돌아갈 거예요."

"바로 가야잖고, 그럼. 학생이 이런 데서 앉아 있음 안 돼요. 저, 주리가 저래 봬도 속이 찬 애니까 걱정 마시고 어서 나가세요, 선생님. 어서요!"

"아, 네에……"

로키 선생님은 그저 '아, 네에'다. 주순 언니는 이젠 아예 로키 선생님의 팔을 잡아끌었고 로키 선생님은 도살장에 끌려가는 얼굴로 비실비실 카운터 쪽으로 발걸음을 내디뎠다. 마치 솔개가 닭을 채가듯 주순 언니의 뒷모습은 당당하고 자신만만해 보였다.

강한 자여, 그대 이름은 여자일지니.

축구
대회

그날 이후 주순 언닌 또 다른 몹쓸 병이 생겼다. 한 시간 두 시간 거울 앞에 앉아 파운데이션이나 아이섀도나 아이라인을 그리고 앉아 있는 거야 여자로서 나무랄 수 없는 일이고, 금이빨을 내놓고 요모조모 뜯어보는 것까진 그래도 애교로 봐 넘기겠는데, 흐흐, 흐흐 웃어대는 데는 가히 병이라 할 만하였다. 그 병의 원인이야 물론 주리의 거짓말에 있었다. 그날 제과점에서 돌아온 뒤, 주순 언니한테 주리가 그랬던 것이다.

"도 선생님은 뭐니뭐니 해도 언니의 그 웃음소리가 매력 있댔어. 뭐라더라. 옳지, 백치미라는 게 느껴진다나 봐. 여자의 매력으로 백치미가 그 첫째라고 칭찬이 대단하시던걸."

"어쩌면 그렇게 사람 보는 눈이 예리하니?"

"보통 분이 아니시랬잖아?"

"하긴, 그 잘생긴 얼굴하며 예절 바른 태도가 보통은 넘더라, 애. 글쎄 나보고 이렇게 묻더라니까."

"뭐라고?"

"저, 금이빨 하신 지가 얼마나 됐습니까?"

주순 언니는 당장에 배우 같은 말투를 흉내 내며 고개를 꾸벅했다. 주리는 기가 막혔지만 내색도 안 하고,

"그래서 언니가 뭐랬어?"

"한 십여 년 됐다고 그랬지 뭐."

"그랬더니 도 선생님이 뭐라셔?"

"허어, 역시 금이 좋긴 좋군요. 십 년이면 강산도 변한다는데 주순 씨의 금이빨은 아직도 반짝반짝하는 게 별 같습니다."

"기껏 금이빨이야?"

"얘는. 아무래도 여자 앞이라 수줍어서 내가 예쁘다는 걸 그런 식으로 표현한 거지 뭐겠니? 그게 바로 백치미하고도 통하는 점이 있고 말야."

백치미가 뭔가. 좋다는 말인가, 나쁘다는 말인가.

뜻조차 분별 못하면서 불쑥 내뱉은 주리의 한마디 말을 주순 언니는 제멋대로 여기저기 갖다 붙이고 있다. 가령 백치미라는 말이 최대의 찬사라고 하더라도 금이빨이나, 흐흐 하고 품위 없이 웃는 그런 웃음은 아닐 것이다. 그런데도 주순 언니는 이후부터 밥 먹다가도 흐흐, 음악을 듣다가도 흐흐, 잠자다가도 흐흐였다. 실제로 주경 언니가 밤 깊어 화장실에 가려다가 어둠 속에서 흐흐 하는 주순 언니의 기괴한 웃음소리 때문에 너무너무 놀란 나머지 집안사람을 몽땅 깨운 일까지 있었다.

어디 주순 언니뿐이냐.

옥떨메 공주도 요즘은 괜히 웃기를 잘한다. 손꼽아 기다리는 게 토요일 축구 대회 날이요, 복도로 매점으로 활기 있게 뛰어다니는 것이 잘못하면 자기 스스로 나비가 된 환각에 빠져 이층 교실에서 소머즈처럼 훌쩍 뛰어내리지 않을까 그게 겁날 정도였다.

그런 것들을 볼 때마다 주리는 아무도 없는 아래 운동장의 풀장 주변이나 뒷동산 다복솔 밑에 혼자 쭈그려 앉아 맑은 하늘, 빛나는 햇빛을 보면서 생각에 잠겼다.

도대체가 '남자'라는 게 우리들 여자에겐 뭐냐, 그거였다.

아니다. 고백하건대 주리가 생각하는 건 단순히 남자라는 그런 이름이 아니라 '사랑'이라고 해야 옳을 것이다. 사랑, 그것은 어떻게 생겼을까. 어떤 색깔일까. 어떤 소리일까. 공주나 주순 언니가 부럽기도 했다. 뭔지, 어떻게 생겨먹었는지 모르지만 사랑이라는 게, 가히 힘이 센 것은 사실이었다. 보아라. 공주와 주순 언니 표정은 요즘 날마다 꽃이 핀 얼굴이지 않은가. 그렇다면 내게도 언젠가 그런 '출발'이 찾아오긴 찾아올 것인가.

아아,

주리는 정말 모처럼 이마를 짚고 생각하고 또 생각하였다. 그래도 알 수 없었다. 뭐 한 가지 어려움 없이 척척 해결해낼 수 있는 주리의 재치와 꾀도 이 문제에서만은 무력하기 이를 데 없었다. 사랑이라는 게, 그것의 시작이 가볍고 미미해서 감히 사랑이라고 부를 수조차 없는 단계에서부터, 결국 꾀나 재치는 아닐 모양이었다.

그렇다. 사랑은 상형문자다.

주리는 그런 결론에 도달했다. 아무리 박학한 고고학자도 쉽게 화학공식처럼 풀어낼 수는 없는 것이 상형문자다. 그것은 풀어낼 수 없다는 데 의미가 있다. 왜냐하면 그 상형문자 속엔 많은 사연, 너무나 많은 안개, 너무나 많은 바람, 너무나 많은 아침이 숨겨져 있으므로. 그렇구나. 그래서 수학, 과학, 물리, 가정 등 수많은 교과가 있으면서도 '사랑'이라는 교과 시간은 없구나. 아무렴. 사랑이라는 상형문자에 대해선 사지선다형의 객관식 문제는 결코 출제할 수 없을 테니까.

공주가 빨간 보자기를 펴 보이던 아침에 주리는 비로소 수두꺼비의 축구 대회가 있는 토요일이 왔음을 깨달았다.
"깨뜨리면 깨뜨릴수록 칭찬받는 게 뭐게?"
공주는 어린애처럼 쾌활하게 웃으며 이렇게 물었다.
"흥부네 박."
"흥부네 박?"
"박 속에 보물이 잔뜩 들어 있을 테니까."
"것도 근사한 대답이긴 하지만 틀렸어. 정답은 신기록이야. 오늘 난 소위 축구 대회라는 데를 처음 가보게 되거든. 이것도 이 공주 나리의 일생에 새 기록 하나가 수립되는 거지 뭐니?"
보자기를 손가락 끝에 걸고 뱅뱅 돌리며 공주가 혀를 낼름했다. 유리창을 비켜 들어오는 아침 햇살에 보자기의 빨간 색깔이 현란하게 빛났다. 활짝 트인 하늘은 코발트의 정결한 비단이었다.

효창운동장은 대만원 사례였다. 주리와 공주는 본부석 맞은편 스탠드에 자리를 잡았다.

"얘, 저기 좀 봐!"

공주가 결승전에 진출한 양교의 응원전을 손가락질했다. 수두꺼비네 학교 학생들은 때마침 웃옷을 완전히 벗고 있었다. 오후의 맑은 햇빛 속에서 수천의 알몸뚱이가 한 덩어리로 일어서고 있었다.

"근사하다. 그치?"

별걸 다 근사하단다. 아무리 제 눈에 안경이라곤 하지만 어쩌다 옥떨메 공주 나리가 이 지경이 됐단 말인가. 잘못 흥분하다간 공주까지 웃옷을 벗으려 들지 않을까, 주리는 그것이 겁날 지경이었다.

이윽고 결승전이 시작되었다.

센터포드 수두꺼비는 집에서 볼 때하고 전혀 달랐다. 나비까진 몰라도 민첩하기가 고양이 같았고, 볼을 달고 들어갈 땐 그 힘찬 기백이 거침이 없었다. 주리도 그 점에서만은 감탄하지 않을 수 없었다. 돼지처럼 뒤룩뒤룩 살찐 체구에 어디서 저런 동작이 만들어질까.

"파이팅, 파이팅!"

공주의 응원은 가히 결사적이었다. 수두꺼비가 공만 잡았다 하면 빨간 보자기를 만세 부르듯 치켜올리곤 쉼 없이 악을 썼다.

"떨메 양, 제발 좀 가만히 있을 순 없니?"

"어떻게 가만있어?"

"헤드 이즈(Head is) 빙빙이구나……."

"엇! 저것 봐, 주리야. 수두꺼비가 이쪽 편을 향해 두 손 번쩍 들었잖아?"

과연 수두꺼비 쪽에서도 약속된 신호를 보내오기 시작했다. 볼을 차다가도 불쑥 돌아서서 한 번씩 만세를 부르는 형국이었다. 어디 한 번 부르고 마는 만세냐. 수두꺼비는 만세로 한이라도 풀겠다는 사람처럼 '만세 3창' '만세 4창' '만세 5창'을 간헐적으로 계속했다.

공주는 더욱 신이 났다. 수두꺼비가 '만세 3창'을 부르면,

"파이팅! 수두꺼비 파이팅!"

해가면서 적어도 대여섯 번 이상 빨간 보자기를 펴 들고 일어나 응답을 보냈다.

"이봐요, 학생! 너무 자주 일어서니까 뒤에선 안 뵈잖아. 원, 응원도 적당히 해야지……."

어디 면적이나 좁은 앤가. 가슴둘레가 구십팔 센티미터나 되

는 애가 수도 없이 일어났다 앉았다 하니 뒤에선 이런 불평들이 쏟아져 나왔다. 그러거나 말거나 공주는 조금도 자중할 낌새를 안 보였다. 그것은 수두꺼비도 마찬가지였다. 공 한 번 차놓고도 만세요, 질풍처럼 달려가다가도 만세요, 심지어는 눈앞에 굴러오는 공을 그냥 흘려보내면서도 만세였다.

"저치, 왜 저래?"

"조상이 독립운동가였나 보군. 그래서 만세에 한이 맺혔겠지."

"농담할 때가 아니라고. 센터포드가 공보단 만세에 열심이니 위태위태해서 못 보겠잖아?"

"그래도 아직까진 그 친구 솜씨가 제일 뛰어난걸."

"병신인갑다. 겨드랑이에 벼룩이 수십 마리 들어앉았거나……."

뒷좌석에서 사람들의 이런 말소리가 들려왔다. 운동장은 점점 더 응원의 열기로 타오르고 있었다. 수두꺼비네 학교에서 우세한 게임이었지만 전반전은 득점 없이 끝났다.

"세상에! 펠레 솜씨나 다름없지 뭐니?"

"그래. 펠레다!"

주리는 기가 막혀 맞장구를 쳐주었다. 펠레 공 차는 모습을 제대로 본 적도 없을 텐데, 그저 아는 이름이 펠레뿐이니 멋대로 붙여놓고 보는 옥떨메 안 공주가 차라리 측은할 정도였다.

"주리야, 앞으론 수두꺼비 별명을 바꿔 불렀음 좋겠어."

"뭐라고?"

"국산 펠레. 어떠니?"

"문 좀 닫아라, 제발. 그 코밑에 식당문(입) 말이야……."

"너도 수두꺼비가 펠레 같댔잖아?"

"난 있잖아, 얼굴 시커멓다는 점에서 펠레 같다고 한 거야. 그렇게도 주제 파악이 안 되니?"

"관둬, 애!"

공주가 금방 뾰로통해져서 고개를 돌렸다. 목소린 벌써 꽉 잠기고 얼굴은 땀으로 얼룩져 있었다. 후반전엔 다행히 시끄럽진 않겠군. 소릴 질러봐야 기어들어가는 쉰 소리만 날 테니까.

후반전이 시작됐다.

소리를 제대로 못 지르니까 이번엔 몸을 비틀기 시작했다. 저러다 저 애 아주 미치는 건 아닐까. 그러나 미치기 전에 운동장엔 한 가지 이변이 생겼다. 건너편 스탠드에서도 공주처럼 누군가 빨간 보자기를 펴 들고 자리에서 일어서는 사람이 생겨났기 때문이었다.

곤란해진 건 공주가 아니라 운동장에 있는 수두꺼비였다.

양쪽 스탠드에서 빨간 보자기가 번갈아 솟아오르니 어느 편이 공주와 주리인지를 알아볼 도리가 없는 모양이었다. 수두꺼비는 한동안 이쪽저쪽으로 고개를 돌려대며 갈팡질팡하는 것

같더니, 마침내 양편에 대고 번갈아 만세를 보내기 시작했다.

"여기야, 여기!"

공주가 안타까워 발을 동동 굴렀지만 어쩔 수 없는 일이었다.

"대체 누구지?"

"몰라!"

"도그 베이비(Dog baby)!"

공주의 말씨가 이쯤 나갔다. 건너편 빨간 보자기의 주인공은 도무지 성별조차 구별이 안 됐지만 공주는 근거도 없이 남자로 단정하는 모양이었다.

"떨메 양, 건너편에서도 널 보고 뭐라고 욕을 안 하겠니?"

"뭐라고 욕을 해?"

"아마 이럴걸. 댓 이어(that year, 저년) 크레이지."

"너무한다, 정말⋯⋯."

공주가 금방 눈물까지 글썽이면서 벌떡 일어섰다. 좀 안됐다 싶은 생각은 들었지만 그건 잠깐이었다. 주리도 괜히 속이 뒤틀렸다. 사랑이라는 게 겨우 이렇게 맹목적인 달리기 같은 것이란 말인가. 이게, 과연 사랑이 맞기는 맞는가. 사랑을 시작하면, 그러면 친구고 뭐고 다 안중에 없어지는 것인가.

"어딜 가니?"

"상관 마!"

"고구마 찌러(대변보러) 안정소(화장실) 가는 거니?"

"상관 말래도!"

공주는 뒤도 안 돌아보고 사람들 사이를 헤치며 걸어갔다.

아마 건너편 스탠드로 빨간 보자기의 주인공을 찾아가는 모양이었다. 공주 성질에 큰 쌈하겠지. 주리는 자리에서 잠시 운동장을 내려다보았다. 수두꺼비는 여전히 이쪽저쪽 돌아보며 '만세 3창'이었다.

냉전

월요일 날 아침, 공주와 주리는 교실 앞에서 정면으로 얼굴을 마주쳤다. 그런데 아뿔싸, 공주 편에서 먼저 샐쭉하면서 시선을 돌리는 게 아닌가. 무심코 배시시 웃으려던 주리는 한동안 속이 뒤틀려 복도에 선 채 움직이지 못했다.

"쳇, 관두라지……."

말은 '관두라지' 했지만 '관두는 것'이 어디 쉬운 일이냐.

이제까지 한 몸처럼 지내던 친구였으니 자연 빈자리라는 게 생기는 법이다. 허전하고 불안하고 그러다 보면 괜히 속만 더 상하고, 속이 상하면 상대편이 더욱 얄미워지고…… 이런 경우가 바로 악순환이라는 것이다.

수업이 시작되고도 이 '악순환'은 순환을 거듭했다.

여간해서 마음이 가라앉질 않았다. 슬그머니 고개를 돌리다 시선이 마주치면 못 볼 것을 본 것처럼 찔끔하면서, 두 사람은 너나없이 한 자씩이나 입술을 빼물었다.

"떨메하고 왜 그러니?"

점심시간, 혼자 있는 주리를 찾아와 '생리현상' 자경이가 물었다.

"뭘?"

"눈칠 보니까 싸운 거 같아서……."

"쌈은 무슨 쌈이니? 그저, 난 흥미 없어."

"그래도 얘, 무슨 일인지는 모르지만 웬만하면 애플 두(apple

do, 사과한다는 뜻) 해야지. 소금이하고 떨멘 하느님이 묶어주신 단짝 아니니?"

"단짝이 쓴짝 되면 하느님이 화내신다니?"

"부반장 라면 패거리만 좋아할걸."

"그래도 지금은 싫어. 떨메 가시내 그렇게 안 봤는데 속이 바늘귀 같잖아."

자경인 싸늘하게 돌아서는 주리를 놔두고 이번엔 공주를 찾아갔다. 공주는 빈 교실의 자기 책상에서 혼자 엎드려 낙서를 하고 있었다. 연습장 위엔 수없이 '주리'니 '수두꺼비'니 '삼수'니 그런 말들이 적혀 있었다.

"떨메야, 너도 주리하고 애플 두 안 할 거니?"

"지금은 안 해."

"대체 왜들 그러니?"

"글쎄 있잖아, 주리 계집애가 나보고 뭐랬는 줄 알아? '디스 이어 댓 이어'란다. 아무려면 친구 사이에 그렇게 막말을 할 수 있니?"

"농담이었겠지."

"농담? 웃기지도 않네. 첨부터 그 앤 이번 일에 마땅찮은 눈치를 보였단 말야. 배가 아픈 거야."

"뭐를 마땅찮아 했단 말이니?"

"수두꺼비 말야!"

"뭐, 수두꺼비라니?"

"몰라, 그런 게 있어."

"혹시…… 수두꺼비를 기른단 말이니?"

"모른대도!"

오류 교시가 끝나자 교실 안엔 묘한 소문이 퍼졌다. 주리가 '수두꺼비'를 기른다는 소문이었다.

"얘, 수두꺼비는 뭘 먹고 산다니?"

"어떻게 집을 지어줬을까?"

"과연 주리의 재준 뭣에서든지 반짝반짝하누나."

이런 쪽지들이 '귀가 사팔' 선생님의 눈을 피해 수없이 책상에서 책상으로 오고 갔다. 마침내 더는 못 참겠던지 6교시가 끝나자 봉사부장 '폐품' 미림이가 주리의 책상으로 쪼르르 달려왔다.

"니네 집에서 수두꺼비를 기른다며?"

"무슨 얘기니?"

"수두꺼비를 어디서 잡아왔니?"

순식간에 아이들이 어리둥절한 주리 주위를 우르르 에워쌌다. 대답할 겨를도 없이 수없는 질문이 쏟아졌다.

"왜 하필이면 수두꺼비니? 암두꺼비도 있는데?"

미림이가 물었다.

"이왕이면 암두꺼비보다야 수두꺼비 쪽이 가슴 설레고 좋잖니?"

'라면'의 대답에 한바탕 까르르 웃음이 터졌다.

"그럼 그 수두꺼비 총각이니?"

"총각이겠지 뭐. 난 그보다도 언제 장갈 보낼지 묻고 싶은데."

"숫두꺼빌 장가보내?"

"어떠니? 다 둘씩 둘씩 사는 세상인데 두꺼비라고 그 좋은 결혼식 한번 못 해보면 되겠니?"

"후훗, 미림이 네가 신부로 나서렴."

"쭈리가 섭섭해하게……."

"사랑은 쟁취해야 값진 거라더라, 얘"

"어머머! 그럼 미림이하고 쭈리하고 삼각관계라고?"

"그렇지, 호호……."

"어머, 존 거……."

아이들은 떼굴떼굴 교실 바닥에 구르기 직전이었다. 주리는 한마디도 안 하고 있다가 이윽고 아이들을 헤집고 공주한테 갔다.

"떨메, 너 그럴 수가 있니?"

주리의 목소리가 쨍하고 울렸다. 교실 안이 일순 잠잠해졌다.

"소금이 너야말로 너무했다고 생각하지 않니?"

공주도 자리에서 벌떡 일어섰다.

"지난 일은 지난 일이야. 뭐 내가 수두꺼비를 기르고 있다고?"

"난 그런 소문 낸 일 없어."

"시침 떼면 누가 모를 줄 알고⋯⋯."

시선과 시선이 허공에서 격렬하게 맞부딪쳤다. 차가운 긴장이 흘렀다. 잘못하다간 육탄전으로 돌입하기 십상인 듯 보였다. 이때, 교실 문이 열리며 교장 '들것' 선생님이 쓱 들어섰다. 아이들이 우르르 흩어졌다.

"뭐하고 있죠?"

'들것' 선생님은 공주와 주리를 번갈아 보면서 이렇게 물었다.

"마주 보고 있었어요."

"마주 봐요?"

자경이가 가로막고 나섰다.

"눈싸움이라는 건데요, 먼저 시선을 돌리는 쪽이 지는 거예요."

"허헛, 그거 재미있군⋯⋯."

'들것' 선생님의 노안에 아이 같은 잔잔한 미소가 떠올랐다.

그 순간 출입구를 들어선 것은 담임 '퀸' 선생님이었다. 그런데 별일도 다 있다. 이내 웃음을 거둔 교장 선생님께서 퀸 선생님을 한사코 째려보는 게 아닌가. '퀸' 선생님은 출입구 근처에 엉거주춤 선 채 아연실색이었다. 얼굴이 금방 벌겋게 상기되며, 꼬리 사려 붙이는 강아지 꼴이 되었다. 그래도 교장 선생님은 시선을 풀지 않았다. 근엄하고 싸늘한 눈초리가 안경 뒤에서 반짝 빛나 보였다. 교실 안에 또 한 번 살얼음 같은 긴장이 왔다. 아이들도 숨조차 크게 내쉬지 못했다.

"왜, 왜 그러십니까, 교장 선생님?"

"우헤헤헤……."

갑자기 교장 선생님이 큰 소리로 웃기 시작했다.

망측하기도 하지. 교장 선생님도 나이에는 어쩔 도리가 없군. 아이들은 단번에 교장 선생님께서 소위 '노망'이라는 것이 들었다고 거의 단정해버렸다. '들것' 선생님은 한참 동안 웃음을 멈추지 못했다. '퀸' 선생님만 쩔쩔매는 자세로 주춤주춤 다가들면서,

"교, 교장 선생님, 어쩐 일이십니까. 제가 누, 누군지 알아보시겠습니까?"

"헤헤…… 알다마다요. 그저 눈쌈을 한번 해본 것뿐이라구요."

"누…… 눈쌈이라뇨?"

"김 선생이 졌소. 허허……."

교장 선생님은 아직도 갈피를 잡지 못하고 서 있는 '퀸' 선생님의 어깨를 한 번 가볍게 치면서 계속해서 품위 없이 웃고 있

었다. 그때서야 아이들 쪽에서 와르르르 웃음이 터져 나왔다. 너무 웃어서 나중엔 눈물까지 찔끔찔끔 흘리는 애들도 있었다.

저녁때, 집으로 돌아오는 버스정류소에서 주리는 우연히 수두꺼비와 마주쳤다.

"벌써 수업 끝났니?"

"남이야……."

수두꺼비를 보자 공주 생각이 나서 주리는 톡 쏘붙였다.

"어제 응원 고마왔어!"

"난 응원 안 했어. 오해하지 마."

"좋다 좋아. 자, 내 친구하고 인사나 해라."

그때서야 주리는 수두꺼비 뒤에 서 있는 낯선 남자애를 보았다. 피부가 정갈하고 눈빛이 투명한 게 수두꺼비와는 대조적인 얼굴이었다. 남자애가 고개를 까딱했다.

"난 이름이 슬기야. 너무 슬기로워 이름까지 그렇게 지어 붙였지."

어쭈! 첨부터 말을 딱 자르고 앉았네.

"난 주리야, 복주리!"

주리도 지지 않고 말을 단번에 부러뜨렸다. 그래도 남자애는 조금도 기분 나쁜 표정을 짓지 않았다. 오히려 잇몸까지 드러내며 한 번 소리 없이 웃었다. 희고 고른 치아였다.

"이 자식은 앞으로 내 방에서 함께 있게 될 거야. 아빠가 군인인데 이번에 강원도로 전출받아 갔거든. 가족이 모두 따라가는 바람에 이놈만 서울에서 오갈 데 없는 신세가 됐지. 말하자면 내가 구제한 셈인데……."

"짜식, 함께 있자고 간절하게 애원한 건 누군데 그러니?"

"어럽쇼. 이게 벌써부터 의리 없이 노네. 주리가 누군지 알기나 하니? 바로 엊그제 그 공주님의 절친한 친구란 말야. 또 한번 경치기 전에 몸조심해둬. 주리, 너 얘기 들었니?"

"무슨 얘길?"

집이 보이는 골목으로 돌아서며 주리는 여전히 딱딱하게 굳은 목소리로 물었다.

"축구장에서 말야, 느네들하고 나하고 신호하기로 약속한 걸 이 자식한테 말했더니 말야, 글쎄 이게 빨간 보자기를 들고 와서 우리를 혼란시켰잖아. 축구공처럼 발길질 좀 하려다가, 공주한테 톡톡히 혼이 난 모양이어서 봐줬지……."

그랬었구나. 주리는 비로소 사태의 진상을 깨달았다.

공주의 막된 표현대로 한다면 슬기야말로 '도그 베이비'의 장본인이었던 것이다. 그날, 건너편까지 쫓아간 공주나 슬기 사이엔 보나마나 볼품사나운 대거리가 벌어졌을 게 뻔했다.

"공준지 왕잔지 하는 여학생, 체격 한번 아담하게 생겼더라. 삼수 너하고 똑 닮았어."

"이 자식, 또 아담 타령이군. 쭈리야, 얘는 슬기라는 이름보다 '아담'이라는 별명이 더 유명해. 앞으론 아담이라고 불러야 할 거다."

"아담은 하나도 닮지 않았는데?"

"누가 이브한테 갈빗대 하나 꿔준 그 아담이랬니?"

"그럼 뭐야?"

"야, 임마, 네가 설명해줘. 네 꿈부터 들려주란 말야!"

"그럴까?"

슬기가 또박또박 자신의 꿈을 말하기 시작했다.

"꿈이라고 해야 특별한 욕심은 없어. 그저 아담한 집 한 채에 아담한 정원을 갖고 싶고 아담한 풀장과 아담한 자가용 한 대, 아담한 전용 비행기에 아담한 요트 한 대쯤 있으면 좋겠고, 난 그저 아담한 아침엔 아담한 식사를 하고, 아담한 아내가 골라주는 아담한 양복으로 갈아입은 다음, 아담한 자가용 비행기를 타곤 로마나 베니스나 뉴욕을 가서 아담한 서양 여자들과 아담하게 폴카를 추고……."

아담하게 생긴 슬기의 아담 타령은 이 모양으로 끝이 없었다.

이상한 일이었다. 다른 때 같았으면 처음 인사한 슬기의 끝없는 너스레에 넌덜머리를 냈을 텐데, 넌덜머리는 고사하고 갑자기 언제나 무심코 지나쳐 다니던 골목길이 새삼 정답고 '아담하게 느껴져서' 쭈리는 살짝 얼굴을 붉혔다. 창유리에 먼지가 뽀얗게 앉은 세탁소도 아담하게 보이고, 멋없이 키만 큰 전신주도 아담하게 보이고, 집들도, 식품가게도, 가게 아줌마도, 심지어는 못생긴 수두꺼비까지 정말 '아담하게' 보일 지경이니, 참으로 별난 감정이었다.

"이 짜식 말을 듣고 있으면 글쎄 뭐든지 아담한 것 같다니까. 주리 넌 안 그러니?"

주리의 속마음을 빤히 들여다보듯이 불쑥 수두꺼비 삼수가 슬기의 말을 자르며 끼어들었다.

"자기 생각이 없으니까 괜히 남의 말에 쉽게 넘어가지……."

주리는 일부러 목을 빳빳이 들고 입을 삐죽했다.

"그게 아니에요……."

담임 '퀸' 선생님이 잔소리할 때 같은 표정이 되어 슬기가 말했다.

"그건, 줏대가 없어서가 아니라 사람은 누구나 다 그럴 수 있는 거야. 예컨대 돌멩이를 실로 묶어서 들고 있어봐. 돌멩이를 고정시켜놓고 한 이삼 분 정신 통일을 한 뒤에 '흔들린다, 흔들린다' 하고 반복해서 생각하는 거야. 그럼 진짜 흔들리는 것처럼 보이게 되거든. 사실은 하나도 흔들리지 않는데 말이야. 이런 걸 심리학에선 '자기암시'라고 하지. 최면술도 결국 이런 원리를 이용한 건데……."

"아는 거 많아서 먹고 싶은 것도 많겠네!"

주리가 이렇게 비꼬았지만 슬기는 조금도 기분 나쁜 표정을 짓지 않았다. 여전히 희고 고운 치아를 말쑥하게 드러내며 내친 김에 최면술의 기초이론까지 뚜르르르 설명하는 것이었다. 수두꺼비가 헤벌쭉 벌린 입을 다물지 못했다.

"넌 짜식, 그런 거까지 어떻게 그리 잘 아노!"

"아는 게 힘이다. 그런고로……."

수두꺼비의 어깨를 사랑스럽다는 듯 탁 때리며,

"이 슬기가 삼수 너보다 힘이 세다. 맞지?"

"자식, 귀엽게 노네. 쭈리야, 사실 애는 우리 학교에서 일등 하는 놈이야. 너도 공부하다 모르는 거 있음 물으러 와."

"웃기지도 않네. 그럼 한 가지 여쭈어볼까?"

주리는 조금 비위가 상해서 슬기를 정면으로 보며 말했다.

"오우케이. 물어봐!"

"링컨은 죽었지만 살아남은 건 뭔지 알아?"

"흠, 내가 속을 줄 알겠지만 그 정도에는 안 넘어가지. 링컨 은 죽었지만 컨링은 살아 있다. 어때?"

"피, 누가 모르는 줄 알고 물은 줄 알아? 알 것 같아서 물은 거야. 인제 확인이 된 셈이니까 됐어."

"확인, 무슨 확인?"

"그쪽의 그 지식들이 방금 말한 '링컨은 죽었지만 컨링은 살 아 있다' 그 원칙에 의해 이룩되었다는 확인 말야……."

"아니, 그럼……."

"왜 틀렸어? 내가 보기엔 '신속' '정확' '시치미 뚝' 하는 컨닝의 삼대 원칙도 완벽하게 구사할 능력이 있어 보이는데……."

용용 죽겠지, 하는 심정이었지만 슬기는 조금도 섭섭하게 생각하는 눈치가 아니었다. '컨닝'으로 일등 했다고 몰아붙이는데도 싱글벙글 웃고만 있었다. 그러다가 불쑥 문 앞까지 와서는,

"사회학에선 보통 상중하로 계층을 구별하는데 말이지……."

하면서 주리네 집과 삼수네 집 대문을 번갈아 바라보았다.

"주리네와 삼수네는 우선 대문부터 그 계층 부분이 뚜렷하게 느껴지는군. 대문 큰 게 꼭 좋은 건 아니지만 삼수네 대문이 주리네보다는 한 계층 위로 보여."

참, 제까짓 게 뭘 안다고.

약이 오를 대로 올라서 주리는 대문을 소리 나게 꽝 닫았다. 등 뒤에서 삼수와 슬기의 유쾌한 웃음소리가 들렸다. 마침 현관을 열고 나오던 할아버지가 뿔이 난 주리를 보고 물었다.

"웬일이냐?"

"할아버지, 우리도 이사 가."

"뭐?"

"이사 가잔 말야. 이층 양옥집으로. 우리 집에서 새집으로 이사 가는 걸 반대하는 사람은 할아버지뿐이잖아. 이게 뭐야, 케케묵어서 주저앉을 것 같은 고물인데 할아버진 이 집이 뭐가 좋

아서 그래?"

"할아버지가 고물이니까 고물 집이 좋지, 헛헛……."

"그럼 손녀딸로 '폐품'이나 데려올 걸 그랬어."

"뭐, 폐품? 아니 이 녀석이 할아버지보고 폐품이라니!"

"누가 할아버지보고 폐품이랬어. 우리 반에 그런 애가……."

"예끼, 순 고연 놈 같으니라고!"

주리는 결국 할아버지한테 라디오를 들고 있으라는 벌을 받
았다.

'폐품' 미림이에 대해서 누누이 설명했지만 이미 화가 날 대
로 난 할아버지는 주리의 호소를 믿어주지 않았다. 라디오를 머
리 위에 들고 대청마루에 꿇어앉아 있으니까 괜히 공주에게만
이가 갈렸다. 따지고 보면 오늘 하루 계속 이렇게 악운만 연속
된 것도 모두 공주 탓이었다.

사랑의
조건

다음 날도, 또 다음 날도 공주와 주리는 말을 하지 않았다. 냉전은 장기화될 기미가 역력했다. 어디에고 해빙 무드는 보이지 않았다.

방 안에서 가구 하나만 들어내도 빈자리는 생기는 법이다. 하물며 라면과 수프처럼 붙어 다니던 공주가 뚝 떨어져나갔으니 주리의 가슴속에도 빈자리가 생기지 않을 리 없었다.

괜히 교실에선 말도 하기 싫었다.

모든 게 귀찮고, 학교생활이 갑자기 삭막하게 느껴져서 영 재미가 없었다. 부반장 지영이 패거리만 교실이 좁다는 듯 판을 치고 있었다.

몇 번인가 '생리현상' 자경이가 공주와 주리 사이를 다시 이어보려 했지만 뜻대로 되지 않았다. 주리는 점심때면 혼자 아래 운동장의 벤치에 앉아 멍하니 앞산만 바라보는 버릇이 생겼다.

"웬일이지?"

'로키' 선생님이 슬쩍 옆으로 와 앉으며 주리의 어깨를 툭 쳤다.

"뭘요? 선생님?"

"요즘 아무래도 주리 실연한 사람 같다."

"남 걱정 마세요. 언니들하고 어떻게 잘돼가나요?"

"아직은 슬로비디오(진전이 더디다는 뜻)지만……."

"주경 언니가 좋은데 주순 언니가 문제다, 그 말이시죠?"

"맞았어. 어떻게 주리가 협조 좀 해주면 안 될까?"

'로키' 선생님은 보채는 어린애 같은 표정으로 말했다.

그동안 '로키' 선생님은 몇 번인가 삼수네 집에 오는 체하면서 주리네 집에 들렀었다. '로키' 선생님의 목표야 주경이 언니였지만, 주순이 언니가 금이빨을 들이대면서 설치는 바람에 주경이 언니하곤 사실 말 한마디 나눌 새가 없었던 것이다. 일이 이렇게 되고 보니 '로키' 선생님뿐 아니라 주경 언니로서도 난감한 일이 아닐 수 없었다. 주경 언니도 은근히 '로키' 선생님을 좋아하는 눈치는 보였지만, 주순 언니에 대한 체면과 의리 때문에 스스로 포기하려는 기미가 뚜렷했다.

모든 문제는 결국 금이빨 주순 언니에게 있었다. '로키' 선생님도, 주경 언니도 서로 호감을 가지고 있는 건 사실인데 그 사이에 주순 언니가 탁 끼어 있는 셈이었다.

"정말 주경 언니가 좋아요, 선생님?"

"뭐 좋다기보다도……."

로키 선생님은 빤히 건너다보는 주리의 시선을 피해 보일 듯 말 듯 얼굴까지 붉혔다. 처음 교실에 와선 그렇게 여유만만하고 능글능글하더니, 주경이 언니 얘기 앞에선 언제나 이렇게 맥을 못 쳤다.

"똑바로 말씀하세요, 선생님. 그래야 협조를 하죠."

"응, 좋아."

"정말이죠?"

"그럼."

"그렇담 오늘부터 무조건 협조해드리겠어요. 그 대신 아시죠, 저 괄시하면 만사 끝이에요. 제 말이람 뭐든지 들어주셔야 되고요."

"아, 알았어."

로키 선생님이 얼굴을 붉혔다.

집으로 돌아온 주리는 먼저 삼수와 '아담' 슬기를 만나 문제를 상의했다. 사건의 전말을 대강 전해 듣고 슬기는 팔짱을 낀 자세로 당장 자신만만하게 나왔다.

"그게 뭘 그리 어렵겠노? 간단한 방법이 있지."

"무슨 방법인데?"

"맨입으로 일 청부 맡기는 거 봤니? 그 로키 선생님인가 하는 분한테 톡톡히 보수를 받아야지."

"짜식, 로키 선생님은 바로 우리 사촌형이란 말야. 보수는 무슨."

수두꺼비가 발끈했다.

"그래도 그게 아닌 기라."

"좋아, 임마! 내가 전화를 걸어볼게."

수두꺼비가 아래층으로 내려갔다. 그리고 한참 만에 와서는,

"야, 신나는 보수를 얻었다!"

"무슨?"

"여름방학 때 바다로 데리고 가준댔어. 쭈리까지."

"그거 아담한 계획인데……."

"그럼, 빨리 말해봐."

"말하지. 우선 주순 누나의 마음만 로키 선생님에게서 떼어
내면 될 거 아냐. 주경 누나하고 로키 선생님은 서로 좋은 사이
니까."

"그걸 말이라고 하니? 어떻게 주순이 누나 맘을 돌리느냐 그
방법이 문제지."

"그거야 간단하지."

"어떻게?"

"주순이 누나가 로키 선생님을 좋아하는 건 심각한 정도는
아니거든. 올드미스로서 그저 그래 보는 거야. 그러니까 요컨대
진정으로 사랑하게 될 다른 남자를 만들어주면 저절로 로키 선
생님에 대한 마음은 사라진다, 그 말씀이야."

"다른 남자가 어디 있니?"

"등잔 밑이 어둡군. 임마, 삼수 니네 큰형 일수 형님 있잖니?
결혼해야 될 나이 다 됐겠다, 생긴 거 아담하겠다, 직장 좋겠다,
그 정도면 로키 선생님보다도 더욱 아담한 조건이야. 일수 형님
하고 주순이 누나를 묶어주면 만사형통일 수 있어."

아담 슬기는 '내 사전에 불가능은 없다'라고 외치는 나폴레 옹처럼 당당하게 말했다.

"네 멋대로구나, 멋대로야. 두 사람을 묶고 안 묶고가 그렇게 간단한 문제니?"

수두꺼비 삼수가 실망했다는 듯 핀잔을 주었다.

"작전만 완벽하면 문제없지. 내 작전대로 되지 않으면 주리 와 삼수 너의 바캉스는 내가 책임질게."

"정말이야?"

주리가 다짐을 두었다.

"정말이지."

"그럼, 어디 작전 좀 들어볼까."

"우선 말야, 아담한 편지를 쓰는 거야. 주리는 일수 형님한 테, 나는 주순이 누나한테……."

아담 슬기의 계획이란 겨우 이런 것이었다.

주리가 주순이 언니가 되어 일수에게 편지를 보내고, 그 대 신 슬기가 일수가 되어 주순 언니에게 연애편지를 써 보내서 서 서히 두 사람의 마음을 접근시킨다는.

"우선 은근한 암시의 편지를 내가 써줄 테니까 주리 네가 넌 지시 주순이 언니한테 전해줘. 답장도 네가 쓰고……."

슬기는 정말 슬기돌이 '비키'가 다 된 것처럼 빈틈없이 작전 지시를 했다.

다음 날 주리는 한 통의 편지를 주순 언니한테 전했다. 물론 밤새워 슬기가 쓴 가짜 러브레터였다.

"주순 씨. 주순 씨는 모르지만 저는 늘 출근하며 퇴근하며 주순 씨를 먼발치에서 봅니다. 눈빛은 섬세하고 머리는 윤기 있으며 오뚝한 콧날은 마치 태양빛을 가르고 선 바벨탑처럼 저를 감동시킵니다……."

편지는 이런 식으로 서두를 뽑고 있었다.

주리는 우편함에 편지가 들어 있었다고 말했다. 보낸 사람의 이름은 없었다. 다 읽고 난 주순 언니는 "수출액이 백억 달러가 넘어도 아직 할 일 없는 사람은 남아 있었구나" 하고 콧방귀를 뀌었다.

슬기의 작전은 처음부터 맞지 않은 듯 보였다. 주리는 얼른 구겨 던진 편지를 주워 들었다.

"어쩜! 글씨가 예쁘기도 하지. 아냐, 예쁘면서도 어딘가 모르게 남성적인 힘찬 기백이 느껴지는걸. 나도 이런 남자한테서 러브레터 좀 받아봤으면…… 문장도 수려하고…… 언니, 이 편지 나 가져도 되지?"

편지를 책갈피에 끼우려들자, 주순 언닌 당장에 그것을 다시 채뜨려갔다.

"애는. 내게 온 편지를 왜 네가 갖니?"

"누군지, 생각나는 사람 없어! 언니?"

"글쎄…… 혹 니네 학교, 로키 선생님 아닐까?"

"언니도 참. 로키 선생님은 이런 글씨 아냐. 형편없는 졸필이
라고……."

"그거야 대필을 시킬 수도 있고……."

"대필은 무슨…… 저 말야 혹시 옆집 큰아들 일수 오빠 아닐
까?"

주리는 딴청을 부리며 일부러 슬쩍 이렇게 떠보았다.

"뭐?"

"우선 편지에 우표도 없고, 또 왜 있잖아, 저번에도 대문간에
서 딱 부딪칠 뻔했었다면서?"

"응, 그랬었어. 그 남자 예의는 꽤 바른 사람이더라."

"멋지게 생겼잖아. 얼굴도 깨끗하고 또 웃는 맵시가 얼마나
세련됐다고."

"하긴 뭐……."

결국 일수에 대한 주순 언니의 반응은 최소 오륙십 점은 충
분히 되고도 남음이 있었다.

이날 밤 주리는 생전 처음으로 러브레터라는 걸 써보았다.
비록 주순 언니 이름으로 일수에게 전해질 편지라고 하지만 러
브레터라고 생각하니까 괜히 가슴이 방정맞게 뛰놀았다.

일수 씨. 당돌하게 편지를 보내는 걸 용서하시기 바랍니다.

연필을 들기까지엔 수많은 망설임과 뼈를 깎는 고통이 있었습니다. 이제 더 이상 제 감정을 속이고 있다는 건 일종의 죄악이라는 결론에 도달했습니다. 부디 일수 씨도 제 심정에 동의해주실 것을 하느님께 기원하겠습니다.

밤은 어둡고 깁니다.

그러나 언젠가 덩시렇게 해는 떠오르고, 아무도 몰래 봄이 오듯 그렇게 아침이 올 것으로 저는 확신합니다. 아니, 그 아침처럼 일수 씨가 제게 걸어와줄 것으로 저는 확신합니다.

사랑이 환희가 아니라는 것을, 사랑이 결코 화사한 봄의 무지개가 아니라는 것을 저는 요즘에야 깨달았습니다. 사랑은 숨 가쁜 기다림이고 순간순간의 절망이며 모래밭에 심장을 돌돌 굴리는 아픔이라는 걸 저는 깨달았습니다. 일수 씨를 먼발치에서 보게 될 때까지의 그 숨 가쁜 기다림, 일수 씨가 내 곁을 지나칠 때의 그 두근거림, 일수 씨가 저만큼 등을 보이며 사라질 때의 그 쓰린 아픔…….

여기까지 쓰기 위해 주리는 밤 2시까지 연습지 한 다발을 거의 소비했다. 그때 덜컥 문이 열리며 주순 언니가 히히 하고 금이빨을 내보이며 들어왔다.

"뭐하고 있니?"

"응, 작문 숙제가 있어서…… 언닌 왜 잠 안 자?"

"그냥 잠이 안 온다. 사실은 말이지 너한테 물어볼 게 하나 있는데……."

"뭔데?"

"바벨탑이 뭐니? 대충은 알겠지만 자세한 건 다 잊어버려서 말야."

후후후…… 주리는 속으로 쾌재를 불렀다. 주순 언니가 2시까지 잠을 안 잔 이유는 바로 그 가짜 러브레터 때문이었던 것이다.

일수 오빠가 주순 언니에게 보내는 그 달콤하고 짜릿하고 짭짤한 러브레터(사실은 아담 슬기가 밤새워 써내는 오리지널 러브레터에 불과했지만)는 한동안 숨 가쁠 정도로 바쁘게 주순 언니에게 배달되었다.

일수 오빠에게도 주순 언니가 보내는(이것도 사실 주리가 쓰는 오리지널 작품이었다.) 같은 종류의 편지가 수두꺼비나 슬기를 통해 수시로 전해진 것은 물론이었다.

주순 언니의 반응과 일수 오빠의 반응은 대개 엇비슷하게 나타나곤 했다. 처음엔 시시하다는 투로 받아들이다가, 닷새가 지나지 않아 설레는 몸짓으로 겉봉을 뜯다가, 일주일을 넘기면서부터는 아예 아침부터 편지만을 기다리는 표정이 역력하게 되었다.

덕분에 삼수와 슬기를 주리는 거의 매일 만나지 않으면 안 되게 되었다. 편지도 전해줘야 하고, 작전 점검도 해야 되고, 또 서로 자기편에서 일어나는 반응을 상세하게 전달해야 되기 때문이었다. 그러나 아무리 담장 하나를 사이에 둔 이웃집이라 하더라도 남학생과 여학생의 신분이니 매일매일 만나서 이마를 맞대고 얘기를 하는 일이 그렇게 간단하지가 않았다. 한두 번이야 제과점이나 분식집에서 만난다고 치자. 또 한두 번은 골목길이나 버스정류장에서 만난다고 하지만, 그것도 말 그대로 한두 번이지 매일 반복한다는 건 곤란하지 않을 수가 없었다. 그래서 어느 때는 이틀씩 사흘씩 서로 의사소통을 하지 못할 때도 있었다. 주리는 제 방 창가에서, 수두꺼비와 슬기는 이층 베란다에서 손짓 발짓 다하며 팬터마임으로 뜻을 정하기도 했는데, 그게 어디 벙어리 아닌 보통 사람이 할 짓인가.

"어떻게 좋은 방법이 없을까?"

수두꺼비 삼수가 이틀이나 주리를 못 만나 안달을 한 다음, 이쯤 고민을 토로하고 나왔다.

"있지."

아담 슬기가 제꺼덕 손뼉을 쳤다.

"무슨 방법인데?"

주리도 넌지시 슬기를 향해 물었다.

"요컨대 아담한 도둑고양이가 되는 일인데……."

"도둑고양이라니?"

"우선 양쪽 건물의 구조가 말야. 이렇게 생겼거든……."

아담 슬기는 단번에 노트를 펴놓고 볼펜으로 주리 집과 삼수네 집의 평면도를 그리며 설명하기 시작했다.

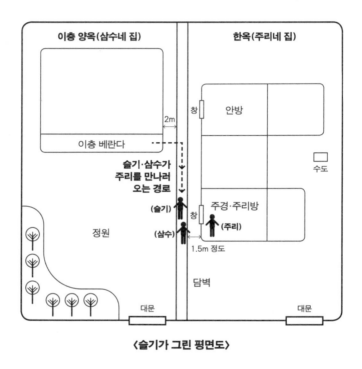

〈슬기가 그린 평면도〉

"우리 방 앞 베란다하고 담벽의 높이는 비슷해. 사이가 이 미터쯤 되니까 널빤지를 구해다 걸쳐놓으면, 쉽게 두 집 사이의

담 위로 올라갈 수가 있단 말야. 그래서 담장을 타고 주리 방 창 앞까지 가는 거야. 창과 담장은 뭐 일 미터도 채 안 되고. 주리 너는 창을 열고 서서, 우리는 담 위에 쭈그리고 앉아서 아담하게 서로 얘길 주고받는 거야."

"주경 언니하고 방을 함께 쓰는데 어떡해?"

"그거야 주경 언니를 설득하면 될 거 아니니? 어차피 우리들이 요즘 애쓰는 것도 다 로키 선생님하고 주경 누나하고 맘 편하게 도킹시키려 하는 짓 아냐."

"괜찮을까, 그러다 들키기라도 하면 괜히 긁어 부스럼인데."

수두꺼비 삼수가 덩치 큰 거하곤 도무지 어울리지 않게 걱정스런 목소리로 말했다.

"밤 10시만 넘으면 끄떡없어. 어른들이야 텔레비전에 정신 뺏겼을 때고 말야."

슬기가 여유 있게 말하며 웃었다.

이렇게 해서 밤 10시만 넘으면 도둑고양이처럼 담장을 타고 온 슬기, 삼수와 창 앞에 선 주리 사이에 희한한 데이트가 이루어졌다.

어느 날은 베란다에서 담벼락으로 건너오는 발소리가 너무 컸기 때문에 주리의 아버지한테 들킬 뻔한 일도 있었다. 아버지는 담 쪽으로 난 조그마한 창을 열고 어둠 속의 밖을 내다보면서 중얼거렸다.

"무슨 소리가 난 것 같은데……."

아빠는 때마침 안경을 벗고 있어서 어둠 속의 담 위에 납작 엎드린 수두꺼비와 슬기를 선뜻 발견하지 못한 모양이었다. 창을 통하여 밖의 사태를 환히 내다보고 있던 주리는 얼른 창 너머로 고개를 힘껏 빼고, 고양이 소리를 내었다.

"야옹! 야옹, 야옹……."

"도둑고양이였군. 망할 놈의 자식 같으니라고."

아빠는 고양이 소리를 듣자 이렇게 중얼거리며 가래침을 한 입 담 위로 뱉어내고 창을 닫았다. 가래침이 갈 데가 어디 있겠는가. 에누리 없이 수두꺼비 삼수의 이마에 날아와 떨어졌다.

"삼수, 너 꼭 부처님이다."

슬기가 소곤거렸다.

"부처님?"

"있잖아, 부처님 이마의 점 말야. 주리 아빠가 뱉어낸 가래침이 그 점 같거든. 히히히……."

"너, 이렇게 약 올리고 나올 거야?"

수두꺼비로서야 속이 바짝 상했지만 좁은 담벼락 위에서, 더구나 도둑고양이 신세인 자기가 어쩔 것인가. 손으로 닦아낼 수도 없고, 그렇다고 손수건도 준비한 것이 아니니 잠자코 형편없이 찡그린 부처님 신세가 될밖에.

어쨌든 세 사람 모두 애를 쓴 덕택으로 열흘쯤 지나자 성공의 명확한 조짐이 속속 드러나기 시작했다.

"어쩜! 대체 누굴까? 세상에 바보같이 순진한 남자도 다 있지. 인제 편지질 그만하고 차라도 한잔하자고 남자답게 턱 나서질 못하고……."

주순 언니가 여전히 번쩍이는 금니를 드러내며 이쯤 나왔다.

"차라도 한잔하자면 오우케이할 거야?"

"그걸 말이라고 하니? 세상에 이렇게 매일 러브레터를 쓰는 게 그게 보통 정열이니? 요즘 세상에 이런 사람 만나기 쉽지 않다, 얘."

반응은 일수 오빠 쪽에서도 마찬가지였다.

"됐어!"

슬기가 쾌재를 불렀다.

"1단계는 다 끝난 거야. 적당할 때 털어놔. 상대가 누구라는 걸 알리란 말야. 그게 2단계야."

"3단계는 뭔데?"

"그거야 도킹시키는 거지. 두고 봐, 이제 일사천리로 진행될 테니까……."

과연 주순 언니에게 편지를 보낸 장본인이 일수 오빠라는 걸 사실대로 알렸을 때 그 반응은 예상 외로 좋았다. 맨 처음엔 입술을 삐죽빼죽하면서 별꼴이다 하는 얼굴이더니 하루가 지나지 않아 표정과 태도가 바뀌었다.

"주리야, 너 보기엔 그 사람, 어떻든?"

"일수 오빠, 멋지지!"

"그럼 만나자고나 한번 해보지, 혹시, 꽁생원 아닐까. 말도 못하고, 속만 태우다니 안쓰럽지 뭐니?"

"일수 오빠가 만나자면 만나줄 거야?"

"그럼 얘. 뭐, 좋아서라기보다도 편지 쓴 걸 봐서 내가 안 만나주기라도 한다면 큰일 저지를 사람이야."

"큰일이라니?"

"응, 자살이라도 하면 어떡하니?"

맙소사. 주리는 속으로 혀를 찼다. 세상에 러브레터를 쓰는 모든 남자들은 다 자살할 준비라도 되어 있는 것으로 언니는 알고 있는 모양이다. 너무도 쉽게 백기를 들고 나오는 주순 언니가 주리에겐 오히려 안쓰러워 보일 지경이었다.

"그건 우리 형도 마찬가지야."

주순 언니의 반응을 주리에게서 전해 듣고 난 수두꺼비가 담장 위에 쭈그려 앉은 채 말했다.

"어땠는데?"

"주리, 니네 큰언니가 지금껏 편지를 보낸 거라니까 그동안 얼마나 속을 태웠겠느냐고 안타까워 죽겠다더라. 내일이라도 주순이 누나 체면을 위해서 자신이 먼저 만나자고 해야겠대. 아주 공격적으로 나오던데……."

"헤헷, 그거야 당연하지."

슬기가 킬킬거리고 웃으며 말했다.

"여자의 표시(우)를 잘 보면 둥근 백기를 두 손으로 받쳐 들고 있는 형태거든. 남자는(♂) 화살표시를 앞세우고 있고 말야. 그런고로 남녀 사이에선 항상 남자가 공격형이고 여자는 수줍은 체하면서 항복의 뜻으로 백기를 들게 마련이지. 안 그러니, 주리야."

"웃기지도 않네."

주리는 들고 있던 컵의 물을 담 쪽으로 휙 내던졌다.

"요즘은 이렇게 여자도 공격형인 걸 좀 아셔야지."

피할 도리 없이 머리 위에 물을 뒤집어쓴 슬기가 또 다른 공격이 있을까 봐 수두꺼비를 앞세워 담벼락을 기어갔다. 그래서 막 수두꺼비의 베란다와 담벼락 사이에 걸쳐놓은 널빤지에 한 발 내디뎠을 때였다. 안방 창문이 확 열리면서 이번엔 안경까지 척 낀 주리 아빠의 얼굴이 쑥 나타났다.

"누, 누구얏!"

주리 아빠가 하얗게 질린 얼굴로 이렇게 소리친 것과, 엉겁결에 수두꺼비가 오른팔을 쭉 뻗어 주리 아빠의 안경을 잡아 벗긴 것은 거의 동시였다.

"내 안경, 내 안경……."

주리의 아빠가 허둥지둥 창밖으로 두 손을 허우적거리며 더듬거리다가 벽력같이 소리 지르며 방바닥에 털썩 주저앉았다.

"아, 안경 도둑, 안경 도둑이얏!"

동네에 온통 들릴 만큼 큰 소리였다. 그 바람에 널빤지의 중앙에 서 있던 슬기가 너무 놀라서 두어 번 중심을 못 잡고 뒤뚱거리다가 아래로 떨어지고 말았다. 아래에는 공교롭게도 간장 항아리가 놓여 있었다. 슬기의 몸은 그대로 간장 항아리를 박살내면서 온통 냄새나는 간장 속으로 곤두박질쳤다.

양쪽 집 식구들이 잠옷 바람으로 뛰쳐나온 것은 물론이었다. 수두꺼비네 할머니가 제일 겁이 없었던지 연탄집게를 들고 가장 먼저 달려 나왔다.

"어, 어디야, 어디!"

이어서 주리네 할아버지가, 일수가, 그리고 어머니와 언니들이 저마다 무기가 될 만한 것을 하나씩 들고 물에 빠진 생쥐처럼 간장을 뒤집어쓴 슬기를 향해 쫓아 나왔다. 제일 늦게 나온 것은 주리의 아빠였는데 덜덜덜 떨면서 나온 것을 보니 아뿔싸, 무기랍시고 황망 중에 들고 나온 게 요강 뚜껑이었다.

"안경은 내가 훔친 게 아니라고요!"

쨍하며 슬기가 악을 썼다.

"안경은요, 삼수가 훔쳤다고요!"

놀란 사람들이 일제히 입을 다물었을 때 담장 위에 엎드려 있던 삼수가 벌떡 일어서며 큰 소리로 외쳤다.

"맞습니다. 안경은 여기 있습니다."

성적,
그
영원한
우리들의
굴레

학기말 시험 시간표가 발표되자 교실 안에 긴장된 공기가 감돌았다. 시험 때가 되면 애들은 대개 세 파로 갈린다. 첫째는 쉬는 시간이든 점심시간이든 오직 열심히 매진하는 쪽이고, 둘째는 시험 따위엔 관심도 없다 하는 얼굴로 더 설치고 다니면서 괜히 공부하는 애들 방해나 하려는 쪽이고 (그런 애들은 남이 안 보는 데선 더 열심이다.), 셋째는 정서 불안의 초기 증세를 보이면서도 어떻게 감당할지를 몰라 쩔쩔매다가 결국 에라 모르겠다 하는 심정으로 포기해버리는 쪽이다.

어느 쪽이든 간에 시험에 진실로 초연할 수 있는 사람은 없다.

그런 점에선 뭐니뭐니해도 주리가 단연 군계일학이었다. 도무지 시험을 보나 안 보나 그 표정과 태도에 변화가 없는 것이다. 그렇다고 주리가 전혀 시험에 신경을 쓰지 않는 것은 아니다. 주리도 학생임에는 틀림없으니 날로 뒤로 뒤로 밀려나고 있는 자신의 성적이 어찌 켕기지 않겠는가. 하지만 뭣보다도 시험이라는 제도 앞에 고양이를 만난 생쥐처럼 비굴해지고 싶지 않은 것이 주리의 생각이었다.

"외적 사물에 대한 일반적인 지식은 도덕에 관한 나의 무지를 위로해주지 못할 것이다. 중요한 것은 지식이 아니라 덕성이다." 프랑스의 위대한 사상가인 파스칼은 그의 저서 『팡세』에서 말하지 않았던가. 어디 파스칼뿐이냐.

"공부에만 집착해 있으면 안 된다. 그것으로 완전한 인물이 될 수는 없다"는 '에머슨'의 경구도 있고, "미네르바의 부엉이는 저녁때가 되어야 비로소 비상한다(미네르바는 고대 로마의 학문의 신, 즉 학문은 항상 현실의 뒤를 좇을 뿐이다라는 뜻)"는 '헤겔'의 명언도 있으며, "글은 성명을 적을 수 있으면 족하다"는 우리나라의 오랜 속담도 있다.

그까짓 암기 위주의 시험공부가 인격 완성과 자기 수양에 얼마나 많은 도움을 줄 것인가. 그런데도 시험 때만 되면 전전긍긍하며 벼락공부로 밤을 밝힌다는 건 점수라는 숫자의 노예밖에 아무것도 아니라는 게 주리의 자기 변호였다.

"주리 넌 공부 안 하니?"

점심때 혼자 창가에 앉아 생텍쥐페리가 지은 『인간의 대지』라는 소설을 읽고 있는데 폐품 미림이가 다가와 넌지시 말을 붙여왔다.

"응, 니네들이나 악쓰고 하렴."

"흥, 그런 척하면서도 집에 가선 아무도 몰래 밤새워 공부하겠다는 네 속을 누가 모를 줄 알고?"

"모두 미림이 너 같은 줄 아니? 난 있지, 공부 안 해도 믿는 게 있으니까 걱정 마."

"믿는 게 뭔데?"

"볼펜 굴리기 명수거든. 굴리다가 몇 번에 동그라미만 하면

척척 잘도 맞더라."

주리는 여전히 소설책에 시선을 준 채 거들떠도 보지 않았다.

그러자 미림이도 한결 더 낮아진 목소리로, "애, 떨메 좀 봐. 전하곤 영 달라졌어. 아침이나 저녁때나 공부만 하는 눈치거든" 하면서 주리의 얼굴을 빤히 바라보았다. 주리는 공주와 자기의 틈새에 비집고 들어 은근히 약을 올리려는 미림이 속마음을 환히 알면서도, "그거야 뭐 각자 알아서 할 일이지" 하고 모르는 척했다.

사실 공주가 그동안 좀 달라진 것만은 사실이었다.

아직도 피차 말을 안 하지만 교실에 들어서면 별수 없이 관심은 공주한테로 갔다. 그전처럼 떠들거나 하지도 않았고 말없이 혼자 앉아 공부만 열심히 하는 눈치였다. 이따금 큰 걱정이라도 있는 어두운 표정으로 한숨만 푹푹 내쉬는 것도 전에 없던 버릇이었다.

여전히 주리가 별다른 반응을 안 보이자 폐품 미림이는 입술을 쌜쭉하니 십 리쯤 내밀고 주리의 속마음을 긁어놓았다.

"피, 주리 네가 아무리 잘난 척, 관심 없는 척해봐도 공부시간에 보니까 요즘 아주 토끼눈이더라. 그래봤자 네게도 한계는 있기 마련이지만……."

한계가 있다는 얘긴 무슨 뜻이겠는가. 토끼눈을 하고 열심히 해봐도 네 성적이 나를 따라올 수는 없을 거라는 은근한 자기

과시의 암시가 아닌가?

그때야 주리는 책에서 시선을 들고 차갑게 한번 웃었다.

"미림이 너 '요우에본'이라는 돈 많은 쌀장수 이야기 아니?"

"요, 뭐?"

"요우에본인가 뭐 그래. 나도 어느 책에선가 읽은 건데 말야. 아무튼 이 쌀장수는 장사꾼답잖게 학문도 꽤 깊었대. 그래서 스스로 근검절약하고 그 돈으로 마을에 토목공사를 일으켜 가난한 이웃들에게 여러 가지로 도움을 주었다는 거야. 그래서 그 쌀장수가 죽었을 땐 많은 사람들이 슬퍼하며 소리 높여 울었다거든. 이때 한 노파가 울면서 뭐랬는 줄 아니?"

"내가 그걸 어떻게 아니?"

"모를 거야. 넌 공부 잘하는 애니까."

"비꼬지 마, 애!"

"그 노파가 이러더란다. 그렇게 학문을 닦으셨는데도 평생 선량하게 살았으니 만약 학문을 닦지 않고 무식한 쌀장수였더라면 얼마나 더 선량한 분이셨을까?"

"공부를 안 하면 더 선량하다니 별난 이론도 다 있구나. 그러니까 더 선량한 사람이 되기 위해서 주리 넌 공부를 안 하겠다 이거니?"

"응 난 있지, 니네들처럼 시험의 노예가 되고 싶지는 않아. 차라리 선량한 자유인이 되고 싶어도……."

이때 5교시 수업 종이 울렸다.

5교시는 담임 '안소니 퀸' 선생님이 담당하는 국어 시간이었다. 헐벗은 미루나무처럼 바싹 마른 퀸 선생님이 인사를 받고 나더니,

"에 또, 날씨도 덥고 하니까 별로 공부하고 싶은 생각도 없겠지, 그렇지?"

라고 말하곤, 한 바퀴 교실 안을 빙 둘러보았다. 퀸 선생님이 무언가 심각한 잔소리를 시작할 때 항상 서두를 뽑아 올리는 말이었다.

아니나 다를까. 퀸 선생님은 다시 한 번 헛기침을 두어 번 하고 나서 폭탄적인 선언을 유려한 말씨로 쏟아놓기 시작했다.

"신약성서의 사도행전을 보면 많은 학문이 너를 미치게 한다는 말이 있다."

'퀸' 선생님은 우선 이렇게 성서의 한마디를 인용하고는 교실 안을 빙 둘러보았다. 정밀한 침묵이 서린 교실을 높은 교단에서 내려다보는 퀸 선생님의 표정은 그 마른 체구하며 생긴 머리칼이 좀 과장된 비유지만 산상설교를 하는 그리스도의 모습을 많이 흉내 내고 있었다.

"학문은 번영의 장식이고 가난의 도피처며 노년의 양식이라 갈파한 아리스토텔레스도 있다!"

퀸 선생님은 아주 구색을 갖출 대로 갖춰서 필생의 멋진 연

설을 해보일 작심을 한 모양이었다. 성서에서 아리스토텔레스
로 펄쩍 뛰어 현대화시키더니,

"어디 그뿐인가. 알아야 면장이라는 우리나라 속담도 있지."

하면서 급기야는 슬기롭게도 '우리 것' '내 것'을 찾는 주체
적 의지까지 보였다.

거기까지 말하고 퀸 선생님은 잠시 입을 다물었다.

학생들의 반응을 보자는 건지, 스스로 자기 연설의 허두에
감탄해버린 것인지 짐작하기 어려운 표정을 짓고 있었다. 학생
들은 퀸 선생님의 진지한 어조 때문에 모두 바른 자세로 앉아
있었으나 조금도 감동한 기미는 보이지 않았다. 신약성서나 죽
은 아리스토텔레스가 어찌 이십 세기 후반의 섬세한 감각을 지
닌 꽃다운 열일곱이라는 나이를 흔들리게 할 수 있단 말인가.
차라리, 차라리 말이다.

"헐리웃 맥이라는 가수가 부른 〈Go your own way〉라는 노
래에 보면 이런 구절이 나오지. 당신의 길을 가세요, 가고 싶은
대로 당신의 길을 가면 곧 외로움을 알게 될 겁니다……."

이 정도로 나왔다면 학생들은 당장 '헐리웃 맥'을 직접 만난
듯 가슴의 파문을 실감했을 것이다. 하지만 불행하게도 우리의
퀸 선생님은 그렇게 화사한 감각적 문화를 지니지 못했다. 그래
서 속담 다음엔 진부한 잔소리를 한 차례 늘어놓아 성서와 아리
스토텔레스를 인용한 것보다 더 큰 어리석음을 범하고 있었다.

"한데 요즘 여러분의 학문하는 태도, 공부하는 자세는 한심하기 짝이 없다 이거야. 마치 가방만 들고 학교 오면 선생님들이 여러분의 가방 속에 지식을 한 보따리씩 이삿짐 챙기듯 챙겨 넣어줄 것으로 생각하는 눈치거든. 시험이 며칠 남지 않았는데도 끼리끼리 모여 매점으로 나들이나 하고, 책과 연필을 쥐어야 할 손엔 어린애처럼 핫도그나 아이스크림이나 들고, 공부시간엔 졸면서 볼펜 굴리기 아니면 쪽지나 써 돌리고…… 도대체 그런 태도가 무슨 용기인 줄로 아나?"

퀸 선생님의 목소리는 그야말로 하늘 높은 줄을 몰랐다. 카랑카랑 울리는 게 그렇게 절실할 수가 없었다. 하지만 정작 학생들에게 돌을 던지듯 충격을 준 발언은 그 다음이었다. 퀸 선생님은 타오르는 것 같은 시선으로 한번 쓰윽 둘러보고는 폭탄 선언을 했다.

"…… 따라서 이번 학기말고사 성적이 부진한 사람은 여름방학 동안 학교에서 보충 지도를 하기로 결정했다."

이게 무슨 날벼락인가. 3월부터 무려 다섯 달 동안이나 손꼽아 기다리던 황금 같은 방학을 단지 성적이라는 요사스런 이름으로 차압하려 들다니. 이거야말로 횡포라 하지 않을 수 없다. 주리는 분개했다.

"선생님!"

"복주리, 무슨 말이야?"

"너무합니다. 성적이 우리에게 쇠사슬은 될 수 없잖습니까?"

"암, 쇠사슬이 될 수는 없지. 여러분은 개가 아니니까."

"그런데 왜 묶어두려 하느냐 그 말예요."

"묶어두다니, 누가 누굴 묶어?"

"선생님께서 우리들을요."

"주리야, 말은 바르게 해야 돼. 묶는다는 그 어휘부터가 정당하지 않다고 생각되지만 설령 묶는다고 말한다고 하더라도 왜 '선생님이 우리들'을 묶는 거니. '성적이 나쁜, 노력하지 않는 일부 학생들'을 묶는 거지. 안 그래?"

퀸 선생님은 국어 교사다. 자음접변, 절음법칙, 법칙마다 다 지키면서도 얼마든 상대편을 압도할 수 있는 화술을 지니고 있다.

주리는 별수 없이 그냥 주저앉았다.

이때부터 교실의 분위기는 완연히 달라졌다. 성적에 자신이 없는 대부분의 학생들이 전전긍긍하면서 마지막 체면까지 내던지고 허겁지겁 교과서에 빠져들었다. 오직 주리만이 까딱하지 않고 여전히 생텍쥐페리의 소설을 읽었다.

싫어, 하고 주리는 생각하였다.

이런 식으로 야비한 수법에 걸려들어 마지못해 공부해야 된다면 그런 공부가 무슨 가치가 있을까. 난 시험의 노예가 아니야. 난 나일 뿐이란 말야.

주리는 그 어느 때보다도 시험을 잘 치르지 못했다. 학교에서 여름방학 특별 보충 지도 어쩌고 하는 횡포한 계획만 세우지 않았더라도 약간은 시험 준비를 했을 것이다.

그러나 싫었다. 여름방학 중에 학교에 나와 보충 지도를 받게 될 걸 상상하면 창피함과 모욕감에 가슴이 떨렸지만, 역시 책을 들면 마치 목에 낯선 쇠사슬이라도 걸려 있는 것같이 공부할 맛이 나지 않았다.

성적은 예상대로였다. 이번이라 할 만큼 뚝 떨어져 중간에서도 뒤로 밀려난 처지였다. 거기에 비하면 옥떨메 공주는 승승장구, 학기말 성적이 놀랍게도 반 석차 5등을 하고 있었다. 회심의 미소를 지으면서 쾌재를 부르고 있는 공주의 넓적한 얼굴이 환히 떠올랐다. 망할 계집애. 주리는 성적이 발표되던 날 밤새도록 잠 한숨 자지 않고 손톱 깎고 발톱 깎고 (자르고) 그랬다. 깎고 깎아도 분한 마음이 안 풀려서 나중엔 생살까지 벨 정도였다.

"얘, 주리야, 떨메 가시내 기세등등한 것 좀 봐라."

잠 한숨 못 자고 충혈된 눈으로 등교하자 '간신나라 생쥐(일러바치기 좋아하는 학생)' 같은 폐품 미림이가 쪼르르 달려와 소곤거렸다. 공주는 약간 침울한 표정으로 제자리에 멍하니 앉아 있었다. 상념에 길게 빠진 공주의 프로필은 아침의 정갈한 빛 때문인지 어두운 표정임에도 불구하고 이상하게 오만해 보였다.

"떨메가 있지, 주리 너를 겨누고 죽자 사자 공부한 거라더라. 저 봐. 자기가 무슨 로댕이나 된답시고 턱까지 척 고이고 폼을 잡니, 잡길. 뭐 성적 조금 오르고 보니까 신데렐라라도 된 거 같나 보지. 웃기지도 않아, 정말……."

"관둬!"

"얘는. 니가 뭐 부처님 가운데 토막이니? 벨도 없어?"

"없어, 그런 거!"

"좋겠다. G선상의 아리아(낙제)가 좋다면 별수 없지."

미림이는 끝내 악담을 했다.

주리는 그저 삭막한 기분이 들었다. 생전 처음으로 괜히 외롭고 괜히 죽고 싶고 괜히 울고 싶고 나중엔 정말 괜히 미쳤음, 미쳐버렸음, 하고 생각하게 되었다.

그러나 우리들의 깨소금 주리가 어디 실망만 하고 앉았을 시시한 사람이냐. 이를 갈면 누구보다도 뽀드득 소리가 크게 나는, 대쪽같이 서릿발 서리는 일면을 갖춘 성격이 아니냐.

주리는 그날로 집에 돌아와 팔절지 크기의 화지에다가 'Do!'라고 써서 벽에 붙였다. 주경 언니가 흥얼흥얼 팝송을 따라 부르다가 물었다.

"그게 뭐니?"

"두라고 읽고 한다, 할 수 있다 그런 뜻이야."

"설마 사랑을 할 수 있다 그런 건 아니겠지?"

"왜, 그것 좀 내가 하면 안 돼?"

"못 말려. 대체 요즘 애들은 왜 그러니?"

"쳇, 자기는 조선시대의 애들인 줄 아나 부지."

"이게 고우고우 마운틴(갈수록 태산)이네."

"있지, 난 일등 할 거란 말야. 두고 봐."

"참 내, 뭘? 뭘 일등 한다고?"

"귀가 색맹이야? 왜 그렇게 말귀를 못 알아들어?"

주리가 쨍하고 쇳소리를 했다.

"공부를 일등 할 거야!"

"혹시 혼자 시험 보고 혼자 일등 할 예정은 아니니?"

"주제 파악 좀 똑바로 해. 전교 일등을 하겠단 말야!"

그러자 주경이는 얼른 일어나 무릎을 꿇고 두 손을 모으며 말했다.

"하느님, 저의 사랑하는 동생 주리를 구해주세요. 그 애는 마침내 저렇게 곱게 미쳤나이다."

"아멘!"

아멘 하는 소리는 창문 너머에서 들려왔다. 언제 왔는지 슬기와 수두꺼비 삼수가 창 너머 담장 위에 엎드려 있었다.

이래저래 화가 난 주리는 창을 활짝 열고 다짜고짜 소리쳤다.

"도둑이야!"

다시 한 번 양가의 사람들이 뛰쳐나온 것은 물론이었다.

"이런 고이연 놈들 봤나. 학생 놈들이 남의 집 귀한 손녀딸이나 꼬여낼 생각을 하다니!"

할아버지가 삼수네 집 쪽을 향해 소리쳤다.

"꼬여내다니, 누가 누굴 꼬여낸단 말이우? 우리 삼수는 그런 애가 아니우. 댁의 손녀딸이나 잘 단속하시구랴."

삼수네 할머니가 할아버지의 말을 물고 늘어졌다.

"아니 뭐, 뭐여! 우리 손녀딸이 어쨌다고…….."

"그러지 말고 차라리 담장을 지붕만큼 높이 쌓으시구랴."

"누굴 보고 하라 마라 하는 게야?"

"행실 나쁜 댁의 손녀 때문에 우리 집 손자 녀석 공부 제대로 못할까 그게 겁나서 하는 말 아니우."

"저, 저런!"

할아버지와 삼수네 할머니의 싸움은 길어질 모양이었다. 그렇거나 말거나 주리는 이불을 뒤집어쓰고 수십 번 Do, Do를 반복하고 있었다.

여름의
나무

여름방학이 왔다. 학생들은 방학 중 계획에 대해 한없이 입방아를 찧고 있었다.

"바다냐 산이냐, 그것이 문제로다."

"몸무게가 오십 킬로그램 이상이면 산으로 가고."

"비키니냐 아니냐, 그것도 문제로다."

"난 비키니, 것도 빨강!"

"못 말려! 니 꼽상을 보니 비키니 선택은 일대 실수가 되기 쉽겠더라."

"꼽상이라니?"

"배꼽상(相)!"

"어머, 얜, 내 배꼽이 뭐 어때서?"

"ABC(에이 보기 싫어)야."

"흥, 네 조선무(굵은 다리)보다야 백 배 낫지."

창변에 혼자 서 있는 주리의 눈에도 바다가 보였다. 바다는 아름다운 환상이었다. 숨 가쁜 바람, 원색의 파도, 햇빛 쏟아지는 모래사장, 뛰노는 가슴…… 주리는 입술을 피가 배도록 깨물었다. 그것은, 가서 만날 수 없는, 차압된 바다의 실루엣에 불과했다. 주리는 바다에 갈 수 없었다. 강제로 해야 되는 이십 일 동안의 특별 보충 학습 때문만이 아니었다. 그까짓 보충 학습이야 독하게 맘먹고 며칠 빠져도 될 일이고, 또 빠지지 않아도 앞뒤로 삼사 일씩의 여유는 있었다.

그러나 주리는 포기했다. 아니 포기라는 말엔 동의하고 싶지 않다. 포기가 아니라 선택이다. 주리는 바다보다도 스스로 집에서 공부하는 길을 선택했다. 자신과의 약속을 지키기 위해서였다.

'로키 산의 독수리'를 필두로 주경 언니, 수두꺼비 삼수, 아담 슬기도 바다로 떠날 준비에 부산했다. 골목에서 만난 슬기가 물었다.

"왜 함께 안 간다는 거야?"

"남이야."

"아서라, 수영복 입고 폼은 조금도 나지 않을 자신의 체격에 대해 전전긍긍하는 네 심정을 알겠다만."

"공주님이나 모시고 가시지."

주리가 삼수를 향해 넌지시 한마디 던졌다.

"데려가고 싶은데, 만날 수가 없어. 통 연락이 없거랑."

"집으로 찾아가보지."

"집? 주리 네가 그 애 집 아니?"

"미쳤어? 내가 뭐하러 그런 애 집까지 알아둬?"

"친구잖니?"

"일없어!"

대문을 탁 닫고 들어온 다음에야 주리는 정말 자신이 공주에 대해서 너무 아는 게 없다는 데 생각이 미쳤다. 그렇게 단짝으로 함께 다녔는데도 주리는 공주의 가정에 대해선 아무것도 모르고 있었다. 공주가 주리네 집에 온 일은 여러 번 있었지만 주리는 한 번도 공주의 집에 가보지 않았던 것이다. 아니 어디 그것뿐이냐. 지금 생각해보니까 공주는 자기 집에 대한 얘기를 한 번도 하지 않았었다. 엉큼한 계집애. 주리는 괜히 화가 나서 책가방을 내던지고 벌렁 누워버렸다. 창변엔 진홍빛으로 노을의 한 가닥이 물결처럼 애잔하게 드리워 있었다.

방학 중 보충 지도가 시작된 지도 한 주일이 갔다. 그동안에 슬기와 삼수 일행도 떠나고, 집 안과 학교가 온통 텅텅 빈 듯한 적막감 속에서 주리는 일주일을 지냈다.

주리는 오직 땀 흘리며 책과 싸웠다. 잠깐이라도 게을러지게 되면 벽에 붙여놓은 'Do!'라는 경구가 그녀의 의식을 깨웠다.

"공부라는 건 말이다."

때때로 아빠가 건너와 말씀하셨다.

"설거지 같은 거하곤 달라. 한꺼번에 탁탁 해치울 생각을 한다면 잘못이다."

"피, 아빤 설거지도 안 해봤으면서……."

"조금씩 조금씩 꾸준하게 해야 돼. 그래야 재미가 붙거든. 천천히 쉬어가면서 해라."

그럴 땐 불쑥 할아버지가 방문을 열곤,

"애 공부하는데 애비는 뭐하러 들어가서 방해를 하냐?"

"방해라뇨, 아버님?"

"공부란 설거지와 같은 게야!"

멍하게 쳐다보는 아빠를 향해 할아버지는 이렇게 쐐기를 박았다.

"여러 사람이 도와준답시고 함께 하려들면 그릇만 깨기 쉽거든."

"것도 사람 나름이지, 제가 어디 그릇 깰 사람입니까?"

"너야말로 그릇 깰 사람이지. 암, 깨고말고."

할아버지는 아빠를 영 알아주지 않았다. 주리는 꼼짝없이 할아버지 손에 잡혀가시는 아빠를 보면서 모처럼 키들키들 웃고는 했다.

사탕 day(토요일)가 왔다. 달콤해야 할 토요일이었지만 주리에게는 그렇지가 않았다. 4시간 수업을 받고 가방을 챙기는데, 같은 반 영숙이가 와서 담임 퀸이 교무실에 오라고 한다는 말을 전했다.

주리는 교무실로 갔다.

"복주리, 네가 이브니?"

퀸 선생님은 주리를 세워놓고 다짜고짜 이렇게 물었다. 이브라니 것 참 별 요사스런 질문도 다 있다.

"왜 대답을 못 해?"

"선생님, 전요, 이브는 아니고 이브의 후예예요."

"이브의 후예라, 그럼 아담의 후예도 있겠군?"

"있죠. 예를 들면 선생님 같으신……."

"예끼! 말장난 말고 어서 자수해서 광명 찾아라."

"뭐 말씀이세요, 선생님?"

"네 아담에 대해 고백해보란 말야."

그때야 주리는 사태의 진상을 깨달았다. 아마도 아담 슬기가 학교로 편지를 보낸 모양이었다. 삼십여 분이나 퀸 선생님과 입씨름을 하고 건네받은 것은 멀리 동해에서 보낸 슬기의 엽서였다. 채 읽지도 못하고 교무실을 나오자 역시 영숙이가 기다렸다는 듯 쫓아오며 말했다.

"얘, 주리야, 교문 밖에, 누가 널 찾아왔어."

"누군데?"

"바지 씨야. 벨트 이하(불량학생)로는 안 보이던데, 누구니?"

"몰라."

누굴까. 도대체 어떤 남학생이 이 뜨거운 여름날의 오후에 가로에 서성이면서 자신을 기다린단 말인가. 주리는 고개를 갸우뚱하면서 천천히 교문을 향해 걷기 시작했다.

교문 근처에 와서야 주리는 그때까지 읽지도 못한 슬기의 엽서가 손에 들려져 있음을 깨달았다. 주리는 교문이 빤히 보이는 정원의 돌 위에 앉아 슬기의 편지를 읽기 시작했다.

"바다의 색깔이 어떻더냐고 물어보면 사람들은 보통 파랗다
든가 초록빛이라든가 그런 식으로 간단히 대답하는 게 보통이
지……."

슬기는 그렇게 엽서의 서두를 담고 있었다.

"하지만 그건 잘못된 대답이야. 바다는 수만 가지의 빛깔을
가지고 있어. 프리즘을 통해 보는 일곱 가지의 호사스런 색과,
그것들이 혹은 충돌하며 혹은 맞물리며 혹은 비비적거리며 지
어내는 불가사의한 변용의 색조(色調). 아무라도 뛰어넘을 수도
없고, 껴안을 수도 없고, 차지할 수도 없는 바다……. 올여름 바
다가 내게 준 선물은 피서지의 들뜬 환희가 아니라 오히려 깊은
절망감이었다면 주리, 네가 이해할 수 있을까. 함께 왔더라면,
저 거대하게 깔리며 밀려드는 바다에 비해 인간이란 단지 부서
지는 파도의 한 자락만도 못하다는 지금의 내 절망을 네가 이해
하련만……."

바다가 눈앞에 환히 떠올라 보였다.
수면을 차고 나는 물새 떼의 흰 깃털도 보이고, 젊음처럼 타

오르는 모래사장의 모닥불도 보이고, 그리고 그 환호의 자리에
서 멀리 떨어져 앉아 짐승처럼 웅크린 채 뜻 모를 비애감에 젖
어 있을 슬기의 조금 외로운 뒷모습도 떠올랐다. 그러자 알 수
없는 파문이 가슴 깊은 곳에서부터 서서히 퍼져 올랐다. 마치
처음엔 아주 잔잔한 파도가, 다음엔 좀더 진폭이 큰 파도가 백
사장에 부딪치며 희게 부서지는 것과 같아서 주리는 잠시 두 손
을 꼭 모아 잡았다.

별일이다, 하고 주리는 생각했다.

갑자기 수많은 솜털이 부스스 깨어 일어나는 듯한 이 묘한
기분의 정체는 뭘까. 바다가 그리워서일까. 혹시…… 슬기 그
애가 보고 싶어지는 건 아닐까…….

아냐!

주리는 혼자 얼굴을 붉히곤 엽서를 거칠게 구겨 쥐며 자리
에서 일어섰다. 괜히 창피하고 겸연쩍고 그리고 신경질이 났다.
주리는 고이지도 않은 침을 일부러 퉤퉤 뱉고는 교문을 빠져나
왔다. 멀리 건너다보이는 남산 꼭대기에 암회색 구름이 빠르게
몰려들고 있었다. 소나기라도 한 줄기 내릴 셈인지 어느 틈에
햇빛까지 숨고, 거리는 후덥지근하게 비어 있었다.

주리는 잠시 교문 앞에서 좌우를 살펴보았다. 아무 데도 자
신을 기다리고 있는 남학생의 모습은 눈에 띄지 않았다. 속았구
나. 그렇잖아도 짜증이 나던 터여서 "바지 씨야. 벨트 이하(불량

학생)로는 안 보이던데 누구니?"하면서까지 능청을 떤 영숙이에게 바짝 약이 올랐다.

그때였다. 불쑥 가로수 뒤에서 튀어나와 주리 앞을 가로막고 나서는 남학생이 있었다.

"어머!"

자신도 모르게 이렇게 소리친 주리는 다음 순간 나쁜 일을 하다 들킨 애처럼 얼굴을 붉혔다. 혀를 낼름 빼물고 고개를 꾸벅해 보인 것은 놀랍게도 슬기였다.

"반갑지?"

"뭐가?"

"이 아담 슬기의 갑작스런 출현."

"쳇, 주제 파악 좀 똑똑히 할 수 없니? 내가 놀란 건 바다까지 가서 안 죽고 살아온 것에 대한 실망의 표시란 걸 알아둬!"

주리는 괜히 창피한 생각이 들어서 차도 쪽으로 휙 돌아서며 앙칼지게 내쏘았다.

"미안하다, 소원대로 물귀신이 안 돼서……."

슬기가 웃으며 말했다.

"…… 하지만 나야 어디 물귀신 될 기회가 있어야지."

"피, 수영 실력을 자랑할 생각이람 관둬!"

"누가 수영 잘한댔니? 다만 난 물이 허리 닿는 데 이상으로 깊은 곳엔 들어가질 않았단 말야."

"재수가 없음 접시 물에도 빠져 죽는다는데……."

"그럼 분식집이라도 가서 엽차 잔에라도 빠져 죽자."

주리는 못 이기는 체하고 슬기의 뒤를 따라 크림집으로 갔다.

"내 엽서 받았니?"

"그것 때문에 퀸 씨가 잔소릴 삼십 분이나 했어."

"자랄 땐 그저 잔소리가 약이다."

"약씩이나. 그나저나 웬일로 벌써들 다 올라왔어?"

"들이 아니다. 이 몸만 혼자 왔지."

"주순이 언니도 어제 떠났는데, 봤어?"

"주순이 누나뿐이 아니다. 일수 형도 때맞춰 어제 왔더라."

"어머!"

"말 마라. 로키 선생님과 주경이 누나, 일수 형과 주순이 누나, 두 팀이 진도가 보통 빠른 게 아니다."

"너무 빨라도 문제라든데……."

"촌수를 좀 따져봐. 문제가 심각하잖어. 로키 선생님하고 일수 형은 사촌형제가 아니냐 말야. 주순, 주경이 누난 친형제고……."

"정말."

주리는 뭔가로 뒤통수를 호되게 얻어맞은 기분이 들었다.

"애당초 장난으로 시작한 일이어서 그놈의 촌수라는 거까지 신경 쓰지 않은 게 우리들의 중대한 실수였어."

"그렇지만 우린 무심코 장난 삼아 일을 벌였지만 로키 선생님은……."

"로키 선생님도 마찬가지야. 첨엔 뭐 일이 이렇게까지 되리라고 생각한 게 아니지. 주순이 누나나 일수 형은 로키 선생님의 속마음은 모르니까 아예 이런 면엔 걱정을 할 리 없었고 말야."

"그럼 어떡해?"

주리는 발을 동동 구르고 싶은 심정이었다. 자신의 철모르는 장난 땜에 이 여름 두 팀 중의 어느 팀인가가 상처를 받아야 된다면 보통 일이 아니다.

"너무 걱정은 마라."

"어떻게 걱정을 안 해?"

"아직 두 팀의 사이가 심각할 정도도 아니고, 또 눈칠 챘는지 어쨌는지 제동을 걸 팀이 와 있으니까."

"제동을 걸 팀이라니?"

"삼수네 엄마 아빠가 어제 일수 형하고 왔다."

"그래도……."

주리는 금방 눈물이 핑 도는 기분이었다. 아무리 심각한 사이까지 발전한 건 아니라 하더라도 주순이 주경이 언니가 모두 일수 오빠와 로키 선생님에게 호감을 가진 것만은 사실이다. 그런데 이제 둘 중의 누군가는 그 호감이라는 감정에 스스로 재를 뿌리고 다독거리며 돌아서지 않으면 안 된다면, 어찌 애틋하고 쓰린 기분이 들지 않겠는가.

주리는 자신이 커다란 죄라도 지은 것 같았다.

"너무 걱정 마라. 일을 이렇게 만든 데는 내가 앞장을 선 것이나 다름없으니까 내가 책임을 질 생각이야. 문제없어. 슬기돌이 비키한테 불가능은 없으니까."

주리의 기분을 알아차렸는지 슬기가 이렇게 위로를 하고 나왔다.

제과점을 나오자 후드득 빗방울이 떨어졌다. 슬기가 비닐우산을 하나 샀다. 함께 우산을 쓰자는 뜻일 터였다. 그러나 아까부터 자꾸 가슴이 두근거리는 게 비좁은 우산 속에 함께 들어가면 더욱 그럴 것 같았다. 어쩌면 가슴 뛰는 소리가 슬기의 귀에까지 들릴는지도 몰랐다. 도대체 왜 가슴은 의지대로 통솔이 안 되는 것일까.

"우산 하나 더 사!"

"왜, 아담하게 함께 쓰면 안 되니?"

"안 돼."

슬기가 우산을 하나 더 샀다. 가슴은 여전히 두근거리고 있었다. 묘한 것은 하나의 우산을 더 사 오는 슬기가 속으로는 오히려 얄미워진다는 것이었다. 한번 마음을 먹었으면 마음먹은 대로 밀어붙일 것이지, 하는 생각이 들었다. 그러나 어찌하든

최종적으로 상관없었다. 각각 비닐우산을 들고 서자, 비로소 웃음이 나왔다.

"재미가 없더라……. 주리 너도 없으니까. 그래서 혼자 왔다."

"스무 살도 안 된 사람이 노망 들린 거 처음 봤네!"

주리는 휙 돌아서서 정류장으로 걸어갔다. 아까보다 빗방울이 굵어졌다. 소나기에 바람까지 거칠게 불어서 비닐우산을 썼지만 쓰나마나였다. 무릎 아래가 금방 젖었다.

"아담하게 한 정거장만 걸어가자. 다음 정거장에서 볼일이 있다."

"난 집 갈 거야. 혼자 볼일 보고 와."

"사실은 주경이 누나가 너한테 갖다주라는 아담한 물건이 있어. 그걸 다음 정거장 문방구에 맡겨뒀거든. 굉장히 멋진 건데 갖고 싶지 않음 관둬라."

"정말이지?"

"거짓말 못하는 게 이 아담의 유일한 단점이다."

긴가민가 하는 기분이었지만 주리는 머뭇거리는 자세로 슬기를 따라나섰다. 다음 정거장까지는 얕은 고개였다. 잘 자란 수양버들의 가로수가 일정한 간격으로 빗속에 늘어서 있었다. 달려가는 차량들 이외에 걷는 사람은 거의 눈에 띄지 않았다. 주리는 여전히 어색한 데다가 가슴이 쉽게 가라앉지 않아 쌩쌩

거리고 앞장을 섰다.

"임진왜란 때 말이야……."

허겁지겁 쫓아와서 슬기가 말했다.

"비가 왔지. 선조대왕이 의주로 몽진할 때 갑자기 비를 만났거든. 임금을 비롯하여 신하들이 비를 피하느라 황급히 뛰어가지 않았겠니? 지금의 너처럼. 근데 백사 이항복은 비를 흠뻑 맞으면서도 천천히 걸어가더란다. 왜냐고 물으니까 그 대답이 걸작이었어. '뛰어가면 앞에 내리는 비까지 전부 맞습니다. 천천히 가야 비를 덜 맞지요' 하더란다. 이게 바로 마음의 여유라는 거야."

"흥!"

주리는 웃음이 나오려는 걸 참고 흥, 코웃음을 쳤다.

언덕 위에 올라서자 바람이 더욱 심해졌다. 비닐우산이 두어 번 크게 흔들리더니 급기야 홀렁 뒤집어지고 말았다. 가방을 땅에 놓고 우산을 바로잡았지만 허사였다. 우산은 이미 완전히 부서진 상태였는데, 그러나 슬기는 제 우산을 씌어줄 생각도 안하고 벙글벙글 웃기만 했다.

"안됐다!"

저만큼 선 채 우산을 빙빙 돌리며 슬기가 약을 올렸다.

"그 우산 줘!"

"싫다."

"정말 이러기야?"

"비 맞기 싫음 내 우산 속으로 들어와. 그거까진 봐줄 수 있지만 이 우산을 너한테 주고 나 혼자 비를 맞고 가는 건 환영할 수 없는데……."

"싫어, 난 안 갈 거야."

주리는 부서진 우산을 집어던지고 가로수 아래에 섰다. 버드나무 줄기와 잎을 타고 내리는 물방울이 똑똑 목에 떨어질 때마다 오소소 소름이 돋았다. 그래도 슬기는 우산을 건네주거나, 다가올 기미를 보이지 않았다. 남자라면 이럴 때 우격다짐으로라도 다가와 우산을 씌워주어야 할 일인데, 그가 가만히 서 있으니 주리는 더욱더 약이 올랐다. 그렇다고 이쪽에서 함께 우산을 쓰고 가자며 백기를 들 수도 없는 노릇이었다. 주리는 입술을 십 리쯤 빼물고 비안개에 자욱이 싸인 언덕 아래를 내려다보았다.

그때였다.

저만큼 언덕 아래에서 검정 우산이 하나 불현듯 올라서더니 이내 우산을 잡은 남자의 모습이 시야에 잡혔다. 험상궂은 표정에 덩치가 고릴라처럼 우람하고 다부져 보이는 젊은 청년이었다.

"아저씨, 저, 우산 좀 같이 쓰고 가요……."

주리는 불문곡직, 이렇게 소리치며 청년의 우산 속으로 뛰어들었다.

"이런, 많이 젖었군."

청년이 주리를 연인처럼 바싹 당겨들이며 말했다. 주리는 그 제서야 슬기를 향해 혀를 낼름 빼물었다. 청년이 이쪽 편을 바라보며 서 있는 슬기를 보고 물었다.

"누구야, 저 남학생은?"

"몰라요. 괜히 따라오면서 자꾸 못살게 굴고 그러잖아요!"

"뭐!"

청년은 다짜고짜 슬기를 향해 손가락을 까딱까딱했다.

"야, 임마! 너 이리 와봐!"

"왜, 왜요?"

"너, 왜 약한 여학생을 못살게 굴고 그래?"

"아녜요. 우산을 함께 쓰자고 한 것뿐인데요, 뭐."

청년이 금방 다시 인상을 험악하게 구기면서 주먹을 날릴 듯한 폼을 잡고 엄포를 놓았다.

"임마, 빨리 꺼져! 가서 발이나 닦고 잠이나 자란 말야!"

비는 계속해서 내렸다. 주리는 청년과 나란히 언덕을 내려오면서 허리 뒤로 돌려댄 손가락을 까불까불 움직여 뒤에서 따라오고 있는 슬기의 화를 부채질하였다. 슬기는 여러 걸음 뒤처진 채 그래도 끈질기게 뒤를 쫓아오고 있었다.

"아저씨, 어디까지 가세요?"

"난 다 왔지만 학생 가는 데까지 데려다줄게."

"저도 다 왔는걸요. 저기 저 문방구가 저희 집이에요. 어머! 아빠가 나오셨어요!"

청년이 쉽게 돌아갈 것 같지 않아서 주리는 이렇게 거짓말을 했다. 문방구점 주인이 잠깐 가게 밖으로 얼굴을 드러냈기 때문이었다.

"흥, 문방구 앞엔 뭐하러 서 있누?"

청년이 돌아가고 나자 슬며시 나타난 슬기가 문방구 안에서 기다리고 있는 주리를 향해 볼이 통통 부어서 말했다.

"빨리 줘!"

주리가 손을 내밀었다.

"뭘?"

"주경 언니가 나 갖다주라는 물건!"

"밝히지 마라. 그런 게 어딨니?"

"아니 그럼……."

"피장파장이지 뭐. 내가 네게 거짓말한 거나 네가 나 약 올린 거나……."

그러나 주리는 별로 기분 나쁘지 않았다. 짐짓 화난 표정을 짓기는 했지만 혈관마다 빗소리처럼 약간 차갑고 애틋하고 수런거리는 듯한 느낌이, 멀리서 기차가 오는 것과 같이 서서히 차올라왔다.

이날 밤, 주리는 슬기에게서 한 가지 선물을 받았다. 밤 9시쯤 담장을 타고 주리 방 창변까지 온 슬기가 말없이 쪽지와 함께 그것을 밀어 넣어줬던 것이다. 주먹보다 조금 작은 소라껍질이었다. 깨끗하게 바닷물로 씻겨진 소라껍질은 그 섬세한 결과 조화된 색감과 오묘한 형상이 하나의 환상과 같았다.

소라 속의 공간에 손가락을 넣자 슬기가 써넣은 쪽지편지가 잡혀 나왔다.

"요즘의 해수욕장에선 이만큼 근사한 소라껍질을 줍기가 쉽지 않지. 이걸 줍자 바다에도 못 오고 악전고투하는 네 심란한 여름이 떠올랐어. 주리야, 불을 끄고 눈을 조용히 감고 그리고 한참 동안 이 소라껍질을 귀에 대어보렴. 넌 예민하니까 당장에 동해의 물결 소리를 들을 수 있을 거야……."

밤이 깊어 불을 끄고 자리에 눕자 비로소 주리는 슬기의 말대로 소라껍질을 귀에 가져다 댔다. 정말 바닷소리가 들렸다. 아니 소리뿐이 아니었다. 부서지는 파도의 하얀 포말도 보이고, 소금 내 물씬한 갯바람의 냄새도 맡아지고, 뜨겁게 달아오른 백사장의 그 속살도 그대로 손바닥 안에 잡혀들었다.

고마워…….

머리맡에 소라껍질을 둔 채 잠들면서 주리는 생각했다.

슬기 넌…… 올여름, 내게 바다를 선물한 거야…….

잠든 뒤에도 주리의 감각기관은 멀리, 예쁜 고래 한 마리 살고 있는 환상의 동해를 향해 마디마디 열려 있었다.

바캉스에 다녀오고부터 주순이 언니와 일수 오빠는 훨씬 가까워진 듯이 보였다. 뭐랄까, 국어공부로 비유한다면 자음접변을 배우던 단계에서 이젠 완전동화, 상호동화, 모음동화 등을 배우는 단계로 발전했다고 할까. 어쨌든 진도가 주경이 언니네 쪽보다 주순이 언니네 쪽이 빠른 것은 틀림없어 보였다. 이 때문에 주경, 주순 언니 사이에 눈에 보이지 않는 갈등과 암투가 생겨났다.

그 갈등이 처음 표면화된 것은 바다에서 돌아오고 사흘째 밤이었다. 주순이 언니가 요란하게 화장까지 하고 열시나 다 된 밤에 주리네 방으로 건너왔다.

"너희들 방 좀 비워줘. 잠깐 내 방에 가 있어."

주순이 언닌 향수 냄새를 풍기면서 대뜸 이렇게 말했다.

"왜?"

"글쎄, 일이 있어서 그래."

"일이 있음 언니 방에서 하면 될 거 아냐."

주리는 영문을 몰라 주순, 주경 언니가 입씨름을 하는 양을 멍하니 지켜보고 있었다. 대체 난데없이 한밤중 남의 방으로 건

너와 일이 있다고 우기는 주순 언니의 속셈도 알 수 없으려니와, 사소한 일에 끝까지 안 된다고 버티려는 주경 언니도 잘 이해가 되지 않았다.

그러나 주리의 궁금증은 금방 풀렸다. 잠시 후, 누군가 삼수네 집 쪽으로 난 창을 똑똑 하고 노크해왔기 때문이었다. 주리는 처음, 또 담장을 타고 온 슬기나 삼수거니 했다. 그런데 골목 안 외등의 잔영을 어슴푸레 받고서 담장 위에 도둑고양이처럼 올라앉아 있는 건 슬기나 삼수가 아닌, 일수 오빠였다.

"주순 씨!"

안경을 끼지 않은 일수 오빠는 슬기나 삼수인 줄 알고 창 앞으로 달려간 주리의 손을 덥석 잡았다.

"엊그제보다 손이 훨씬 더 부드럽군요."

일수는 한 손으로 주리의 손바닥을 받치고 다른 손으로 손등을 쓸면서 두 번째 발언을 했다. 엉겁결에 그 꼴을 본 주순 언니의 눈이 한 자쯤 위로 올라갔다.

"뭐요!"

주순 언니가 일수한테 손이 잡힌 주리를 확 밀치는 바람에 일수는 담장 위에서 중심을 못 잡고 두어 번 허우적거리더니 이내 창턱을 쾅 짚었다. 주리는 웃음이 터지려는 것을 참기 위해서 주경 언니를 힘껏 끌어안고 한바탕 몸서리를 쳤다.

"흥, 못 봐주겠네, 정말……."

주경 언니가 기가 막히다는 듯 말했다. 그때야 일수는 사태의 심각성을 깨달은 모양이었다. 일수 오빠는 민망함을 참을 수 없었던지 이내 삼수네 집 베란다와 담벼락을 잇고 있는 널빤지 위로 엉금엉금 기어서 되돌아가기 시작했다. 주순 언니의 표정이 크게 일그러졌다. 달빛도 없이 캄캄한 밤이었다.

아빠가 주순 언니의 결혼 문제를 화제에 올린 것은 이틀 후 저녁 식사 시간이었다. 밥그릇을 반쯤이나 비우고 나서 아빠가 불쑥 꺼낸 말이 결혼 문제였다.

"저, 아버님, 올 가을엔 주순이를 여워야 되겠는데요."

"마땅한 임자가 나서야지."

할아버지는 항용하는 말로 무심히 듣는 눈치였다. 어머니도 마찬가지였다. 그런데 아빠가 아주 정색을 하며 "있습니다!" 하고 나왔다.

"있다니?"

"임자가 있다 그 말입니다!"

할아버지가 수저를 놓았다. 주순 언니의 얼굴이 벌겋게 달아올랐다.

"그 임자가 누구란 말이냐?"

할아버지는 주순 언니와 아빠 중에 누구랄 것도 없이 이렇게 물었다.

"옆집 큰아들 일수 군입니다."

"안 된다, 그건……."

할아버지는 단번에 마치 칼로 무를 자르듯 잘라버렸다.

"왜 그러십니까, 아버님!"

"왜나마나 안 돼!"

"저도 반대예요. 젊은 사람이 속없이 키만 컸지 도무지 맺힌
데가 없어 보입디다."

어머니도 부표를 던졌다.

"주리, 너는 어떠냐?"

"전 찬성이에요."

"주경이는?"

"글쎄요. 전 좀더 두고 봐야겠는데요……."

"주순이, 너는 당사자로서 어떻게 생각하고?"

"저야, 뭐 아빠가 처…… 처분하시는 대로 따를…… 도리밖
에 없죠."

세상에 착한 딸이기도 하지. 주리는 속으로 혀를 낼름 했다.
얼굴은 홍조에 가득 차고 눈은 내리깔고 무릎은 얌전히 앉아서
아빠의 분부시라면 무슨 일은 못하겠나이까 하는 저 맵시 좀 보
라지. 문제는 할아버지한테 있는 듯 보였다. 본인이 이쯤 염치
좋게 나왔는데도 할아버지는 전혀 승낙할 기미를 보이지 않고
있었다.

"대체 무슨 이유 때문입니까, 아버님. 제가 보기엔 일수 군은 머리도 좋고 직장도 튼튼하고……."

"다른 건 다 좋다만서도 사돈이 맘에 안 들어 승낙 못하겠다."

"아니, 사돈이라뇨?"

"그 늙은 할망구 말야. 할미가 그래가지고야 손자며느리 고생하기에 딱 알맞은 걸 몰라서 묻는 게냐?"

"아버님도. 주순이가 어디 할머니한테 시집가는 겁니까?"

"허어! 그 나이를 먹고도 저렇게 어리석어서야, 원……."

할아버지의 음성이 한 옥타브 처억 올라섰다. 잘못하면 또 아빠에게 라디오라도 들려 놓을 기세였다. 아빠가 찔끔 목을 움츠렸다. 결국 이날의 가족회의 안건에 대한 표결은 반대2 찬성3 기권1이었지만 할아버지의 비민주적인 독선 때문에 흐지부지 보류되고 말았다.

공주의
행방

개학이 됐다. 학생들이 여기저기 모여앉아서 방학에 있었던 그 모든 환희와 '썸씽'에 대하여 말들을 주고받았다.

"……치근치근 따라오던 그 남학생이 수영을 참 못했던가 봐……."

폐품 미림이의 목소리가 제일 컸다.

"……내가 깊은 곳으로 들어가자 튜브를 타고 따라 오잖겠니. 그러다가 튜브의 바람이 샌 거야. 놀란 그 학생, 허우적거리면서 뭐라고 소리친 줄 아니?"

"사람 살려?"

라면 지영이가 정말 물에 빠진 것처럼 너스레를 떨었다.

"그랬으면 소박하기나 하게……."

"어이, 시원하다. 그랬겠구나?"

"천만에 말씀. 허우적허우적 물을 먹으면서 비명처럼 질러대는 소리가 고작 '내 튜브, 내 튜브'였어."

까르르르, 아침의 맑은 교실에 웃음소리가 자갯상에 수천의 구슬이 쏟아지듯 그렇게 퍼져나갔다.

주리는 혼자 창변에 떨어져서 이제나저제나, 공주를 기다리고 있었다. 망할 계집애, 하면서 주리는 암두꺼비처럼 처억 벌어진 공주의 얼굴을 생각했다. 한번 찾아와 주지 않고……. 주리는 사실 방학 중 학교에 나오면서 은근히 공주가 자신을 만나러 와줄 것으로 기대하고 있었다. 비록 싸울 때 싸웠을망정 내가 그 애를 보고 싶어하듯 그 애도 내가 보고 싶을 거야. 그 앤 내가 방학 중 보충 지도를 받는 걸 알고 있으니까 어느 날 불쑥 '쭈리야' 하면서 나타나고 말걸. 주리는 그렇게 믿었다. 그러기만 하면 지난 일은 모두 잊고, "공주야. 옥떨메 이 가시내야!" 하면서 주리도 달려가 가슴둘레 구십팔 센티미터의 그 애를 껴안을 작정이었다.

그러나 공주는 주리의 이런 기대를 깨끗이 배반하였다.

주리는 못내 그것이 섭섭했다. 진정한 우정이란 영원한 거라고 세기의 수학자였던 피타고라스는 말하지 않았던가.

화해의 악수란 고귀한 것이다. 그러나 피타고라스가 틀린 말을 했던지, 아니면 그동안 공주와의 우정이 진정한 것이 아니었던지, 공주는 보충 학습 스무 날 동안 끝내 코빼기도 비치지 않았다. 그렇게까지 마음이 맺혀 있을 줄은 정말 몰랐다. 이윽고 종이 울리고 담임 퀸 선생님이 출석부를 들고 들어왔다. 그때까지도 공주의 자리는 비어 있었다.

"안공주, 안 왔나?"

퀸 선생님이 좌석을 둘러보며 물었다.

"안 왔어요, 선생님."

"그거 이상한데…… 공주는 방학 중 소집일에도 통 안 나왔는데 웬일인지 소식을 아는 사람 없어?"

아무도 대답하는 사람이 없었다.

"휴가 중 연락망에 공주에게 연락하기로 되어 있는 사람은 누구야?"

"저예요."

영숙이가 엉거주춤 자리에서 일어섰다.

"공주의 집을 알고 있지?"

"저, 몰라요."

"모르다니? 연락망이면서 집을 알아두지 않음 어떡해?"

"몇 번이나 집을 알려달라고 해도 요 핑계 저 핑계 피하는 눈치였어요."

"알았어!"

퀸 선생님은 더 이상 아무 말도 하지 않았다. 전화를 가진 집이라야 한 반에 대여섯 명뿐이니, 연락망이 가동되면 모두 발로 뛰어야 할 참이다. 그러므로 당연히 집을 알아두어야 했을 일인데, 공주는 끝내 자신의 집을 알려주지 않은 모양이었다.

다음 날도, 또 다음 날도 공주는 학교에 나오지 않았다.

나흘째 되던 날 마침내 퀸 선생님은 반장과 부반장을 일으켜 세웠다.

"주소를 줄 테니, 방과 후에 공주네 집엘 찾아가 보고 와라."

"쭈리가 공주하곤 친한데요."

부반장 라면이 주리를 걸고 넘어졌다.

"그럼 복주리도 함께 가봐!"

"전 오늘 병원에 가봐야 돼요."

생각지도 않은 거짓말이 나왔다.

바보 같은 계집애…… 혼자 집으로 돌아오면서 주리는 자신을 향해 이렇게 짜증을 부렸다. 따져보면 맺힌 것이 있을 것도 없는 다툼이었다. 어째서 스스로 찾아가겠다고 앞장서고 나서지 못했을까. 아직도 공주가 미워서일까. 아냐, 그게 아냐. 나는 다만 알량한 체면과 자존심 때문에 누에고치처럼 전신을 오그려 붙이고 전전긍긍하는 거야. 싫어, 내 속에 숨어 있는 이 속 좁은 속물근성…….

여자 애들이란 그렇다.

한번 다투고 나면 마음은 서로 상대편에 가 있으면서도 먼저 말 걸고 사과할 용기가 없어서 일 년 열두 달 내내 가슴앓이만 하기 일쑤다. 일학년 때 다투고 삼 년을 계속 그렇게 지내다가 그대로 졸업해버리는 경우도 있다. 그럼 세월이 화살보다 빨리 지나고, 별로 좋지도 않은 사람을 최고로 좋은 사람인 줄로 속아서 결혼하고, 딸 아들 구별 말고 둘만 낳아 잘 기르고, 가계부나 적고, 학교에서 실시하는 '어머님 교실'에 어머니 되어 참석하고……. 아아, 그렇게 윤기 나는 젊음의 세포조직은 하나씩 둘씩 마멸되어가는 대신 생활의 찌꺼기만 앙금처럼 남게 될 나

이가 오면 비로소 깨닫는다. 한때의 사소한 체면과 자존심이라
는 게 얼마나 허망하고 부질없는 것인가를.

이튿날, 아침조회 시간에 반장 강희는 퀸 선생님에게 간단한
결과 보고를 했다.

"그 주소에서 공주네는 석 달 전에 이사를 했대요."

"어디로?"

"물어봤는데 모른다는 대답이었어요."

낭패가 아닐 수 없었다. 주리는 속이 타서 견딜 수 없었다.
그때 생리현상 자경이가 자리에서 벌떡 일어섰다.

"선생님, 엊저녁 공주한테서 전화가 왔었어요."

"뭐?"

"당분간 학교 못 나올 것 같다고, 선생님께 죄송하대요."

"왜?"

"저도 왜냐고 물었지만 그럴 사정이 있다고 하면서 그냥 전
화를 끊어버리지 뭐예요."

조회가 끝난 다음 자경이는 주리에게 이런 쪽지를 보내왔다.

"공주가 네 소식만 묻더라. 보고 싶대……."

주리는 하루 종일 공부가 제대로 되지 않았다. 공주와 함께
지내던 수많은 일들이 어느 때는 아지랑이처럼 가물가물하게,
어느 때는 잎 떨어진 겨울나무 줄기처럼 분명하게 주리의 머릿
속에 떠오르는 것이었다. 고등학교에 입학한 이후의 모든 추억

속에 공주가 깃들여 있었다. 소중하지 않는 그림이 하나도 없었다. 그걸 깨닫자 그리움은 더욱 깊어졌다. 그러나 찾아볼 방법이 전혀 없었다. 대체 그 애에게 무슨 일이 생긴 것일까.

그러면서 두어 주일이 훌쩍 갔다.

공주에 대한 근원을 알 수 없는 수문이 교내에 떠돌기 시작한 것은 여름의 열기도 식어가는 9월 초순이었다.

아침에 옆반의 '빵순이' 미령이가 주리를 찾아왔다. 두 사람은 아침 자습시간을 '땡땡이' 치고 등나무 아래의 벤치로 나왔다.

"무슨 말인데, 사람을 예까지 불러내고 그러니?"

주리가 말했다.

"있지, 공주 말야."

미령인 밑도 끝도 없이 그렇게 서두를 뽑아 놓곤 잠시 주리의 눈치를 살폈다.

"얘기해."

"저…… 우리 반 애가 엊그제 공주를 봤다는 거야."

"어디서?"

"시장에서. 공주가 남자 같은 작업복을 걸치고 어떤 남자의 오토바이 뒤에 붙어 시장으로 들어가더래. 우리 반에선 공주가 남자 땜에 학교에 못 나오게 됐다고 소문이 쫙 퍼졌어."

그것은 하나의 충격이었다. 남자 문제로 공주가 학교까지 못 나오게 됐다니, 놀랍기도 하지만 도무지 믿을 수가 없는 소문이었다. 그러나 다시 또 이틀이 지나지 않아 공주가 시장에서 장사를 하고 있다는 근거 없는 말이 교내를 바람처럼 떠돌기 시작했다.

"도대체 어느 장단에 춤을 춰야지?"

공주 문제로 소곤거리던 애들 사이에서 폐품 미립이가 이렇게 말하는 소리가 들렸다.

"뭘 그러니. 두 가지 소문을 종합해서 생각해보면 뻔한 걸 가지고……."

부반장 지영이가 거들었다.

"어떻게 종합해?"

"공주가 남자 땜에 학교를 못 나오게 됐다, 그런데 그 남자는 시장에서 장사를 하는 사람이다, 공주도 당연히 남자와 함께 생활 전선에 뛰어들 수밖에 없다. 뭐 스토리가 그렇게 되는 거 아니겠니?"

"그, 그럼 공주가 남자와 함께 살기라도 한단 말이니?"

"몰라, 그건……."

그 애들은 자신들의 상상이 지나쳤다는 걸 그때야 깨달았는지 잠시 입을 다물었다. 듣고 있던 주리는 너무 속이 상하고 화가 나서 저 자신도 모르게 그 애들 사이로 끼어들어가서 부반장 지영이를 노려보며 말했다.

"너 책임질 수 있어?"

"뭘?"

"방금 네가 한 말……."

"책임은 무슨 책임이니?"

"네 발언은 공주에겐 결정적인 불명예라는 걸 알아 둬. 공주가 그런 애가 아니라는 건 너희들도 잘 알잖아?"

"그치만 소문이 그런 걸 내가 왜 책임지니? 안 그렇다고 주리 년 장담할 수 있어?"

"있어."

"어떻게 장담해?"

"난 공주를 잘 알아. 그 앤 절대로 그렇게 무분별하게 행동할 애가 아니야."

"쳇, 언제부터 네가 공주를 그렇게 생각했니?"

지영이는 코웃음을 쳤다.

"두고 봐. 공주가 만약 그렇다면 나도 아주 학교를 관두겠어!"

독이 올라서 주리가 불쑥 깜짝 놀랄 만한 선포를 했다.

"너 지금 한 말 정말이니?"

"정말이지."

"그래? 좋아. 얘들아, 너희들도 다 들었지? 소문이 사실이라면 주리가 학교를 그만둔단다."

'라면' 지영이가 교실 전체에 다 들리게 큰 소리를 쳤다.

"얘는, 아무리 속상해도 얘, 그런 무리한 말을 왜 하니?"

방과 후 학교를 나오면서 '생리현상' 자경이가 주리를 나무랐다. 그러나 대쪽같이 곧은 주리는 조금도 자신의 말을 후회하지 않았다.

"난 진정으로 공주를 믿어!"

모든 소문이 사실이라면, 공주가 그렇게 못된 애였다면, 정말 주리 자신도 학교를 그만둬야지 싶었다. 우린 적어도 우리 자신에 대한 믿음과 성실은 배반한 적이 없었다. …… 우린 밝고 건강하게 지내고자 했었다. 비록 한때 사소한 시비로 '냉전' 상태였다고는 하지만 서로의 가슴속에 뿌리고자 했던 우리의 명도 높은 '우정'을 그 애도 부인하지 않을 것이다. 때문에, 그 가시내가 저 혼자 '밝고 건강하게'라는 그 불문율을 깨뜨렸다면, 정말 남자 때문에 스스로 인생을 망쳤다면 그 책임의 일부는 당연히 자신도 나눠 져야 한다고 생각했다.

그때, 자경이가 한 가지 제안을 해왔다.

"우리 수색대를 편성하는 게 어떻겠니?"

"수색대?"

"응. 공주에 대한 모든 소문은 시장을 배경으로 하고 있거든. 그러니까 시장을 샅샅이 수색해보면 공주에 대한 어떤 실마리를 잡게 될 거 같아서⋯⋯."

"그래, 참. 그게 좋겠다!"

다음 날부터 자경이, 미령이, 반장 강희, 영숙이, 그리고 주
리는 방과 후만 되면 시장을 뒤지기 시작했다. 수두꺼비 삼수와
아담 슬기도 합세해주었다. 동시에 9월 들어 처음 치르게 되는
월중고사 시간표가 발표되었다. '수색조'는 부득이 공주를 찾는
일을 시험 뒤로 미루지 않으면 안되었다.

주리는 정성을 다해 시험을 치렀다.

이젠, 공주를 이기겠다는 그런 나쁜 승부욕은 없었다. 오히
려 시험을 잘 치르는 것이 공주를 만났을 때, 그 애에 대한 반가
운 선물이 될 수 있으리라는 역설적인 확신이 생겼다. 그리고
뭣보다도 '로키 산의 독수리'가 시험 첫날 등나무 아래의 벤치
에서 들려준 말이 주리에겐 커다란 힘이 되었다.

"요즘엔 주경이 언니 안 만나나 보죠?"

주리가 슬그머니 이렇게 옆구리를 찌르듯 먼저 말했다.

"아냐. 오늘도 만나기로 한 걸⋯⋯. 그치만 주리가 걱정할 건
없다. 일수 형님과 주순 씨의 무르익은 관계를 우리는 잘 파악
하고 있으니까."

"우리 집에서 양쪽을 허락하는 일, 하늘이 쪼개져도 없을 거
예요."

"알아. 그건 우리 집도 그래. 안 될 일이면 주경 씨하고 나하곤 친구처럼 지내면 돼."

"그게 쉽게 되는 일인가요?"

"쉽지 않지."

로키 선생님의 훤한 이마에 잠시 어두운 그늘이 졌다. 아아, 로키 선생님은 지금 마음의 상처를 이겨내고자 속으로 피를 흘리고 있는 거다. 주리는 그제서야 확연히 깨달았다.

"이겨내기 힘든 일이라고 해서 만나지 않게 되면 더 힘들 거야. 난 비실비실 주경 씨를 피하면서 일을 끝내고 싶진 않아. 오히려 부딪치고 아파하고, 그러면서 극기해낸다는 건 소중한 거야."

"하지만 주경이 언닌⋯⋯."

"주경 씨도 잘 이겨갈 수 있어. 아직 젊은걸. 우리의 관계는 아직 돌이킬 수 없는 데까지 발전한 것도 아니고. 사람이란 언제든 자신과의 승부에서 이겨갈 줄 알아야 돼. 그런 다음에는 마음속에서 자신에 대한 확신이 생겨나거든. 인생을 살면서 귀중한 재산은 수없이 많지만, 그중에서도 젤 귀한 것은 자신에게 믿음과 확신을 갖는 일이야. 그 믿음과 확신이란 어디서부터 생겨나겠니. 자신과 싸워 이길 때 생겨나지. 주리도 성장기 때 되도록 여러 번 자신과 승부를 거는 경험을 쌓아라. 어떤 목표를 정하고 기어코 그것을 이루어내도록 노력해보는 것도 한 방법이지······."

주리는 아무 대답도 못했다.

초가을의 투명한 햇살이 내리꽂히는 운동장에는 배구부 선수들이 땀을 뻘뻘 흘리며 '러닝'을 하고 있었다. 세 바퀴, 네 바퀴, 다섯 바퀴······. 커다란 지휘봉을 들고 코치 선생님이 그들의 뒤를 따라가면서 "뒤로 처지지 마!" 하고 질타하는 소리가 벤치에까지 들렸다. 로키 선생님의 시선은 똑바로 거기 가 있었다. 가라앉은, 그러면서도 어딘가 모르게 의지에 차 있는 정갈한 표정이었다. 주리는 까닭 없이 뛰고 있는 배구 선수들처럼 숨이 가빠왔다. '로키' 선생님의 표정이 더없이 좋았지만, 숨이 가빠지는 건 그것 때문이 아니었다.

"되도록 여러 번 자신과 승부를 거는 경험을 쌓아라!"

'로키' 선생님의 낮은 말소리가 자신의 내부 깊은 곳에서부터 팽팽히 울리면서 몸 전체로 퍼져나가 마침내 온몸의 세포 하나하나를 깨워 일어나게 하고 있었다. 그런 기분은 시험을 치르고 있을 때도 마찬가지였다. 시험이란 주어진 문제에 의무적으로 답안을 만들어야 되는 의식적인 '굴레'가 아니야. 주리는 생각했다. 최선을 다하여 그것과 싸우므로 비로소 자신에 대한 어떤 확신을 가질 수 있는 알뜰한 기회가 시험이지 않은가.

주리는 그 월중고사를 치르고 나서 자신의 키가 십 센티미터쯤 훌쩍 자랐을 거 같은 터무니없는 상념에 빠졌다. 자란다는 것은 이런 거구나. 조금씩 아프고, 결국 그 아픔의 자리에 새로운 나무를 하나씩 심는 것……. 주리는 중얼거렸다.

시험이 끝나고 즉시 공주를 찾는 일이 다시 시작되었다. 슬기의 말대로 아이들은 둘씩 조를 짜서 시장 전체를 구역별로 분담하였다. 첫 날, 둘째 날은 아무 소득도 없었다.

셋째 날이었다.

미령이와 함께 주리는 가게와 가게 사이의 공터에 죽 잇대어 있는 노점들을 훑었다. 채소전을 지나자 공구들을 파는 잡화상들이 눈에 띄었고 그 끝에 네 집인가 다섯 집인가 계란을 파는 데가 있었다.

"애! 쭈리야!"

숨찬 목소리로 낮게 부르짖으며 함께 가던 미령이가 주리의 팔을 붙잡은 것은 바로 거기였다. 주리는 그때, 빙 둘러 차곡차곡 계란을 쌓아놓고 그 한가운데, 무슨 책인가를 펴놓고 앉아 있는 공주를 보았다. 남루한 블라우스에 전보다도 훨씬 초췌한 몰골을 하고, 공주는 주리와 미령이가 이만큼, 놀라 서 있는 것도 모른 채 그저 책 속에 시선을 박고 움직이지 않았다.

"계란장수인가 봐!"

미령이가 소곤거리는 소리를 듣고 있는 주리의 눈에 금방 맑은 눈물이 가득 차올랐다. 장바구니를 든 아주머니가 공주의 어깨를 툭 치고 있었다.

"아, 계란 안 팔 거야!"

"어, 어머. 어서 오세요, 아주머니……."

겸연쩍게 웃으며 엉덩이를 들어올리던 공주의 시선이 한 순
간, 주리의 얼굴에 소스라치며 날아왔다.

"쪽, 주리……."

"떨메야!"

"쭈리야, 소금아!"

소리치는 것과 동시에 공주의 육중한 체구가 저돌적으로 달
려 나왔다. 그 바람에 계란 몇 판이 떨어져 박살이 나고 옆에 섰
던 아주머니가 계란 세례를 받으며 엉덩방아를 찧었다.

주리와 공주는 껴안았다.

그리고 누구랄 것도 없이 함께 울었다. 예상하지 못했던 행
동이었다. 왜 그렇게 눈물이 나는지 모를 일이었다. 특히 공주
의 울음소리는 시장 안을 잠시 울릴 만큼 컸기 때문에 주위엔
금방 구경꾼들로 빼곡히 들어찼다.

"얘얘, 그만 울어. 창피하지도 않니?"

저 혼자 덩달아 눈물을 훔쳐내면서 옆으로 비켜나 있던 미
령이가 공주의 어깨를 꼬집으려 말했다. 그때야 공주는 정신이
드는 듯 금방 표정이 굳으면서, "웬일이니?" 하고, 시선을 돌렸
다. 정신을 차리고 나니까 주리와의 그동안 '냉전'이 새삼 떠올

라 자신의 행동이 겸연쩍었던 모양이었다.

"나쁜 가시내. 얼마나 보고 싶었다고."

"……나도야."

공주가 또 눈물을 글썽하며 주리를 다시 왈칵 껴안아왔다.

구경꾼 속에서, 어느 틈에 모여들었는지 삼수와 슬기와 자경
이 패가 짝짝짝 박수를 쳤다. 공주가 가슴둘레 구십팔 센티미터
의 그 몸으로 껴안아와서 주리의 얼굴은 금방 피가 올라와 빨갛
게 달아올랐다.

"좀 놔줘. 숨, 숨이 차 죽겠어……."

구경꾼들 사이에서 웃음소리가 터져 나왔다.

우정의
계란

다음 날 공주의 문제로 임시 학급 회의가 열렸다. 자경이가 공주의 근황에 대해 자세한 보고를 했다.

"우리의 그릇이 큰 안공주는 그동안 자신이 운명적으로 만난 불행과 싸워나가는 데 남다르게 성실하고 씩씩했었음을 우선 여러분에게 알려드리는 바입니다. 공주는 본래 사 남매의 맏딸로 태어나 행복한 어린 시절을 보냈습니다……."

약간 해학적인 어투로 자경이가 이렇게 말하고 나왔으나 누구 하나 경망스럽게 깔깔대고 웃는 사람은 없었다.

"공주에게 불행의 시초는 공무원이셨던 아버지가 남의 무고한 모략과 중상으로 직장을 그만두면서부터 싹텄습니다. 공주가 중2 때였지요. 공주의 아버지는 어린 사 남매와 사랑하는 아내를 헐벗음과 굶주림에서 지켜나가기 위해 친구와 함께 시장에서 쌀장수를 시작하셨습니다."

"좀더 성실한 어조로 말할 수 없니?"

지영이가 자경이의 말꼬리를 붙잡으며 이의를 제기했다.

"우린 지금 친구의 불행에 대해서 말하고 있는 거야. 네가 쓰고 있는 그런 어투는 그 친구에 대해서 결코 올바른 예의가 아니라고 생각해."

"고맙다, 지영아."

자경이가 고개를 끄덕거리고 나서 말투를 바꿨다.

"공주의 아버진 사업에 실패하셨대. 아니, 정확하게 말하면 사기를 당한 거지. 동업자가 공주 아버지 명의로 여기저기에서 약 이백여 가마의 쌀을 모아 쥐고 잠적해버렸다는 거야. 말이 이백 가마지 현금으로 치면 육백여만 원이 넘는 돈 아니니. 공주 아버진 가게를 처분해 빚을 갚으려 했지만 절반밖에 갚을 수 없었대. 그래서 결국 지난봄, 아버지가 사기 횡령죄로 고발을 당해 교도소에 수감됐다지 뭐니."

"어쩜 그럴 수가……."

여기저기에서 아이들이 웅성거리는 소리가 났다.

주리는 창밖에 눈을 준 채 그저 묵묵히 앉아 있었다. 자책으로 가슴이 아팠다. 그런 불행 속에 있었던 공주가 아무렇지도 않은 표정으로 그 모든 걸 아프게 이겨내고 있을 때, 친구였던 자신은 어땠었던가. 그저 장난거리나 생각해내고, 팝송이나 들으며 고개를 까닥까닥하고, 그것도 모자라 사소한 일로 그 애한테 마음의 상처까지 줬던 것이다. 그럴 수 있는 권리가 그 애의 친구였던 내게 있을 수 있는 일이었던가. 난 진실로 그 애의 친구이지 못했어. 주리는 입술을 깨물고 이마를 책상 위에 갖다 댔다. 그 애의 그 밝음 뒤에 숨겨져 있던 어두운 부분을 보지도, 가려내지도 못했으면서 어떻게 내가 그 애한테 애정을 갖고 있었다고 말할 수 있을까. 애정이란 상대편의 어둠과 아픔을 꿰뚫어보고 그것을 함께할 때 나누어 가질 수 있을 때, 비로소 확인되는 것 아닌가.

"별수 없이 어머니가 생활 전선에 뛰어든 거지……."

자경이의 이야기가 계속해서 이어졌다.

"시장 안에서 계란 장사를 시작한 거야. 근데 지난 여름방학 때 어머니마저도 밤에 골목길을 들어오다가 뺑소니 차에 치어 버렸어. 무릎의 종지뼈가 금이 가고 대퇴부가 부러졌대. 부러진 자리는 깁스를 하면 그만이지만 금이 간 종지뼈는 수술을 받아야 한다는 거야. 사고를 낸 차는 뺑소니를 쳐버렸으니까 수술비가 있을 턱이 없지. 우선 먹고 살기도 급한 형편인데 어쩌겠니. 공주의 어머니는 지금 단칸 셋방에 누워 있어. 기껏 해야 공주가 계란을 판 돈으로 화농이 들지 않게 항생제나 사먹으면서 말야. 그래서 공주는 학교에 나올 수 없었던 거야. 내가 마지막으로 하고 싶은 말은 공주를 돕자는 그런 얘기가 아니야. 아버지가 교도소에 갔던 지난봄의 공주를 너희들도 기억하고 있겠지? 우리 모두 그 애의 불행을 눈치 채지 못했어. 그 애가 그만큼 씩씩하고 밝게 지냈으니까. 그런 불행을 겪으면서도 티 한 번 내지 않고 우리를 늘 웃겨주던 그 환한 공주를 생각해봐. 그렇지만 그 애의 그때 속마음이 어땠겠니? 난 공주의 이 점이야말로 보통 사람이 흉내 낼 수 없는, 훌륭한 점이라고 생각해. 손톱 밑에 바늘 하나만 잘못 찔려도 울고, 친구와의 사소한 말다툼 뒤에도 '죽고 싶다' 어쩌고 떠벌이고, 여름방학 때 해수욕장 못 가는 것만 해도 최대의 큰 불행인 것처럼 우린 생각하잖니. 공주는, 우리들이 경험한 것보다도 수백 배 고통을 견디면서 전혀 그런 티를 보이지 않고 오히려 우리들에게 웃음까지 선물하곤 했었어. 감히 그 애의 친구라고 말하는 게 부끄럽지만 난······ 그렇게 훌륭한 애를 내 곁에 둘 수 있었던 게 지금 얼마나 기쁜 지 몰라. 어제만 해도······ 우릴 만났을 때······ 그 앤······계란을 먹으라고 주면서······."

자경이는 더 이상 목이 메어서 말을 잇지 못했다.

그때 주리가 조용히 일어서서 교단으로 갔다. 교실 안은 물 속처럼 고요했다. 교단 위로 올라간 주리는 한동안 이야기의 실 마리를 못 잡겠다는 듯 머뭇거리다가 한참 만에 간신히 말머리 를 풀었다.

"우리 반뿐만 아니라······ 우리 학교 학생들이라면······ 모 두 공주와 내가 단짝 친구였다는 걸 알고 있을 거야. 그렇게 누 구나 인정하는 친구였음에도 난 공주의 불행한 환경과 속 깊 은 고민에 대해선 조금도 관심을 가지지 못했어. 오히려 내 생 활의 작은 즐거움을 위해서 단순하고 활달한 성격의 공주를 때 로는 옳지 못한 일에까지 앞장서게 했었어. 난······ 우정이라 는 걸······ 무슨 사슬처럼 공주에게 씌어놓고, 끊임없이 그 애한 테 뭔가를 요구만 했지, 그 애에게 필요한 게 어떤 것인지에 대 해선 조금도 알려고 하지 않았던 거야. 지금 생각하면······ 나는 파렴치하고 이기적이고 못된 애였어. 공주뿐만 아니라 우리 반

육십 명 전부에게, 진실로 내 잘못을 털어놓고 용서받아야 한다고 엊저녁 밤새 생각했었어……."

그때 부반장 지영이가 자리에서 벌떡 일어났다.

"그런 심정은 모두 마찬가지일 거야……."

지영이는 말하면서 앞으로 나오더니 다짜고짜 주리의 두 손을 와락 모아 잡았다.

"주리는 참말 멋진 애야. 그렇지 않니?"

지영이가 아이들에게 물었다.

아이들은 학기 초부터 지금까지 앙숙처럼, 으르렁거리며 지냈던 주리와 지영이의 관계를 익히 알고 있는 터여서 이 돌연한 지영이의 변신에 대하여 아직은 의문을 가지고 침묵을 지킨 채 다음 말을 기다렸다.

"……공주와 주리의 우정에 대해서 우리가 알고 있듯이, 주리와 나 사이의 서먹서먹한 사이에 대해서도 너희들은 잘 알 거라고 믿어. 지금 주리의 말을 듣고 있으니까, 나는 사실 쥐구멍이라도 찾아들어가고 싶을 만큼 지난 일들이 부끄러웠어. 나야말로 공주와 주리에겐 파렴치하고 이기적이고 못된 애였거든. 아니, 이건 주리와 나 사이의 문제만은 아니라고 생각해. 우리들 모두 이런 계기를 통해 깊이 반성해보자. 친구니 우정이니 하는 허울 좋은 우산을 함께 쓰고 있으면서도, 진짜 하나도 부끄러울 거 없는 좋은 친구 사이는 얼마나 될까. 무슨 책이던가,

그런 말이 있더라. '참된 우정은 뒤에서 보나 앞에서 보나 같은 것이다. 앞에서 보면 장미, 뒤에서 보면 가시, 그런 것이 아니다'라고 말야. 우리 반 중에서 단 한 번도 자기 자신만을 위해서 친구를 기만하거나, 친구의 고통에 대해 불성실하게 행동하지 않은 사람 있으면 손 좀 들어봐!"

아무도 손을 드는 사람은 없었다.

조금씩 고개를 숙이고 어두운 그늘을 얼굴에 떠올리고 있는 것으로 보아 교실 속의 육십 명은 똑같이 가슴속에 지나가는 자책의 바람 소리를 듣고 있는 것 같았다. 지영이는 계속해서 말했다.

"우리 모두 이렇게 마찬가진데, 주리는 우리보다도 고귀한 다른 점을 가지고 있음을 난 오늘 발견했어. 그것은 자신을 변명하려 하지 않고, 자기의 부끄러움까지 솔직하게 드러내 보이는 용기야. 나도 주리가 나와서 먼저 이런 얘길 끄집어내지 않았으면 내 잘못을 알면서도 끝내 덮어두고 변명하려 들었을 거야. 내가 아까 주리보고 '멋진 애'라고 한 것은 바로 그런 뜻에서야. 그래서 나도 이제 용기를 내어 우리 반 모두 보는 앞에서 주리에게 잘못을 빌고 화해하고 싶어. 그동안 미안했어, 주리야……."

"지영아!"

두 사람은 붙잡은 손에 힘을 주면서 감격적으로 마주 보았다. 동시에 누가 먼저랄 것도 없이 박수갈채가 터져 나왔다.

반장 강희가 비로소 정식 사회자 입장으로 교단에 섰다.

"공주는 학교에 나오지 않으면서도, 오늘 우리에게 커다란 선물을 했어. 지영이 말처럼 정직과 용기만이 아니라, 참된 우정의 실체를 우리에게 보여준 거야. 사실 그동안 우리는 겉으로는 그럭저럭 지내왔지만, 속으로는 작자가 예순 개의 섬처럼 따로따로 떨어져 있는 듯한 삭막한 느낌이 없지 않아 있었어. 친구이기 앞서 입시에서의 경쟁 상대로만 서로를 생각했던 거지. 우리들이 곧잘 '중학교 때보다 지금이 더 재미없다'고 말하게 되는 까닭도 이 삭막함 때문일 거야. 물론, 이제 우리도 많이 자라서 각각 고민하고 해결해야 될 일이 따로 있고, 대학 입시 준비로 학교 공부니 과외 공부니 시달려야 되고, 또 여고생인 우리들의 자유가 어른들의 몰이해한 지나친 간섭 때문에 형편없이 좁다는 등 여러 가지 이유가 있겠지만, 우리들의 학교생활이 중학 때보다도 오히려 삭막하고 단조로웠던 것은 뭐니뭐니해도 우리들 자신이 먼저 책임지지 않으면 안 된다고 생각해. 이번 일을 계기로 우리 반만이라도 모두 참된 우정을 가지고 지낼 수 있게 됐으면 좋겠어."

"옳습니다!"

갑자기 교실 뒤편에서 굵은 남자의 목소리가 들려서 아이들은 깜짝 놀랐다. 언제 왔는지 담임 '퀴' 선생님이 그 꾸부정한 등을 애써 편 자세로 문간에 서 있었다.

"여러분은 여러분의 열여섯이라는 나이를 스스로 가꿔가지 않으면 안 돼요. 열여섯이야말로 인생의 출발을 위해 빛나는 예감으로 씨를 뿌리는 파종기니까. 아주 멋진 토론이라고 봐요."

순간, 주리의 마음속엔 '퀸' 선생님의 '파종기'라는 말이 화인(火印)처럼 찍혔다. 그래, 우리는 씨를 뿌리고 있는 귀한 계절을 지나고 있는 거야. 우리들이 여름과 가을을 지나면서 결국 거두어 가질 것은 우리들이 뿌린 씨앗만큼 일 뿐이지.

"우연히 지나다 여러분의 이야기를 듣게 됐는데, 담임인 나도 여러분이 그렇게 슬기롭고 정갈하게 마음의 눈을 뜨고 있을 줄은 예전엔 미처 몰랐어. 난 지금…… 여러분을 사랑하고 싶어 죽을 정도야. 번쩍 들어안고 뽀뽀라도 해주고 싶어."

'퀸' 선생님은 정말 감동했는지 평소의 말씨에 비하면 꽤 파격적인 표현을 하고 있었다.

"뽀뽀라니, 오매, 징그러워라!"

누군가 소리쳤다. 교실 안엔 돌연 왁자지껄한 웃음소리가 피어올랐다. 이번엔 아예 책상을 치며 웃는 아이까지 있었다. 분위기는 일신했다. 어딘가 조금 무겁고 우울했던 느낌은 싹 가시고 대신 한마음으로 타오르는 화기애애한 열기만이 실내를 꽉 채우고 있었다.

"선생님은 나가주세요."

"왜?"

"이번 문제는 저희들끼리만 상의하고 싶어요."

"그래? 이건 좀 섭섭한데……."

"섭섭해도 할 수 없어요. 아무래도 선생님은 친구들처럼 자연스럽게 대할 순 없거든요. 선생님은 담배도 피우시고 술도 마시고 또 장가도 드셨잖아요. 우리들의 친구 중에 술 먹고 담배 피우고 결혼한 사람은 아무도 없단 말예요."

또 웃음바다가 되었다.

"그 대신 선생님께서 도와주실 일이 한 가지 있어요."

"뭔데?"

"공주 문제에 대해서 구체적으로 학급회의를 열고 싶은데 5교시 수업이 곧 시작되거든요."

"수업시간을 할애해달란 말이지?"

"네."

"좋아!"

퀸 선생님이 교실을 나갔다.

반장 강희를 중심으로 공주를 돕는 문제에 관하여 본격적으로 회의가 시작됐다. 제일 평범하고 손쉬운 방법으로 돈을 거둬주자는 의견이 나왔다. 신문사나 종합병원 같은 데 호소해서 공주의 어머니가 '무료 수술' 받을 수 있는 길을 알아보자는 제안도 있었다.

"물론 그런 의견도 다 좋겠지만 돈을 거둬주는 건 공주로서도 그냥 덥석 받기에 그렇고, 또 우리의 정성도 모자란 듯하니까, 난 '폐품 수집'을 했음 좋겠어."

폐품 미림이가 봉사부장답게 말했다.

"폐품을 거둬봤자 얼마나 되겠니?"

영숙이가 앉은 채 한마디 했다.

"각자가 가져오는 것도 가져오는 거지만, 내 생각은 토요일 일요일 같은 때 공원이나 근교의 유원지 같은 곳에 가서 휴지와 빈병을 모았으면 해. 자연보호도 되고 일석이조지 뭐니."

"동의합니다!"

뒷좌석 쪽에서 외치는 소리가 들렸다.

"잠깐만!"

주리가 일어섰다.

"물론 미림이의 의견은 더없이 좋다고 생각해. 그치만 두서너 가지 문제가 있어. 첫째는 토요일 일요일만 이용해야 되니까 공주에게 도움이 될 만큼의 폐품을 수집하려면 아마 몇 달이 걸리는지 몰라. 그건 시간적으로 무리야. 둘째는 우린 여학생이기 때문에 교외 활동에 많은 제한을 받잖니. 학교에서 우리들의 활동을 어떻게 뒷받침해줄는지 그것도 걱정이야. 내 생각으로는 그것보다 더 적절한 방법이 있긴 있는데……."

주리가 잠시 말을 끊었다. 옆 교실에서 역사과 '귀가 사팔'

선생님이 칠판을 탕탕 두들기는 소리가 들렸다.

"빨리 말해봐."

강희가 재촉했다.

"폐품 수집이든 뭐든, 돈을 공주에게 전해주면 가뜩이나 자존심 강한 그 앤 마음에 상처를 입을지도 몰라. 그래서 얘긴데, 기왕에 공주는 계란장수를 해 왔잖니. 그러니까 우리들 집에서 쓸 계란을 모두 공주네 가게에 가서 사는 방법이 어떨까 해. 계란이라면 한꺼번에 좀 많이 사도 되고, 또 계란 안 먹는 집은 없잖아. 우리 반이 먼저 시작한 뒤 전체 대의원회의에 호소해서 전교생의 협조를 얻는 거야. 천팔백 명의 우리 학교 학생이 한 줄씩만 사도 천팔백 줄 아니니. 한 달이면 가정마다 여러 줄이 필요할 테니까 상당한 판매가 될 거야."

"옳거니!"

'생리현상' 자경이가 책상을 쳤다.

"그게 좋겠다. 우리 삼촌네가 부평 근처에서 대규모 양계장을 해. 좀 싸게 해서 계란은 얼마든지 공급할 수 있어."

지영이가 이렇게 고무적인 발언을 했고,

"있지, 사실은 우리 집은 구파발에서 메추리를 길러. 메추리 알도 취급한다면 그건 내가 공급책을 맡을게."

출석 번호 일번인 '짜리몽땅' 길예(키가 작고 땅딸해서 별명이 짜리몽땅이었다.)가 뜻밖의 제의를 함으로써 일은 손쉽게 마무리되었다.

"난 열 줄만 우선 사야지."

"난 열다섯 줄!"

"우리 집 식성은 순 계란파다. 스무 줄쯤 사야 두어 주일 먹을 거야."

아이들은 마치 입찰에 나선 상인들처럼 이렇게 열 줄 스무 줄 하며 재잘거리기 시작했다.

"장사도 문제 아니니?"

자경이가 말했다.

"장사가 뭘?"

"공주는 벌써 이십 일도 넘게 결석했어. 언제까지나 계란만 팔고 학교에 못 나오면 곤란하잖니?"

"참, 그것도 그렇구나."

"내 생각은 말야. 좀 무리겠지만, 선생님하고 상의해서 두어 시간 수업 후에 교대로 우리들이 돌아가며 장사를 하러 갔음 싶어."

"우리들이 장사를 해?"

"못할 거 뭐 있니. 계란과 메추리알만 파는 거라면 간단하잖아. 육십 명이 둘씩 교대해간다면 토요일 일요일 빼면 거의 일 개월 반에 한 번 꼴로 조퇴하면 되잖아. 그까짓 한두 달에 몇 시간 수업 못 하는 것보다도 하루 시장에 나가 장사 실습을 해보는 것이 훨씬 인생 공부도 될 거야. 그럼 공주도 계속 학교 나올 수 있고……. '퀸' 씨도 그 정도라면 골백번이라도 양해해줄 얼굴이었잖아."

"옳소!"

"자경 씨를 국회로 보냅시다!"

일사천리로 모든 결정은 이루어졌다. 아이들은 친구를 돕는다는 일뿐만 아니라 시장 한복판에서 장사를 해본다는 새로운 경험, 새로운 세계에 대한 기대와 흥분으로 잠시 들뜬 듯이 보였다.

서기가 칠판에 기록한 회의의 구체적인 의결사항은 이랬다.

1. 집에서 필요한 모든 계란과 메추리알은 공주네 가게에서 구입할 것.
2. 반장 부반장은 빠른 시일 안에 학생회 전체 대의원회의에 이 의견을 상정, 전교의 운동으로 파급시킬 것.
3. 두 명씩 조를 편성, 공주네 가게에 교대로 노력 봉사함.
4. 이 사업의 효과를 최대한으로 하기 위하여 다음과 같이 분담 책임을 맡김.

총지휘. 반장 김강희
판매책. 박자경, 복주리

공급책. 오지영, 이길예

노력봉사. 현미림, 성하준

섭외. 나머지 학급 임원

5. 이 운동을 편의상 '우정의 계란'이라 칭할 것임.

그리고 교탁을 내려오기 전, 서기인 하순이는 마지막으로 이렇게 적었다.

"낼부터 도시락엔 무조건 계란을 싸와. 집에서도 부지런히 먹고. 누가 또 아니, '계란 소비상'이라는 시상제도라도 생길는지……."

'우정의 계란'은 날개 돋친 듯 팔리기 시작했다. 전교생의 호응을 얻었을 뿐만 아니라 선생님들까지도 먼 곳에서부터 일부러 계란을 사러 왔다. 특히 담임 '퀸' 선생님과 교장 '들것' 선생님의 후원은 눈물겨울 정도였다.

"교장 선생님, 웬 가방이세요?"

대의원회의에서 '우정의 계란' 운동이 가결되고 그 소문이 전교에 퍼진 다음 날, 마침 현관을 들어서는 교장 선생님은 전에 없이 꽤 큼직한 가방을 들고 있었다. '들것' 선생님은 노안에 수많은 주름살을 만들어 소녀처럼 수줍게 웃고는 주리를 가리키며 말했다.

"방과 후에 나랑 함께 좀 가줘야겠다."

"어딜요, 교장 선생님?"

"그 뚱뚱보 학생한테."

"네?"

"계란을 좀 사가려고 가방을 준비해 왔잖니."

"제가…… 사다드릴게요."

"아니다. 처음이니까 내가 직접 가보고 싶구나."

"고맙습니다. 할아…… 아니 교장 선생님!"

주리는 하마터면 '할아버지'라고 할 뻔했다. 그 정도로 그 순간 교장 선생님이 가깝고 인자하게 느껴졌기 때문이었다.

도시락 뚜껑을 열면 교실이나 교무실이나, 너나없이 계란 반찬 일색이었다. 아이들은 새로운 계란 요리만 보면 금방 '나도 내일은 저렇게 해 달래야지' 하고 요리법을 물었다.

"우리 엄만 글쎄, 생전 안 그러던 애가 계란만 찾는다고 친구 땜에 식성 변하겠대."

"식성뿐이니, 요즘 우리 반 애들 토실토실 윤기 흐르는 얼굴 좀 보렴. 계란 덕분에 졸지에 미인 된 애들 차암 많다."

"그러는 너는?"

"하긴 나도 요샌 밤마다 계란 파크가 버릇이 돼가지만……."

"난 울 엄마한테 혼났어. 계집애가 공부는 안 하고 비싼 계란만 얼굴에 바를 궁리나 한다고."

"그럼 열심히 먹어 축내지 뭘 걱정이니?"

"먹는 것도 겁나. 몸무게가 열흘 새에 일 킬로나 늘었는데 계란 탓이 아닐지 모르겠어."

"그나저나 판매 당번이나 빨리 돌아왔음 좋겠다."

"너 근사한 바지 씨가 사러 온다고 계란 더 주면 안 돼."

"얘는…… 바지 씨면 바가지나 덜컥 씌워야지."

이런 말들이 아이들 사이에 오고갔다.

그러면서 차츰, 교내외에 계란 때문에 야기되는 온갖 희한한 사건과 진풍경들이 끊임없이 꼬리를 물었다. 참으로 일대 '우정의 계란 파동'이라 할 만했다. 그리고 '계란 파동'은 주리네 집과 삼수네 집에서도 바야흐로 그 위세를 떨치고 있었다.

"언니, 계란 파크 해줄게."

밤마다 주리는 이렇게 주순 언니부터 부추겼다.

"또?"

"아름다워지는데 또가 어딨어? 백 번이라도 해야지. 노력하지 않으면 소득도 없다는 걸 몰라서 그래."

"주리, 너 하루하루 달라진다."

"뭐가?"

"말 실력."

"계란을 많이 먹어서야."

이쯤 되면 주순 언니는 자의 반 타의 반 눕기 마련이다. 콜드로 대충 얼굴을 닦아내고 계란 노른자를 빈틈없이 바르면 이건 말이 사람이지 영락없이 분장한 어릿광대나 계란 속에 빠져 죽은 귀신의 꼴이다. 게다가 어디 이런 귀신이 집안에 하나뿐이냐. 주순 언니를 해놓고 나면 주경 언니, 다음엔 엄마 아빠, 그리고 급기야 주리는 할아버지 방까지 계란을 들고 공격하기에 이르렀다. 왜냐하면 적어도 계란에 있어서만은 '소비가 미덕'이었으니까.

"할아버지 적적하시죠?"

"적적하긴 뭐."

할아버지는 라디오를 듣고 있다가 주리를 보고 반색을 했다.

"할아버지 얼굴이 요즘 참 안됐다."

"안되다니?"

"나이는 드셔도 얼마 전까진 피부에 윤기가 자르르 하셨걸랑요. 근데 오늘 보니까 그게 아니네요. 까칠까칠하고 뻣뻣해지셨어요."

"늙은이가 피부 고와봤자 뭐에 쓰겠지?"

말씀은 그렇게 해도 할아버지의 표정은 단박에 우울하게 굳었다. 두리번두리번하는 게 벌써 거울부터 찾는 눈치다.

"나이가 드실수록 피부가 고와야 하는 거래요."

"흠, 쓸데없는 소리…….”

"정말이래도요. 내 친구 할아버지도 칠십인데 피부 하나는 삼십 대나 다름없어요.”

"자식들이 효자인 게지.”

"효자하고 피부가 무슨 상관이에요?”

"아, 보약 첩첩이 달여 먹이고 영양분 있게 식사해주고 하면 다 그리 되는 거지.”

아뿔싸, 주리는 속으로 찔끔했다. 잘못하다간 아빠가 공연히 곤욕을 치르게 생겼다. 피부 건조한 것을 오직 자식들 탓으로 치부해둘 의향을 명확하게 드러내고 있지 않은가.

"할아버지. 내 친구 할아버지가 피부 고운 것은 보약 때문이 아니고, 계란 때문이래요.”

"계란 때문?”

"그래요, 계란은 영양가가 높은 거니까 그것을 발라서 피부에 직접 영양을 공급해주는 거예요.”

"그, 그럼 네 언니들이 하듯이, 나도 계란으로 얼굴에 포장을 하라는 게냐?”

"잘 아시네요. 포장이 아니라 마사지라는 거예요. 제가 해드릴게 어서 누우세요.”

"예끼, 망측하게 무슨…….”

할아버지는 겸연쩍은 듯 별로 많지도 않은 머릴 쓸어 올리

곧 양반다리를 틀면서 돌아앉았다.

"참, 할아버지도. 아, 옆집 삼수네 할머니도 매일 계란 마사지로 잔주름 없어지는 거 못 보셨어요? 그럼요. 어디 잔주름뿐이에요? 신진대사를 촉진시켜서 근본적으로 노화를 방지한단 말이에요."

"신진대사가 뭐냐?"

"그런 게 있어요. 암튼 할아버진 빨리 늙어지고 싶으신 거 같으니까 관둘래요. 차라리 옆집 할머니나 해드리고 와야겠어요."

주리가 일어설 눈치를 보이자 할아버지가 주리의 소매를 잡았다.

"네 정, 정성이 갸륵해서…… 하긴 해보겠다만…… 조건이 있다."

"무슨 조건요?"

"비밀을 지켜줘야 한다."

"그럼요."

"그, 그럼 어서 방문부터 잠가라."

이래서 밤 열시쯤 되면 매일이라곤 할 수 없어도 이따금 주리네 집은 온 가족이 얼굴마다 계란으로 포장을 하고 환자처럼 누워 있는 일이 있게 되었다.

사정은 삼수네 집에도 엇비슷하게 돌아가고 있었다. 슬기가 밤낮으로 '슬기롭게 꼬신' 덕분에 삼수 엄마부터 시작된 계란 마사지는 일수 형과 할머니와 삼수에 이르기까지 전염병 돌 듯이 퍼지고 있었다.

"형님, 움직이면 안 된대도요."

계란을 빈틈없이 바르고 누워 있던 일수 형이 손으로 방바닥을 더듬는 걸 붙잡으면서 슬기가 말했다.

"야, 다, 담배 한 대만 무, 물려다오."

입술 근처까지 계란이 포장되어 근육이 뻣뻣하게 당겨지고 있으니 발음이 제대로 될 리가 없다. 간신히 말더듬이처럼 아니면 죽어가는 자가 유언하듯이 내뱉은 말이 고작 담배 타령이다.

"조금만 참아요. 그까짓 이삼십 분을 못 참는 줄 주순이 누나가 알아보세요. 어떻게 생각하겠어요?"

"어휴……."

일수 형은 신음 소리를 내며 입을 다문다. '주순이 누나'라는 무기만 앞세우면 꼼짝 못하는 게 요즘의 일수 형이니까.

"슬기야. 계란 마사지하면 여드름도 없어지니?"

이번엔 삼수가 그 두꺼비 같은 시커먼 얼굴을 슬기한테 맡기며 물었다. 얼굴 면적이 넓으니 계란이 두 개씩 세 개씩 소비되니까 다행이지만, 삼수의 '떨메' 같은 얼굴에 계란을 발라주고 있으면 안쓰럽다는 생각이 슬기의 가슴속에 사무쳤다.

대저 계란이 뭣이관대, 이 따위 제멋대로 생겨먹은 안면을 조화 있게 변형시킬 수 있겠는고. 계란은 계란이다. 사람이 아이를 낳듯 어미 닭이 알을 낳은 알일 뿐이다. 계란을 바른다고 절대로 '나무 양판이 쇠 양판은 될 수 없다'는 건 뻔할 뻔 자(字)의 자명하고도 자명한 논리의 귀결이다.

그런데도 삼수는 번번이 마사지만 끝나면 거울을 한 시간씩 들여다보며 제 딴엔 '록 허드슨'이나 '제임스 딘'이라도 다 된 것처럼 만족한 미소를 지음으로써 슬기를 안타깝게 하더니, 이제 마침내 '계란이 여드름까지 없앨 수 있느냐'고 허무맹랑한 질문을 태연자약하게 내던지고 있다. 계란이 무슨 만병통치약이라도 되는 줄 아는 모양이다.

"여드름이 문제가 아니다."

"여드름이 문제가 아니라니?"

"계란 마사지를 하면 아담하게 맹장도 낫는 수가 있거든."

"웃기네."

"정말이다. 우리 아버지께서 전에 맹장을 앓으셨는데 계란 마사지로 효과를 봤다."

'엿 먹어라' 하는 속된 기분으로 말을 하면서도 아담 슬기는 이상하게 조금도 웃음이 나오지 않았다. 건너다보니 일수 형은 계란을 바른 채 그대로 잠이 든 모양이었다. 입을 헤벌리고 침을 조금 흘려서 얼굴 한쪽에 계곡을 이루고 있었다.

참, 한심한 형제로고. 슬기는 저도 모르게 그만 혀를 끌끌 찼다.

그러나 이날 밤 삼수까지 계란으로 얼굴을 덮어주고 닦아낼 때를 기다리지 못하고 잠든 것이 슬기의 실수라면 실수였다. 아니, 실수라는 표현은 천부당만부당한 표현이다. 전화위복이라고, 계란 마사지 덕분에 삼수네는 천국 같은 '재산'을 지킬 수 있었으니까.

자정이 넘어서 도둑이 들어왔던 것이다.

도둑 씨는 뒷담을 넘어서 이층 베란다를 타고 먼저 삼수네 방으로 침범했다. 촉수 낮은 푸른 꼬마전구만 켜진 상태였기 때문에 도둑은 창턱을 넘어서면서 부득불 일수와 삼수의 안면을 무심코 내려다보지 않을 수 없게 되었다.

그런데 이게 웬일이냐.

누워 있는 사람(도둑은 그 순간 사람이라고 생각을 안 했겠지만)마다 눈도 코도 없는 데다가 괴이한 색깔(푸른빛 아래의 마사지한 얼굴을 상상해보라.)을 하고 있지 않은가. 남다르게 튼튼한 심장을 갖고 있는 도둑 씨도 이때만은 침착하지 못했던 모양이었다. 한 발 뒤로 물러나다가 책상 위의 스탠드를 건드렸던 것이다. 스탠드는 그대로 삼수의 배를 때렸고 동시에 세 사람은 벌떡 일어났다. 벌떡 일어서는 얼굴이 한결 더 흉측할 수밖에. 도둑 씨는 엉겁결에 베란다에서 뜰로 뛰어내렸다.

"도둑이야!"

일수가 비명처럼 소리를 지르고, 삽시간에 주리네 식구까지 담장 위에 고개를 내밀고 몰려나오게 되었다. 헌데 여기저기 뛰어나오는 사람마다 멀쩡한 사람은 하나도 없었다. 모두 계란 마사지를 한 상태로 뛰쳐나왔기 때문이었다.

도둑 씨가 쫓아 나오는 삼수 형제를 피해 대문 쪽으로 뒷걸음쳤다.

"사람 살류!"

도둑은 소리쳤다. 사람이 사람을 무서워하며 내는 소리가 아니라 사람이 괴물을 피하며 내는 소리였다.

"자, 잘못했습니다. 제발 살려주세요."

도둑 씨가 마침내 무릎을 꿇었다. 비교적 소박한 도둑이어서 벌벌 떠는 게 오히려 이편에서 민망할 지경이었다. 그때서야 삼수네 식구와 주리네 가족은 서로 마주 바라볼 여유가 생겼다.

"허어, 저, 저게 무슨 망측한 짓인고!"

주리네 할아버지 쪽에서 먼저 이런 한탄이 저절로 나왔다. 현관에 올망졸망 나와 서 있는 사람 중에는 계란 마사지한 걸 떼어내지 않고 잠들었던 수두꺼비 할머니도 있었다. 여기저기 계란이 갈라지고 떨어지고 한 꼴이어서 보기에 더욱 흉물스러웠다. 주리네 가족들이 허리를 일제히 붙잡고 깔깔거리기 시작했다.

"헤헤, 웃기네 웃겨!"

삼수가 이렇게 이편을 손가락질한 것은 바로 그 직후였다.

"그쪽 동넨 뭐 보기 좋은 줄 알고……."

제일 먼저 웃음을 뚝 그친 것은 주리네 할아버지였다.

가족들이 이상한 기미를 알아차리고 고개를 돌렸을 때 할아버지는 벌써 얼굴을 싸쥐고 허겁지겁 현관 쪽으로 돌아선 뒤였다. 손가락 사이에서 부실부실 마른 계란의 편편들이 떨어지고 있었다.

이번엔 삼수네 식구들이 일제히 웃음을 터뜨렸다.

서로서로 마주보며, 손가락질하며, 허리가 끊어져라 웃는 통에 마음 약한 도둑 씨가 살금살금 도망치는 것을 바로 본 사람은 아무도 없었다.

생존경쟁

'우정의 계란' 판매실적은 매일 판매책인 자경과 주리가 집계했다. 실적은 날로 상승일로였다. 전교생이 한 차례씩 사 가면 한동안 뜸할 줄 알았으나 한 치 건너 두 치, 두 치 건너 세 치, 하는 식으로 친척과 이웃에 소문이 번지면서부터 소비량은 점진적으로 향상되는 추세였다.

문제는 판매가 아니라 오히려 공급에 있었다.

부반장 지영이가 공급의 원활을 기하기 위해 양계장을 하는 부평의 삼촌네까지 여러 차례 왕복했으나, 하루 칠팔백 개 이상 공급받는 것은 거의 불가능했다. 우선 닭이란 하루 한 개씩밖에 알을 낳을 수 없다는 게 삼촌의 첫번째 대답이었고 기왕에 거래해오던 도매상과 당장 거래를 중지할 수는 없다는 게 두번째 대답이었다.

할 수 없이 계란의 일부는 도매상을 통해 공급받았다.

또 한 가지 문제는 주위에 있는 다른 계란장수들의 반발을 무마하는 일이었다. 하루 이천 개가 넘는 판매량을 올리면서부터 시장 안의 동업자들은 노골적으로 반발하고 나왔다. 별다른 시비 걸 일이 없으니까, '학생들이 공부는 안 하고 시장에 나와 장사만 한다'고 문제를 삼으려 했다.

"어떡하니, 그 사람들 눈빛만 보면 소름이 끼친단 말이야."

며칠 만에 한 번씩 열리는 분담 책임자들의 모임에서 노력봉사책 '폐품' 미림이가 이렇게 걱정을 하고 나온 것은 조금도

무리가 아니었다.

"쳇, 걱정도 팔자다. 우리가 뭐 부정한 일을 한 것도 아니고, 정당하게 장사하는데 누가 뭘 어쩌겠니. 대한민국은 법치국가야. 그까짓 눈초리 따위에 신경 쓸 필요 없어. 계란에 밀수품 있다는 얘긴 아직 못 들어봤으니까……."

'생리현상' 자경이의 발언이었다.

"맞아. 그냥 밀고 나가는 거야. 사는 건 생존경쟁이라잖니. 더구나 시장에서 장사를 한다는 건 더욱 그래. 싸워 이겨내지 않으면 공주 엄마 수술도 못 받고, 공주 아빠도 차가운 감옥에서 구출해낼 수 없어."

'라면' 지영이가 맞장구를 쳤다.

"하지만 일이 그렇게 단순할 거 같지가 않아."

반장 강희였다.

"왜 단순하지 않니?"

"잘못하면 교장 선생님과 퀸 씨한테까지 누가 끼치게 될지도 몰라."

"무슨 뚱딴지같은 소리니?"

"우리가 하루 한두 사람이지만 시장에서 장사를 하기 위해 조퇴해온 데 문제가 있어. 사람들이 이걸 붙잡고 늘어지면 그 책임은 우리보다 먼저 교장 선생님이나 담임인 '퀸' 씨가 지게 될 거야. 더구나 '들것' 선생님은 금년만 마치면 정년퇴직이라잖아. 만에 하나라도 명예로운 정년퇴직을 앞두고 '들것' 선생님 일신상에 문제가 생긴다면…….”

“일신상에 문제라는 게 뭐니?”

“예를 들면 교육위원회나 문교부같이 상급 관청에서 조사를 하게 되거나 하면, 조사받았다는 그것 자체만으로도 불명예가 아닐까 싶은 거야.”

모두가 한동안 입을 다물었다.

다른 사람도 아니고 오직 교육에 평생을 바쳐온 '들것' 선생님께 피해가 가는 일이 있다면 그건 안 될 말이다. 낡은 가죽 가방을 들고 시장까지 찾아와서 손수 계란을 사 들고 가던 그 백발의 노안을 어찌 생각 안 할 수 있겠는가.

“그럼 있지…….”

주리가 마침내 화제의 마무리를 지었다.

“……오늘부터 분담하여 상인들을 우선 설득해보도록 하자. 친절하게 '우정의 계란' 운동을 설명하면 그들도 어쩌면 이해해 줄 거야. 사실 우리는 너무 우리 입장만 앞세워 시장 안에서 설치고 다닌 점도 없지 않아. 그러니까 앞으로는 딸리는 계란은 이웃 가게에서 갖다 쓰는 방법을 쓰자. 한 일 원쯤만 우리가 손해를 보는 방법으로 말야. 구체적으로 말하면 하루 이천 개만 우리대로 공급 판매하고 이천 개가 넘으면 일 원씩만 싸게 이웃집 가게에서 갖다가 팔아주는 거야. 혼자만 '잘 먹고 잘 살자' 하는 인상을 줬다면 그건 우리들의 근본 취지와도 거리가 먼 거 아니니?"

주리의 생각은 적중했다.

'맨투맨 전법'으로 낱낱이 상황을 설명하자 대부분의 동업자들도 기꺼이 이해해주었다. 오히려 도와주려는 마음씨까지도 보였다.

"난 사실 시장이라는 데는 오직 돈만 벌겠다고 혈안이 된 사람들만 사는 곳인 줄로 잘못 알았지 뭐니."

자경이가 이웃 가게의 점진적인 '친절'에 감동해서 말했다.

"그건 나도 그랬어. 그치만 세상에 피가 안 통하는 사람이 어디 있겠니. 살벌해 보여도 역시 모든 사람의 혈관엔 따뜻한 피가 흐르고 있어."

"어쭈. 주리 너, 아주 어른 다 된 거 같은 말투구나."

"그래. 다라고까지라곤 할 수 없어도 전보다 쬐끔 더 어른이 된 건 틀림없어. 공주 땜에 여러 가지 일을 겪으면서 배우는 게 참 많았거든."

"어휴, 저 공자 말씀!"

두 사람은 마주보고 웃었다.

그때 슬기와 삼수를 선두로 삼수네 학교 축구 선수들이 우르르 몰려왔다. 몇몇 아는 얼굴도 끼어 있었으나 처음 보는 얼굴도 많았다. 칠팔 명이 넘는 그들은 가게에 오자 우선 다짜고짜 날계란을 깨먹기 시작했다.

"어머, 어머! 왜들 이래요?"

"값은 줄 겁니다."

여드름투성이 남학생이 말했다.

"그래도 개수를 세어야지요."

"재주껏 헤아리면 되지 않니?"

슬기가 주리를 향해 한쪽 눈을 찡긋했다. 한 사람이 세 개, 다섯 개를 거의 눈 깜박할 사이에 먹어 치웠기 때문에 개수를 헤아린다는 건 아무리 재주가 메주라도 불가능했다. 주리가 발을 동동 구르자 자경이가 옆구리를 쿡 찌르고 귓속말로 속삭였다.

"내버려둬, 주리야."

"그래도 어떡하니?"

"글쎄, 나한테 맡겨두래도. 저렇게 여러 개씩 집어먹는 걸 사람이라 할 수 있니. 저건 짐승이야. 짐승 다루는 데는 내 솜씨가 일품이거든."

"가시내도……."

층층이 쌓아놓은 '특란'이 삽시에 목을 꺾었다. 줄에 오백이십 원짜리였다. '특란'보다 조금 작은 '왕란', 그보다도 더 작은 '중란' '소란'이 있었지만 삼수네 패거리는 그중에서도 제일 큰 '특란'만 먹어치우고 있었다.

"대충 얼맙니까?"

이윽고 '여드름투성이'가 넌지시 물었다.

"가만있어 보세요. 잡숫는 대로 여기 표를 해뒀으니까……."

자경이가 얼른 수첩을 펴들고 고개를 까딱까딱하며 헤아리는 시늉을 했다.

"대충이 아니고요, 정확하게 일흔아홉 개를 잡수셨어요. 개당 오십이 원이니까, 이구는 십팔 하고 이칠에 십사…… 음, 사천백팔 원이네요."

시치미를 뚝 떼고 자경이는 수첩을 접었다.

"사기다!"

"바가지다, 바가지야……."

"바가지 정도가 아냐. 이건 아주 털도 안 벗기고 고기부터 먹겠다는 수작이지 뭐냐."

축구 선수들이 일제히 그라운드를 누비기 시작했다. '여드름투성이'가 센터링한 볼을 '꺽다리'(그는 키가 백팔십오 센티미터는 돼 보였다.)가 헤딩으로 패스하고, "맞아, 악덕상인임에 틀림없어" 하면서 "납떨메"(납작한 얼굴이어서 납작하게 떨어진 메주라 할 만했다.)가 슛을 시도하고 있었다.

"왜들 이래요. 먹을 땐 언제고, 돈 내라니까 시비 걸자 그건가요?"

늠름한 수문장 자경이가 그까짓 슛쯤 우습지도 않다는 얼굴로 펄쩍 뛰면서 가볍게 받아넘겼다.

"우린 일곱 명인데 일흔아홉 개라니, 그럼 한 사람이 열한 개 씩이나 먹었다 그 말입니까?"

끈질기기로는 역시 '납떨메'였다. 생긴 것은 빈대코에다 접시바닥처럼 넓적했지만 공을 물고 늘어지는 끈기와 투지에선 화랑 팀의 에이스 이영무 선수를 꼭 닮았다.

"아무려면 안 먹은 걸 먹었다고 하겠어요?"

"열한 개라면 일흔일곱이지 왜 일흔아홉 갭니까?"

"댁하고 저분(이때 자경이는 '껑다리'를 가리켰다.)은 열두 개씩 먹었어요."

"맙소사, 총명하기도 하지."

'껑다리'가 헤딩을 하듯 머리를 주억거리며 냉큼 변칙적인 공격을 시도했다.

"내가 총명해서가 아니에요. 난 다만 댁들이 먹는 대로 표를 해놨을 뿐이란 말예요."

"정말 표를 해놨단 말입니까?"

"물론이죠."

"그럼……."

'껑다리'가 여유만만하게 씩 웃으며 한 발 앞으로 나섰다. 센터링한 공을 논스톱 헤딩으로 받아넘길 만반의 준비가 다 됐다는 얼굴이었다. 주리는 가슴이 조마조마했다. 수첩에 표해놓은 것을 보자면 어쩔 것인가. 일곱 명을 나누어서 일일이 표시해둘

만한 그런 틈이 자경이에게 있었을 리 만무하다. 그렇다면 도리 없이 결정적인 한 골을 먹게 될 수밖에.

과연, '껑다리'는 단숨에 뛰어오르며 날아온 볼을 탁 받아넘겼다.

"그 표시해둔 것 좀 봅시다."

"째째하게 뭘 그것까지 다 보려고 그래요?"

"푸줏간에서 고기 살 때 저울 눈금은 주인만 보는 겁니까?"

"좋아요!"

말은 그랬지만 주리에겐 공은 이미 수문장이 손댈 수 없는 방향을 겨누고 화살처럼 날아가고 있는 것으로 생각되었다. 그러나 자경인 역시 대단한 골키퍼임에 틀림없었다. 수첩을 풀풀 넘기더니 마침내 불쑥 앞으로 내밀면서, "보세요, 속 시원히 보시고 빨리 계란 값이나 계산해주세요" 했던 것이다.

주리와 축구 선수의 시선이 일제히 수첩으로 날아가 꽂혔다.

이제 웬일인가. 수첩엔 ABCD 하는 식으로 G까지 일곱 개의 대문자가 적혔고, 그 대문자를 따라 먹은 계란의 개수를 표시한 작은 동그라미들이 나 보란 듯이 표시되어 있는 게 아닌가. 정확하게, 다섯 명은 열 한 개의 동그라미가 B와 G는 열두 개의 동그라미가 그려져 있었다.

"B는 저 사람이고요, (자경이는 납떨메를 가리켰다.) G는 키 큰 학생이에요. 두 분만 열두 개씩, 맞죠?"

자경이의 솜씨는 신기(神技)에 가까웠다. 마치 왼편 방향으로 예상하여 몸을 솟구친 골키퍼가 예상과 정반대로 바른편에 볼이 날아들었을 때, 허공에서 백팔십 도 몸을 회전하며 볼을 움켜잡은 것과 마찬가지였다. 전 선수가 그랬지만, 특히 모처럼 혼신의 힘을 다하여 볼을 센터링한 '납떨메'와 논스톱 헤딩으로 그것을 네트에 꽂으려던 '껑다리'는 너무 기가 차서 말이 안 나오는 모양이었다. "허어, 참!" 하면서, 너무 억울하여 무릎에 힘이 다 빠진 선수처럼 그라운드에 무릎 꿀 의향이 역력해졌다.

이때부터 상대편의 전열은 형편없이 무너지기 시작했다.

"이건 삼수가 부담해야 옳다!"

여드름투성이가 말했다.

"내가 왜 부담하니, 임마?"

"너밖에 외상 틀 사람이 있어야지."

"외상은 안 돼요!"

주리가 딱 잘랐다.

"도리 없다. 합숙소에 사갈 계란을 줄이는 수밖에."

'껑다리'가 말했다.

"그건 안 돼. 우리 감독님 여자 같아서 내준 계란 값과 사 들고 간 계란 개수를 하나하나 대조해볼 건 뻔한데……."

"어차피 우리가 먹을 건데, 뭘."

"그래도 천만에 말씀이다. 규율 규율, 하고 부르짖는 판에,

이건 영락없이 운동장 오십 바퀴 구보감이다."

"그럼 각자 먹은 대로 계산할 밖에."

"누가 그걸 몰라서 그러니. 합숙소에서 그냥 퉁겨져 나온 우리에게 무슨 현금이 있니?"

"빌어먹을, 거 외상으로 좀 봐 주슈."

'납떨메'가 사정하고 나왔다.

"베짱인가요? 돈도 없는 사람들이 왜 먼저 먹어 치우고 그래요? 사실 난 댁들이 열한 개, 열두 개 먹을 때부터 도무지 정상적인 사람이라 생각하진 않았었지만……."

"정상적인 사람이 아니면?"

"맨 노우 맨(men no men, '사람이 사람 같지가 않다'라는 뜻)이다 그거죠."

"이거야 원……."

"빨리 돈 안 내면 사람들을 부를 테에요. 무전취식이 법규 위반이라는 건 아시죠?"

바야흐로 축구 선수들은 사면초가였다. 모두 수두꺼비 삼수를 원망하는 얼굴로 돌아봤지만, 어쩐 일인지 삼수는 아까부터 한 걸음 물러나서 구경꾼처럼 팔짱까지 턱 끼고 있었다.

"내가 해결을 하지."

'아담' 슬기가 나섰다.

"자식, 진즉 그럴 일이지."

"가만히들 있어. 이 슬기가 무슨 축구팀 후원 회장인 줄 아니? 무료 제공할 수는 없다 이 말이야. 꿔줄 테니까 각자 갚을 땐 천 원, 기한은 금주 말, 어때?"

"천 원이라고?"

"그 정도만 받지 뭐. 난 고리대금업자가 아니니까."

"자식이 이거…… 야, 임마, 계란 열한 개 값은 오백칠십이 원이야. 그걸 이삼 일 꿔주고 천 원을 받겠단 말이니?"

"싫음 관둬. 여기서 망신을 떨든 말든 난 상관 안 할 테니까."

도리 없는 일이었다. 이때쯤은 이미 주위 가게 사람들까지 '무슨 일이냐'면서, 여차하면 축구 선수들의 옷이라도 벗기는 데 전적으로 협조하겠다는 표정이었으므로 슬기의 현금은 '빛나게' 팔려나갔다.

합숙소 몫으로 삼십 줄의 계란을 안고 그들이 떠났을 때야 비로소 자경이와 주리는 손을 마주 잡고 웃었다.

"대체 너 어느 틈에 그렇게 일일이 표를 했니?"

"표 안 했어. 이것 좀 봐. 이건 수첩에 그냥 끼운 딴 종이잖아?"

생리현상 자경이가 표시된 쪽지를 따로 흔들며 대답했다.

"딴 종이라도 그렇지……."

"궁금하면 아담 슬기 씨한테 물어봐."

"슬기?"

"그래. 저기 오잖아."

과연 슬기와 수두꺼비 삼수가 일행에서 빠져서 이쪽으로 다시 오고 있었다.

"나눠 먹어야 돼!"

자경이가 슬기를 향해 손을 벌렸다.

"나눠 먹다니?"

"순식간에 이자를 삼천 원이나 붙여먹었잖아?"

"계란으로 폭리를 취한 건 안 나눠 먹니?"

"피, 우린 개인의 이익금으로 흡수되는 돈이 아니란 말야."

"하긴 그렇지. 좋다, 내 아담하게 한턱 쓰지."

그때야 주리는 사태의 진상을 깨달았다. ABCD로 표시된 쪽지는 미리 슬기가 준비해왔던 모양이었다. 그걸 슬쩍 자경이에게 넘기고, 자경인 얼른 슬기의 작전을 알아차려 축구 선수들의 다양한 공격을 막아냈던 것이다. 슬기나 삼수가 남의 일처럼 뒷전에 물러나 선하품만 날린 것도 다 그런 이유에서였다.

떠나는
바람[風]

9월 월중고사 결과에 주리는 평균 구십 점으로 학급 석차 5등이었다. 학기말 시험 후 불과 두 달 만이니까 대단히 놀랄 만한 발전이었다. 담임 '퀸' 선생님이 조례 시간에 누누이 주리의 성적 향상을 칭찬하고 나가자 아이들이 우르르 몰려들었다.

"얘얘, 소금아, 비법 좀 가르쳐주렴."

"신속, 정확, 시치미 뚝(컨닝의 3대 원칙) 했니?"

"넌 무슨 말을 그렇게 하니. 아무려면 깨소금 복주리가 컨닝할 애니?"

"그냥 해본 말이지 뭐. 그럼 혹시 녹용이라도 달여 먹었니?"

"녹용은 또 왜?"

"머리가 좋아진다더라, 얘."

"머리씩이나. 주리야, 얘네들, 소원 좀 풀어줘라. 속 시원하게 성적 향상 비법을 밝혀봐."

아무리 이리 찧고 저리 까불고 했지만 주리는 한마디도 제대로 대답할 수 없었다. 비법은 무슨 비법인가. 난 다만 정직한 오기를 부렸을 뿐인데. 공주한테 지지 않겠다는 일념으로 뜨거운 여름날 풀장 한 번 안 가고 견뎠을 뿐인데…….

주리는 오직 공주에게 감사해야 한다고 생각했다.

그러나 다음 날, 등교하여 책상 속에 손을 넣었을 때 주리는 공주의 따뜻한 선물을 받았다. 손으로 일일이 박아서 만든 예쁜 손지갑이 사각봉투와 이를 맞물고 손끝에 잡혀 나왔던 것이다.

"지난여름, 계란을 팔면서 틈틈이 너를 주려고 만든 거야. 할 수만 있다면, 네 재주가 솔솔 풍겨나오는 고 주근깨, 깨소금까지 여기에 담아서 지니고 다니렴. 성적 향상 축하한다. 너한테 뒤떨어지는 게 약도 오르지만 아무래도 난 재주가 너만 못해. 두고 봐. 학년 말쯤이면 틀림없이 강희도 젖히고 네가 일등할 걸. 야무진 가시내. 공주."

사각봉투 속의 꽃무늬 편지지엔 그렇게 씌어 있었다. 이 앤, 내가 자기에 대한 오기로 악을 쓰면서 공부하던 여름에, 나를 위해 손지갑을 홀치며 계란을 팔고 있었구나.

공주의 자리는 책가방만 와 있고 비어 있었다.

밖으로 나오자 저만큼, 아래 운동장으로 내려가는 등나무 아래 벤치에 공주의 뒷모습이 보였다.

"떨메야, 이 가시내야!"

주리가 등 뒤에서부터 어깨를 안았다.

"고, 고맙다."

"뭐가?"

"손지갑."

"계집애도. 고맙다고 하자면야 내가 더 해야지. 그렇지만 난 소금이 너한텐 그런 형식적인 인사하고 싶지 않았어. 친구끼리 뭐 그런 말이 필요하니?"

"소리 난다, 똑똑똑. 언제부터 옥떨메 안공주가 시계점 딸이
됐니?"

"히힛, 요거 생길 때부터."

공주가 귀밑의 '복앵두', 고 앵두알만 한 앙증스런 새끼 혹을
만지면서 "히힛" 하고 웃었다. 여러 가지 우여곡절을 겪었지만
좀 주책없는 듯도 하고 남자처럼 우직한 듯도 하고, 그러면서
제스처가 유독 큰 본래의 모습은 조금도 달라지지 않았다.

"오늘 있지, 아주 멋지게 생긴 남학생이 내 책가방을 받아줬
다."

"응, 가방 손잡이가 또 떨어졌니?"

언젠가 '줄리앙' 같다던 남학생이 책가방을 받아줬다며 가방
손잡이만 들고 "저 말야" "그 뭐냐"를 연발하던 공주의 모습이
떠올라서 주리는 실소를 금할 수 없었다.

"그게 아니고 그 뭐냐. 내릴 때 가방을 들고 보니까, 그 남학
생 바지가 온통 계란투성이지 뭐니. '귀가 사꽐' 선생님이 나한
테 계란 몇 줄만 갖다달라고 그러셨거든. 보자기에 싸지는 대로
싸고, 한 줄쯤 남기에 가방 속에 넣었더니 그게 다 깨졌더라 그
말씀이야."

"어머. 그래서?"

"내가 어쩔 줄 몰라서 미안하다는 인사도 못 하고 있는데 그
남학생이 처억 한다는 소리가……."

"한다는 소리가?"

"허허, 잘 먹겠습니다, 하는 거야."

"뭐?"

"어때, 멋지지? 틀림없이 내가 맘에 들어 하는 소리였을 거야."

"아서라. 그 전에 책가방도 어떤 할머니가 들고 왔듯이, 이번엔 할아버지가 그 학생 바지를 벗겨가지고 올라. 세탁비 내라고."

"정말 너, 그 코밑의 구멍(입) 그렇게 함부로 놀릴 거야?"

공주가 태권도 폼을 잡으며 소리쳤다. 어이구, 저놈의 떡 벌어진 등치 좀 보라지. 일 미터에서 꼭 이 센티미터가 빠지는 가슴둘레에다가 마개를 해 붙이려면 옥양목 한 자는 족히 들어갈 만한 입, 게다가 좀 끔찍한 상상이지만 베어놓으면 두어 근은 실히 되고도 남을 입술이 뚜르르 위로 말아 올려지고 있으니 참으로 가관이라 할밖에. 그러나, 아무리 공주가 태권도 폼을 있는 대로 다 잡아봐도 주리에겐 그것을 일격에 쳐부술 슬기로움이 간직된 주근깨가 있었다. 주근깨는 주근깨지만 그게 어디 보통 주근깨냐. 모든 지혜, 모든 슬기로움이 샘솟듯 솟아나는 산깨가 아니냐.

"가시내, 참 못됐다!"

콧잔등에 솔솔 뿌려진 복주리의 '산 깨'가 말했다.

"내가 왜 못돼?"

"그렇잖니. 수두꺼비 삼수가 매일 저만 생각하고 있는데 그 깟 가방쯤 받아줬다고 다른 남학생 생각에 희희낙락하고 있다 니……."

과연 옥떨메 안공주는 당장에 풀이 죽었다.

"정말이니. 수두꺼비가 정말 그렇게 나를 생각하니?"

공주는 어린애처럼 마른침까지 꼴딱 삼키며 물었다.

"가게에 자주 오는 것만 봐도 알잖아?"

"그 애가 나만 생각하느라고 축구 연습도 게을리하고 고민 하면 어쩌지?"

"괜찮아. 가게에 오면 계란이나 잘 먹여 보내렴. 영양 공급이 원활해야 운동도 잘 하지."

"그거야 얼마든지. 수두꺼비가 국가대표 선수가 된다면 난 아마 축구장에 오는 관객에게까지도 다 계란을 줄지도 몰라."

"삼만 명이라도?"

"응, 삼만 명이라도……."

맙소사. 주리는 속으로 끌끌끌 혀를 찼다.

나를 위해 한여름. 이토록 섬세하게 손지갑을 박을 수 있었 던 애가, 이럴 땐 어쩜 이만큼 '주책'이 풍년일까. 그러나 주리는 일학기 때와 한 치도 달라지지 않은 공주의 그런 면이 더욱 고 마웠다. 비로소 진짜 따뜻하게 화해의 악수를 하고 있는 기분이었다.

그날 주리는 집으로 들어오는 길에 시장에 들러 털실을 샀다.

아주 예쁘고 따뜻하게, 덧버선과 장갑을 떠야지. 그래서 올 해는 내 친구 옥떨메 안공주에게 생애 중 가장 따뜻한 겨울을 선물해야지.

주리는 낙엽이 지기 시작하는 창가에 앉아 한 코 한 코 덧버 선부터 뜨기 시작했다. 하늘엔 수천의 별들이 살고, 바람이 지나가는 소리가 마당가의 은행나무 잎새 사이에서 들렸다.

"가을이라 가을바람 솔솔 불어오니 푸른 잎은 붉은 치마 갈 아입고서……."

창 저쪽, 삼수네 이층 방에서 슬기가 부르는 정갈한 노래 소리가 들려왔다. 주리는 사랑하는 친구를 위해 이 가을을 보낼 수 있음에 진실로 누구에겐가 감사하고 싶은 기분이었다.

'로키 산의 독수리'에 대한 섭섭한 소문을 들은 것은 주리가 공주에게 줄 장갑의 한 쪽을 다 뜨고서였다. 어느 날 문득 등교 하자, 교실 안의 분위기가 전과 완연히 달랐던 것이다. 부반장 지영이를 비롯하여 모든 학생들의 얼굴에 침울의 구름이 내려 앉고 있었다.

"왜들 그러니?"

라면 지영이를 붙잡고 주리는 물었다.

"로키 산의 독수리가 학교를 떠난대."

"뭐?"

주리의 가슴속에선 주경 언니가 떠올랐다. 그래. 로키 선생님은 어쩜 주경 언니에게서 받은 어떤 상처 때문에 예정보다 일찍 떠나려는 것인지도 모른다. 그렇게 상처가 컸던가. 하지만 어디로 갈 것이냐. 로키 산은 우리가 짐작도 할 수 없는 아메리카의 먼 곳에 있는데.

"파리로 그림 공부를 하러 간다는 거야."

지영이가 중얼거리듯 말했다.

"어, 언제?"

"이달 말쯤 떠나는데 학교에는 내일부터 안 나온대."

"가자!"

주리가 자리에서 벌떡 일어났다.

"어딜?"

"로키 선생님한테."

"뭐?"

주리는 다시 자리에 앉았다. 하긴 그렇다. 무슨 말을 할 것인가. 우리들이 로키 선생님께 드린 것은 다만 '로키'라는 별명과, 주경 언니와의 이별과, 이별이 준비된 이 가을뿐이었다. 그는 바람 부는 이 가을에 방울 소리 쩔렁이며 이제 다른 한 세계를 찾아 떠나려는 것이다. 개선문과 몽마르트 언덕과, 마로니에

가 끝없이 줄지어 선 그리고 피사로며 고흐며 모딜리아니가 살았던 곳, 그 환상과 자기 분열의 고독한 예술가의 길이 그의 다른 세계가 될 터이다.

우리들이 그에게 바칠 수 있었던 세계에 비해, 지금 떠나서 도달하려는 그의 다른 세계는 훨씬 더 가치 있고 빛나는 자리가 될 게 틀림없다. 그렇다면 로키 선생님께 해드릴 수 있는 유일한 선물은 쫓아가 따지기보다, 붙잡기보다 그의 '떠남'을 따뜻하게 축복하는 것뿐이라는 것을 주리는 비로소 깨달았다.

뒤숭숭하고 애틋한 마음으로 아이들은 5교시의 마지막 미술 시간을 기다렸다. 로키 선생님은 종이 울리자 여전한 더벅머리, 여전한 노 타이 바람으로 조금도 구김살 없는 표정을 앞세우고 교실에 들어섰다.

"왜들 이렇게 얌전하지?"

그것이 로키 선생님의 첫마디였다. 다른 때보다 더욱 조용한 분위기가 괜히 겸연쩍은 모양이었다.

"난 여러분들이 모두 정숙한 태도로 내가 들어오기를 기다릴 때가 제일 맘이 불안해져요. 왜냐하면 지난 봄, 첫 수업 시간에도 이렇게 조용했었거든. 물대야와 후춧가루, 부서진 의자를 준비해놓고 말야. 열여섯 나이란, 뭔가 음모를 꾸밀 때야말로 얌전을 뺀다는 걸 난 알아요."

그때 지영이가 소리 없이 자리에서 일어섰다.

"첫 수업 시간엔 저희들이 음모를 꾸며놨었지만 오늘은 선생님께서 음모를 꾸미고 들어오신 것 같은데요."

"음모라고, 내가?"

"그래요, 선생님. 고백하세요."

"허어, 하긴 고백할 게 있긴 있지."

"……."

"엊저녁 늦게 집으로 가는 버스를 탔었지. 종점에서 내리는데 안내양이 토큰 받을 생각을 안 하는 거야. 미리 받은 줄 알았던가 봐. 그래도 줘야 옳았겠지만 손바닥에 꺼내든 토큰을 슬그머니 다시 주머니에 넣었어요. 예나 이제나 공짜 좋아하는 버릇이 내겐 있거든. 생각해봐, 한 시간이나 차를 타고도 토큰 하나 안 냈으니 얼마나 근사한 일이냐 말야. 하지만 양심은 있어서 밤새 가책이 됐지. 여러분에게 고백하고 나니 차라리 속이 후련해지는군요."

아이들은 아무도 웃지 않았다. 시치미 뚝 떼고 딴청을 하며 재치를 부리는 게 로키 선생님의 주특기였다. 그래선지 아이들의 기분은 더욱 우울한 것으로 나타났다.

마침내 로키 선생님이 두어 번 공허한 헛기침을 했다.

"압니다. 여러분이 내게 어떤 고백을 요구하고 있는지. 고백하지요. 우선 이것이 오늘 마지막 수업입니다. 말일쯤 파리로 가기 위해서예요. 일 년도 다 채우지 못하고 가는 게 여러분에게 미안하지만 사정이 그렇게 되질 않는군요. 그동안, 얼마 안되는 기간이었지만 내겐 여러 가지 점에서 잊을 수 없는 시간이었습니다. 부디 여러분, 건강하기 바랍니다. 그리고 우리 모두 마음과 몸이 건강함을 확인하는 뜻에서 지금부터 준비해온 대로 수채화를 그리겠습니다. 자, 물감을 올려놓아요."

"선생님!"

반장 강희가 일어났다.

"왜, 또?"

"선생님 말씀대로 수채화를 그리겠어요. 그 대신 소재 선택은 우리 스스로 자유롭게 할 수 있으면 좋겠어요."

"그러지, 그럼."

갑자기 교실이 부산해졌다. 화지를 준비하고 물을 떠오고 물감을 짜고…… 그러는 사이 강희가 적은 쪽지가 로키 선생님 몰래 교실을 한 바퀴 돌았다.

"우리 모두 선생님께 드리고 싶은 선물을 그리자. 무엇이든지 좋아. 파리에서 두고두고 넘겨다보며 외롭지 않을 선물이라면……."

쪽지엔 그렇게 적혀 있었다.

주리는 처음 주경 언니의 상반신을 그렸다. 그리다 생각해

보니까 로키 선생님에게 위로가 될 수 있는 타당한 소재가 아닌 것 같았다. 먼 이역의 초라한 구석방에서 주경 언니의 모습을 보면서 침울하게 지낼 로키 선생님은 주리가 바라는 진정한 소망이 아니었다. 오히려 이제 완벽한 어떤 다른 세계로 로키 선생님은 떠나야 한다고 주리는 생각하였다.

주리는 화지를 바꿔놓고 후춧가루와 물대야와 부서진 의자를 그리기 시작했다. 그것들은 일학년 정(貞)반 학생들의 열여섯 나이와 같은 소재였으므로. 태극기를 그리는 아이도 있고, 학교 교사(校舍)를 그리는 아이도 있고, 자기 자신의 모습을 그리는 아이도 있었다.

공주는 커다란 타원형을 하나 그려놓고 있었다.

"얘, 떨메야. 그게 뭐니?"

"응, 왕특란이야."

"왕특란?"

"제일 큰 계란 말야."

"계집애도 참!"

계란인지 넓적한 자신의 얼굴 윤곽인지 도무지 분간조차 안 가는 공주의 엉터리 그림을 들여다보며 주리는 그만 피식 웃고 말았다.

열흘 후에 로키 선생님은 떠났다. 수업 때문에 아무도 공항에 나가보지는 못했다. 아이들은 다만 로키 선생님이 없는 미술 시간, 하나씩 둘씩 겨울 풍경을 그리기 시작했다. 로키 선생님이 남기고 간 빈자리에 문득 겨울이 소리 없이 걸어와 있음을 아이들은 알았던 것이다.

그건 주경 언니도 마찬가지였다.

전보다 훨씬 조용해진 말씨, 조용해진 몸가짐, 조용해진 눈빛으로 주경 언니는 아폴리네르의 시(詩)와 레마르크의 『개선문』을 읽었다. 주리의 눈엔 그런 주경 언니가 왠지 조금 서러워 보이고 그리고 갑자기 성숙해 보였다. 그렇구나. 여자가 성숙한다는 건 조금씩 서러워진다는 뜻과 같은 거구나. 잠 안 오는 밤이면 주리도 겨울의 고적한 풍경을 여러 장 스케치했다. 그러면 눈 내리는 몽마르트 거리를 외롭게 걸어가고 있는 로키 선생님의 뒷모습이 환히 떠올랐다.

11월에 접어들면서 '우정의 계란 운동'은 끝났다. 그동안 우정의 계란 운동이 모 일간지에 감동적인 미담으로 보도되었고, 그 덕에 공주 엄마는 무료 수술을 받았기 때문이었다.

계란 판매로 얻어진 이익금은 채무 청산과 공주네 생활 터전을 잡는 데 쓰여졌다. 그리고 아이들은 곧 공주네 아버지가 풀려나올 거라는 기쁜 소식을 들었다.

공주 아버지가 교도소 정문을 나오던 새벽엔 하느님의 축복처럼 첫눈이 내렸다. 영하의 기온에 이른 시각이었음에도 불구하고 교도소 정문 앞 광장엔 거의 이백여 명이나 되는 사람들이 모였다. '들것', '퀸' 선생님을 비롯하여 의리파 학생들과 시장의 상인들까지 몰려와 공주네 가족의 만남을 축하해주었던 것이다.

주리에게 그것은 참으로 오래오래 잊을 수 없는 감동적인 광경이 되었다. 남루한 의복과 까칠한 수염을 달고 머뭇거리며 나서는 공주 아버지, 아무도 섣불리 움직이지도 입을 열지도 않으면서 따뜻한 열정으로 서 있던 사람들, 뒤뚱뒤뚱 그 거구를 흔들면서 혼자서 총알처럼 아버지를 향해 달려가던 공주의 뒷모습, 비로소 터지는 박수소리, 그리고 첫눈……

주리는 덩달아 눈시울이 뜨거워져서 다만 박수만 치고 그 자리에 서 있을 수 없었다. 그래서 혼자 군중 속을 빠져나와 첫눈 내리는 새벽의 가로를 걸었다.

거리는 아직 잠에서 덜 깬 상태였다.

이따금 텅 빈 버스가 엔진 소리를 깔아놓으며 지나가고 잎 떨어진 가로수는 일렬종대로 실루엣처럼 서 있었다. 슈베르트는 어땠을까, 하고 주리는 생각하였다. 한 달 내내 남루한 작은 방에 엎드려 추위와 허기에 떨면서 주옥같은 〈겨울 나그네〉를 작곡해낸 슈베르트. 그가 떠나고 싶었던 길도 어쩜 이런 새벽의 첫눈 내리는 빈 거리였을지도 모른다. 음악 속에서 그는 자유롭고 자유가 그를 따뜻하게 하고…….

그때, 누군가 옆에서 나란히 걷고 있음을 주리는 깨달았다. 얼핏 돌아보니까 소년처럼 털모자를 꾹 눌러쓴 슬기였다.

"어머!"

"네가 혼자 빠져나오는 걸 보고 슬슬 뒤따라왔다."

앞만 보면서 슬기가 말했다.

"눈송이가 웃어."

"눈송이가 웃다니?"

"그렇지, 뭐야. 이 새벽에 여학생 뒤나 밟고……."

"주리 널 보호해주기 위해서 온 거야."

"웃기지도 않네."

"정말이다. 아까 그 장면에 너무 감동해서 꼭 자살이라도 할 것 같았거든."

"횡설수설 말고 좀 떨어져 걸을 수 없어?"

"뭐 어떠니. 오빠가 아담하게 동생 데리고 가는 줄 알겠지."

"동생씩이나."

그리고 말이 끊겼다. 한번 끊기자 내내 침묵이었다. 눈발 속에 물러앉은 도시와 맑은 정적과 푸른 댓잎처럼 시리게 일어나는 새벽이 가장 순수한 언어가 될 수 있음을 주리는 느꼈다. 이 눈, 이 새벽보다 더 흰 낱말이 어디 있을까. 아무리 정결한 낱말이라도 한번 소리 내어 뱉으면 그대로 허공에 불결한 자국이 남을 것 같았다.

한참동안 그들은 말없이 걸었다.

어디선지 이따금 새벽 종소리가 들려왔다.

"예배를 보고 싶다."

문득 슬기가 말했다. 그의 어깨, 그의 털모자에도 눈이 하얗게 덮여 있었다.

"눈 속을 걷다 보면 괜히 부끄러워지거든. 뭐랄까, 아담하게 고해성사라도 하고 싶어진단 말야."

"하지, 그럼……."

"신부님이 없는걸."

"눈이 부끄럽게 했는데 왜 신부님이 필요해? 눈이 하느님이지."

"주리, 네가 눈이 되겠니?"

"내가 눈이 돼?"

"내가 고해하면 네가 눈이 돼 가지고 사하소서, 하란 말야."

"좋아, 지금 내가 제일 되고 싶은 게 있다면 눈이니까."

"……."

"얼른 고해를 해!"

슬기가 수줍은 새댁처럼 얼굴을 붉히며 어깨를 으쓱했다.

"한다, 그럼……."

"하래도. 난 눈이니까."

"저는 부모를 속였습니다. 참고서 사는 데 필요한 건 오천 원인데 만 원이 든다고 했거든요."

"사하소서!"

주리가 성호를 그었다. 참회하는 시선을 내리깔고 슬기가 또 물었다.

"저는 친구를 속였습니다. 죽고 싶니, 라고 묻기에 그렇다고 대답한 적이 있었거든요. 하나도 죽고 싶지 않으면서 말예요."

"사하소서!"

"저는 또 선생님을 속였습니다. 내가 못생겼니, 라고 수학 선생님이 묻기에 아뇨, 라고 대답했거든요."

"사하소서!"

"저는 또…… 아담한 어린 소녀 한 사람을 속였습니다. 언제나 보고 싶고 만나고 싶었는데도 안 그런 척했거든요."

"사하소서!"

"저는 또…… 그 소녀의 새벽 산책을 방해했습니다. 괜히 뒤따라와서 이렇게 거짓된 고해를 하고 있거든요."

"사하…….."

말을 끝내지 못하고, 주리는 문득 제자리에 섰다. 자신을 '어린 소녀'라고 불러 화가 난 것은 절대로 아니었다. 거짓된 고해를 했기 때문도 아니었다. '소녀'가 주리 자신을 가리키고 있음을 깨닫는 순간, 주리의 귓가엔 '저는 어린 소녀 한 사람을 속였

습니다. 언제나 보고 싶고 만나고 싶었는데 안 그런 척했거든
요' 하던 슬기의 말이 새로 판 나무도장처럼 강렬하고 선명히
가슴에 찍혀 들어왔다. 그것은 팽팽히 당겨진 현악기의 줄을 슬
기가 탁 퉁긴 것과 흡사했다. 주리의 가슴속엔 바이올린의 가는
현이 가파르게 떨고 있었다.

"꼴도 보기 싫다!"

빨갛게 달아오르는 얼굴을 감추기 위해 씽 하고 앞으로 달
려 나가며 주리가 소리쳤다.

"얘, 쭈리야!"

허둥지둥 슬기가 쫓아오고 있었다. 주리는 뒤도 돌아보지 않
고 달렸다. 나쁜 자식, 엉큼한 자식, 하고 중얼거리면서. 그러다
가 그만 주르르 눈밭에 미끄러졌다. 등 뒤에서 슬기가 치는 박
수소리가 들렸다.

"보호받지 않으려는 어린 소녀는 보호할 가치가 없다!"

슬기는 어깨를 들썩거리며 웃었다. 웃느라고 그는 주리가 앉
아서 무엇을 하고 있는지를 눈치채지 못했다. 주리는 주먹만 하
게 눈을 뭉쳐서 그대로 슬기를 향해 던졌다. 눈 뭉치가 슬기의
얼굴에 명중했음은 물론이었다. 불의의 기습으로 앞이 안 보이
는지 눈두덩을 비비는 슬기의 모습은 예닐곱 살의 어린 소년이
었다.

이번엔 주리가 박수를 쳤다.

점점 하늘이 열리고, 버스들은 줄을 잇고, 정류장을 향해 종종걸음을 치는 행인들의 숫자는 많아졌다. 도시가 한밤의 침묵과 적요를 눈 털듯 툴툴 털어내며 비로소 분주하게 깨어나고 있었다.

"추우니까 단팥죽이나 한 그릇씩 먹고 가자."

슬기가 말했다.

"아침에 단팥죽이 어디 있어?"

"있지, 저기 골목으로 꺾어들면 내 친구네가 하는 아담한 제과점이 있어. 거기 가보자."

과연 좁은 골목 한켠에 손바닥만 한 제과점이 있었다. 너무 작고 아담하고 따뜻해서, 주리에겐 그곳이 빵을 파는 집이 아니라 꿈을 파는 집처럼 생각되었다. 꿈을 파는 집이 있다면 슬기의 손을 잡고 지구 끝까지라도 갈 수 있을 것 같은 아침이었다.

"내 고향 친구야."

슬기가 소개한 '고향 친구'는 학생이 아닌 모양이었다. 밤송이머리를 하고 손수 두 그릇의 단팥죽을 덥혀왔다. 단팥죽에서 김이 솟아올랐다. 그들은 아주 천천히 단팥죽을 먹었다.

창밖엔 여전히 눈이 내리고 있었다.

"첫눈이 많이 오면 풍년이 든다는데……."

밤송이머리가 중얼거렸다.

그가 앉은 뒷벽엔 김광균 시인이 지은 「눈 오는 밤의 시」가 예쁜 글씨로 걸려 있었다. 주리는 눈으로 그 시를 읽었다. 한 계절 사이 키가 훌쩍 자란 것 같은 느낌이 주리의 마음을 사로잡았다.

서울의 어느 어두운 뒷거리에서
이 밤, 내 조그만 그림자 위에 눈이 내린다.
눈은 정다운 옛이야기
남몰래 호젓한 소리를 내고
좁은 길에 흩어져
아스피린 분말이 되어 곱게 빛나고
나타샤 같은 계집애가 우산을 쓰고
그 위를 지나간다.
눈은 추억의 날개, 때 묻은 꽃다발
고독의 도시의 이마를 적시고
공원의 동상 위에
동무의 하숙 지붕 위에
카스파처럼 서러운 등불 위에
밤새 쌓인다.

슬기와 밤송이머리는 벌써 담뿍 젖은 목소리로 도란도란 고향의 추억담을 나누고 있었다. 그러다가 한순간 슬기와 눈이 마주쳤다. 물보다도 맑고 눈송이보다도 흰 눈빛이었다.

주리가 얼른 고개를 숙였다.

하나의 떨리는 예감이 그 순간 주리를 사로잡았다. 이제 이 눈 내리는 아침으로 하여, 머지않아 자신은 열여섯 살이라는 나이의 껍질을 털어버리게 될 것 같은. 아니다. 무어라고 딱 집어 말할 수는 없지만, 주리는 슬기의 맑은 눈동자에서 자신의 또 다른 한 세계가, 새로운 시간이 물밀듯 밀려 들어오고 있는 걸 본 것 같았다.

그때 불쑥 코앞으로 주먹이 들어왔다.

깜짝 놀라서 고개를 들자 '밤송이머리'가 목에 잔뜩 힘을 주고 아나운서의 말을 흉내내며 물었다.

"감상이 어떠십니까?"

"무슨 감상요?"

"첫눈은 내리겠다, 새벽 데이트는 했겠다, 예민한 사춘기의 소녀로서 한마디 없을 수가 있느냐 그런 말입니다."

"마이크가 형편없다는 감상이 드는군요."

코앞의 주먹을 툭 밀어내며 주리가 일어섰다. 슬기와 밤송이머리가 껄껄하고 어른처럼 웃었다.

"나, 먼저 가!"

주리는 자신도 모르게 밖으로 뛰어나왔다.

"같이 가!"

슬기가 따라 나오는 눈치였지만 주리는 뒤도 안 돌아보고 막 도착한 버스에 냉큼 올라탔다. 지금 슬기와 함께 있으면 마음속에 깃든 예감의 비늘들을 모두 그에게 들킬 것 같았다. 성에가 낀 유리창으로 슬쩍 내려다보니까 슬기가 가로에 서서 손을 흔들고 있었다.

"사춘기……."

주리는 입속으로 중얼거리다 괜히 혼자 얼굴을 붉혔다. 웬일인지 '밤송이머리'의 말 중에서 '사춘기'라는 그 한 낱말이 유독 마음속에 남았다.

학교에 와서야 주리는 남몰래 국어사전을 찾았다. 사전엔 이렇게 쓰여 있었다.

"사춘기! 이성에 관심을 갖게 되고 춘정(春情)을 느낄 만한 나이. 청년의 초기로서 15~20세를 일컬음."

아직 이른 시간이라 운동장은 텅 비어 있었다. 주리는 사전을 덮고 잠시 흰 눈이 덮인 빈 운동장을 내려다보았다. 눈송이는 어린 나비만큼씩 커져서 운동장 맞은편의 교문이 꼭 실루엣처럼 보였다. 주리는 자신이 걸어온 발자국이 새로 내린 눈에 의해 덮여지고 있는 걸 한참동안 바라보았다. 그 순백의 운동장에 또렷하게 슬기의 얼굴이 떠올랐다.

흥, 제까짓 게 뭔데.

그러나 그것은 시늉뿐이었다. 주리는 깨닫고 있었다. 첫새벽
의 그 제과점에서 만났던 예감이란 바로 슬기 그 애한테서부터
비롯되었다는 것을. 가슴속엔 비밀의 나무가 한그루 이미 자라
고 있다는 것을. 아무리 눈보라가 치고 영하 몇십 도의 추위가
몰려와도 늘 푸른 나무, 미세하게 떨리면서 그러나 감당할 수
없을 만큼 향기롭게 자라게 될 나무, 슬기라는 나무⋯⋯.

겨울방학을 사흘쯤 앞두고 주리는 공주의 손장갑을 다 끝
냈다.

예쁘고 앙증스러웠다.

책상 속에 넣은 채 다 뜬 장갑을 보고 있는데 누군가 어깨를
탁 쳤다. 공주였다.

"이쁘다, 애⋯⋯."

공주가 냉큼 장갑을 빼앗아서 양손에 꼈다. 그리고 주먹을
쥐었다 폈다 하면서 물었다.

"어쩜! 네가 이런 솜씨를 다 갖고 있다니 놀랍기도 하여라.
그래, 이건 네가 낄 거니?"

"누구 줄 거야."

"누구인지 말 좀 해봐라, 애. 너한테서 이런 선물 받는 사람
손금이라도 좀 보고 싶다."

"손금은 왜?"

"나하고 어떻게 다른가 보게."

히히, 주리는 속으로 웃었다. 아버지가 풀려나면서부터 한결 더 살이 올라 보이는 공주의 턱이 주리에겐 하마의 그것처럼 보였다.

"네 턱받이 하나 떠줄까?"

엉겁결에 주리는 물었다.

"턱받이?"

"아니, 저…… 네 턱이 추워 보여서 말야."

"기집애도, 이게 그냥……."

공주가 장갑을 낀 채 권투하는 사람처럼 경중경중 뛰어올랐다.

"묻는 말엔 대답도 안 하고, 뭐 턱받이라고?"

"아냐 아냐. 취소할게. 저 사실은…… 이 장갑 바지 씨 꺼야."

"어머, 존 거. 어떤 바진데?"

"있어. 제일모직 멋진 남학생이야."

"슬기지? 요 앙큼한 가시내."

"코밑의 구멍(입) 좀 정갈하게 놀릴 수 없니? 슬기 같은 앤 안중에도 없다. 얘, 장갑 빨랑 줘. 이 세상에서 제일 소중한 분에게 줄 건데……."

"요게 뭔가 꿍꿍이가 있으니까 그러지. 요즘 애들이 다 주리 너보고 뭔가 달라졌다고 하더라."

"뭐가 어떻게 달라져?"

"몰라. 그저 성숙한 냄새 같은 게 풍겨."

"냄새씩이나."

그날 밤 주린 공주에게 편지를 썼다.

장갑을 보낸다. 좋은 건 아니지만 네게 고백하는 심정으로 한 코 한 코 뜬 거야. 이것으로 너의 올 겨울이야말로 어느 때보다도 따뜻한 겨울이기를 빈다.

생각해보면 내 여고 일학년 시절은 온통 공주 너의 체온으로 채워져 있다. 작년에 읽다 만 책갈피에서 불현듯 분신처럼 우리들 자신이 떨어뜨려놓았던 머리칼을 발견했을 때, 그럴 때 만나는 감동을 넌 이해하겠지? 일 년 내내 넌 끊임없이 내게 그런 감동을 배달해주곤 했어.

그래 맞아. 네 친구일 수 있었던 나는 얼마나 행복한 애였니.

여고 시절이란, 언젠가 '퀸' 선생님 말씀처럼 숨 가쁜 파종기(播種期)라고 할 수 있을지 몰라. 기후와 토양에 알맞게 우리들은 어떤 종자를 어떻게 뿌렸을까. 그러나 지금 난 알 수 없어. 왜냐하면 지금도 우린 파종기의 한가운데를 지나고 있는 '진행형'일 뿐만 아니라 우리들이 뿌린 씨앗이 아직 떡잎을 매달 만큼 자라나지 않았으니까. 더 많은 밤과 낮, 더 많은 눈(雪)과 비(雨),

그리고 더 많은 바람이 있은 뒤에, 세월이 지난 뒤에야 우린 마침내 지금 우리가 뿌린 씨앗의 몸을 만질 수 있을 거야.

아아, 하지만 공주야.

난 믿고 있다. 내가 뿌린 모든 씨앗이 하나도 열매 맺지 않더라도, 너와 함께 뿌린 그 우정의 씨앗만큼은 십 년이나 이십 년이 지나도 여전히 튼튼한 잎과 빛나는 열매로 서 있으리라는 것을. 마천루도 반드시 칠층 다음에 팔층이 있듯이, 일학년의 우리가 있었으므로 해서 이학년의, 삼학년의, 아니 더 넓고 더 높은, 앞으로의 새로운 시간이 계속 다가와 쌓여진다는 것을. 우리가 함께 헤쳐 갈 시간이겠지. 우리가 있을 수 있으리라는 것을……

우리는 지금 바람 속의 사계(四季)를 가고 있어.

영원히 나하고 함께 가줘.

　　　　　　　　　　　　　— 죽을 때까지 네 짝꿍 깨소금

다 쓰고 나서도 괜히 무언가 그리운 심정이 되어 주리는 한참동안 책상 앞에 앉아 있었다. 삼수네 이층 방에는 아직도 불이 환했다. 슬기 혼자 안 자고 있는 것 같았다. 삼수까지 깨어 있다면 저렇게 조용할 리가 없으므로. 주리는 편지를 장갑 속에 집어넣기 전 추신이라고 쓰고 한마디를 덧붙였다.

추신 : 밥 잘 먹고 잠 잘 자고 그러면서도 몸무게는 현상 유
지되도록 힘쓰렴.

비로소 장갑을 싸고 공주의 주소를 썼다.
방학하고 다음 날쯤 받아보게 될 것이다. 그때, 그때, 고무공
처럼 그 거구가 팔짝 뛰어오를 것을 상상하며 주리는 혼자 미소
를 지었다. 가슴이 벅차올랐다.

겨울방학이 왔다.
유난히 눈이 많이 내리는 겨울이었다. 저녁에 창을 열면 유
리구슬 같은 별들이 눈동자 속에 속속 뛰어들었다가도, 아침이
면 어느새 소복이 눈 쌓인 지붕들이 내다보였다.
집 안은 늘 조용하였다.
주경 언니도 전에 비해 훨씬 말이 줄었고 엄마는 진종일 아
빠의 스웨터만 떴다. 바깥바람을 묻혀오는 것은 주순 언니뿐이
었다. 자정이 가까워 들어오면서도 주순 언니의 표정은 갓 핀
철쭉이었다. 싱싱해 보이고 탄력이 있었다.
"이상하다. 주순 언니가 자꾸 예뻐져."
"까닭이 있지."
주경 언니가 조용히 대답하였다.
"무슨 까닭인데?"

"열한시쯤 되면 대문 앞에 나가 망을 봐봐."

망을 본 것은 아니었지만, 우연히 어느 날 주리는 보았다. 문방구에 다녀오던 늦은 저녁이었다. 저만큼 앞서 가는 남녀 한 쌍이 눈에 익었다 싶었는데 골목 한쪽의 어둠 속에 서자 이내 둘이 아니라 한 사람이 되었다. 포옹을 했기 때문이다. 주리의 가슴이 쿵쿵 뛰었다. 마치 자신이 포옹을 하고 있는 기분이었다. 빠르게 곁을 지나치려 힐끗 보았을 때 주리는 비로소 그들이 일수와 주순 언니임을 알았다.

"언니, 포옹을 하면 예뻐져?"

주리가 주경 언니에게 물었다.

"언니가 그랬잖아, 주순 언니가 왜 예뻐지나 알려거든 망을 보라고."

"너 그럼…… 봤구나?"

사랑을 하면 예뻐진다, 라고 주경 언니는 말하지 않았다. 그러나 주리는 주순 언니 때문에 '사랑을 하면 예뻐진다'라는 소박한 진실을 알았다. 사랑은 정말 힘이 세구나, 라고 주리는 생각했다.

겨울이 되면서, 안타까운 것은 할아버지의 건강이었다. 특히 무슨 병에 걸린 것도 아닌데 기침을 자주 하고 식사를 많이 하지 않았다. 밤새 잠을 못 이루는 것 같았다. 주리는 소설책을 읽다가 밤 깊어 할아버지의 힘없는 기침 소리를 들으면 웬일인지 조금씩 조금씩 서러운 기분이 들었다. 그런 날에는 삼십 분이라도 건너가, 할아버지의 다리라도 주물러드리지 않으면 잠이 안 왔다.

"할아버지, 할머니하고 처음 만났을 때 어땠어?"

"가슴이 덜컥 내려앉았지."

젊은 시절의 이야기를 꺼내면 할아버지의 안면에는 보일 듯 말듯 화색이 돌았다.

"초례청 마당에서 처음 봤는데 온통 연지 곤지 찍은 거밖에 안 뵈는 거다. 나는 아예 홍인종인 줄 알았다."

"홍인종?"

"붉을 홍(紅) 말이다."

"후훗, 할머니가 정말 홍인종은 아니었고?"

"암, 난 이제까지 네 할매처럼 고운 피부를 가진 여잘 보지 못했느니라."

"거짓말!"

"에미한테 가 물어보렴. 네 할민 읍내에서 이거였어요."

소년처럼 흡족하게 웃으며 할아버지는 슬쩍 엄지손가락을 쳐들어 보이곤 하였다. 그러다가도 금방 또 풀이 죽었다. 쓸쓸한 그늘이 잔주름마다 켜켜로 내려 쌓였다. 시간은 사랑만 배달해오는 것이 아니었다.

"기운 좀 내, 할아버지!"

안타까워서 주리는 할아버지의 어깨를 쥐어흔들었다.

"내가 뭘 어째서 그러냐?"

"그래도 전 같지가 않단 말야. 쩌렁쩌렁 소리도 지르고 아빠한테 벌도 세우고 그래."

"허어, 그 녀석 참. 늙으면 겨울이 문제란다. 세월에 당할 장사 없지. 암, 없고말고."

"싫어, 그런 소리!"

주리는 할아버지의 허리에 마구 간지럼을 태웠다. 눈물이 날 것 같았다. 할아버진 그럴 때마다 허리를 몇 번 비틀곤 하면서 두 손을 쳐들었다.

"주순이가 요즘 어떻더냐?"

"뭐가?"

"일수 군 하고 말이다."

"그저…… 뭐 잘 나가나 봐."

"봄 되면 짝을 맞춰줘야겠는데……."

"어머. 그럼 할아버지도 찬성이야?"

"나야 첨부터 찬성이지."

"전번에는 반대했잖아. 그 집 할머니가 맘에 안 든다고?"

"주순이가 시집가면 어디 그 할머니하고 둘이 산다든? 일수 군 인사성 바르고 괜찮은 젊은이야. 그 할머니도 성깔이 대쪽

같아 그렇지 경우 하나는 바르고……."

"할아버진 엉터리!"

주리는 또 한 차례 간지럼을 태우곤 했다. 그렇게 서서히 12월이 물러갔다.

정월 초하룻날, 삼수네 가족 전부가 주리네 집에 와서 함께 떡국을 먹을 수 있었던 것은 할아버지의 갑작스런 긴급명령 때문이었다. 할아버지와 삼수 할머니와 아빠와 동창생인 삼수 아버지와 그리고 일수와 주순 언니가 한 상을 받았다. 마치 주순 언니의 약혼식이라도 하는 듯 따뜻하고 단란한 자리였다.

삼수는 세 그릇이나 떡국을 먹었다.

"먹는 거 보니, 현기증 난다."

주경 언니의 핀잔이었다.

삼수는 축구공을 몰고 질풍처럼 달려가듯, 숟갈로 떡을 입 안에 밀어넣고 있었다. 골인, 수도 없는 골인이었다.

슬기는 오지 않았다.

아버지가 근무하는 강원도로 방학을 하자마자 곧 떠났기 때문이었다. 사흘에 한 번쯤은 꼭꼭 편지를 보내왔다. 처음 서너 번은 그냥 받아 읽었는데 그 후부턴 주리도 답장을 쓰게 됐다. 답장을 쓰자 편지는 사흘에서 이틀, 이틀에서 하루 간격으로 오기 시작했다.

편지는 말(言語)이었다.

슬기의 편지가 쌓이는 건 수많은, 그리고 주리만이 알 수 있는 슬기의 언어가 쌓이는 것과 같았다. 차츰 주리는 그 슬기의 언어들이 자신을 집 안에만 붙들어 맨다는 것을 알았다. 스케이트장에도 가지 않고, 영화관에도 가지 않고, 심지어 친구들의 전화가 와도 이 핑계 저 핑계로 외출을 극히 제한했다. 어디를 가도 슬기의 편지를 만나는 일처럼 즐겁고 떨리는 일은 없을 테니까.

삼수네 가족이 떡국을 먹고 가던 초하룻날만은 슬기의 편지가 오지 않았다. 집배원이 쉬는 날이었든지, 그다음 다음 날 한꺼번에 두 통이 배달되었다. 한 장은 그림엽서였고 다른 한 장은 봉함편지였다. 엽서는 눈 내린 설악산의 원경(遠景)을 담고 있었다.

주리는 봉함편지를 뜯어 먼저 읽기 시작했다.

주리야. 오늘은 섣달그믐이야.

난 삼십 분도 넘게 기도하듯 앉아서 손을 닦았어. 닦고 또 닦아내면서 우리들이 가령 시간을 이렇게 닦아낼 수 있으면 얼마나 좋을까 하고 생각했지. 이제 한 이십여 분만 있으면 우린 새로운 시간의 한 페이지를 넘기게 돼. 새해라니, 얼마나 근사한 말이니. 만일에 지구의 공전이 일 년에 한 번이 아니라 백 년에 한 번쯤 있다면, 그래서 낳고 죽을 때까지 한 번도 새해를 맞지 못하는 경우도 생긴다면 아, 우린 얼마나 불행하겠니.

나는 지금 뭣보다도 일 년에 한 번씩 새해를 맞을 수 있게 해준 지구의 공전 질서에 무한한 감사를 드리는 기분으로 있어. 우리가 새해를 갖는다는 건 미지의 한 페이지를 선물 받은 거와 같아. 더구나 살아온 세월보다 앞으로 살아갈 세월이 훨씬 더 많이 남은 젊은 우리들에겐. 그 미지의 새 페이지에 우리가 무엇을, 어떤 모습으로 스케치해낼는지는 아무도 몰라. 우리가 아는 것은, 다만 조용한 기대, 섬세한 떨림을 가지고 발소리 죽이며 다가오는 그 미지의 페이지에 어떤 형태로든 우리의 모습을 스스로 스케치해갈 게 틀림없다는 사실뿐이야.

그게 얼마나 멋진 일이니.

우린 남이 아니라 우리들 자신을 절대 순결한(우린 새해를 아직 살지 않았으니까) 시간의 여백 위에 그리는 거야. 우리들을 우리 손으로 말이다. 그것이 잘된 그림이든 잘못된 그림이든, 크게 문제될 게 없다고 난 생각해. 왜냐하면 잘못된 그림이라도 결국 우리가 그려 넣은 것이고, 그래서 우리에겐 가장 소중할 것이니까.

이제 오 분이야. 오 분만 있음 새해가 와. 난 조용히 창을 열고 당당하면서도 겸손하게, 내 새해를 맞아들일 작정이야.

주리야. 지난해의 페이지엔 네가 있어.

네가 그린 너 자신의 모습이 있는 게 아니라, 내가 그린 네 미완성의 모습이 내 가슴에 있단 말야. 새해에 나는 너의 그림을 과연 어떻게 완성할 수 있을지, 아니 완성을 하기는 할 것인지…… 하지만 뭐 두렵진 않아. 어디에서 뭘 하고 있든 너와 함께라고 난 생각해. 멋진 날들이 될 거라고 믿어.

안녕. 또 쓸게.

— 동해에서, 아담하게 엎드려서 슬기가

주리는 편지를 읽고 또 읽었다. 읽을수록 맑게 열려진 슬기의 지혜로운 눈빛이 선연히 떠올랐다. 동해에 가까운 태백산맥의 한 자락에 엎드려 한 달 내내 별처럼 깨어 있을 그 애가.

"너 요즘 수상쩍다."

주경 언니가 멍하니 앉은 주리를 보고 한마디 던졌다.

"저 봐, 그 말에 얼굴까지 붉히고……."

"관둬!"

"조숙한 게 좋은 건 아니다."

"무슨 말이야, 그건?"

"종전에 네 눈빛이 어땠는 줄 아니? 기다림을 가진 성숙한 여자의 눈빛이었어."

"성숙씩이나."

주리의 목소리가 한 옥타브 퉁겨져 올랐다.

"어머, 얘 좀 봐. 신경까지 예민해졌어."

"사람 그렇게 약 올리면 머지않아 편하지 못할 날이 있을 거야."

"협박까지. 그치만 요즘은 주리 너의 기백도 별거 없더라."

주리는 대답하지 않았다. 입씨름하고 있을 기분이 아니었다.

뜰로 나왔다. 잎 떨어진 은행나무 아래에 할아버지가 우두커니 서 있었다. 마른 나무등걸 같았다. 가슴에 싸하고 바람이 불었다. 시간은 축복도 주고 사멸도 주는 마술사였다. 할아버지에게 시간은 곧 사멸의 슬픔이었다.

대문간에 갑자기 공주가 나타났다.

요즘 들어 부쩍 더 살이 올라 수두꺼비 삼수와 겹쳐놓으면 꼭 '합동'일 것 같은 체구를 뒤뚱거리며 공주는 들어오자마자 얼어붙은 뜨락의 비닐의자에 척 하고 걸터앉았다.

"웬일이니?"

심드렁하니 주리가 물었다.

"요 계집애 좀 봐. 웬일이라니?"

두 팔을 허리에 올리고 공주가 대뜸 시비조로 나왔다.

"뭐 잘못 먹었니, 만나자마자 어미 잃은 새끼호랑이처럼 덤비게."

"터진 입으로 말은 잘한다. 지금 몇신데 외출복도 안 갈아입고 여유잡고 있느냐 그 말이다. 본인의 말씀은⋯⋯."

"시간은 왜?"

"어이구, 저 잡것을 그냥⋯⋯ 아, 지영이네 집 안 갈 거야?"

"참!"

그때야 주리는 어깨를 움찔했다. 지영이 생일이라고 친구들과 함께 모이기로 되어 있던 약속을 까맣게 잊고 있었던 것이다. 공주가 나이 든 여자처럼 혀를 끌끌 찼다. 주리는 서둘러 외출복으로 갈아입고 공주와 함께 거리로 나왔다.

"뭐 선물을 하나 사야지."

"뭘 살까?"

"앨범?"

"맨날 앨범은⋯⋯."

공주가 눈을 하얗게 흘기다가 사내애들처럼 손뼉을 딱 쳤다.

"가리개를 사면 어떠니?"

"가리개?"

"있지, 넌 으뜸부끄러움가리개(팬티)를 몇 개 사고 난 버금딸림부끄러움가리개(브래지어)를 사는 거야!"

"계집애도 참, 고작 그렇게 졸렬한 생각뿐이니?"

"어머! 뭐가 졸렬하니. 앨범이니 만년필이니 하는 흔한 거야. 다른 애들이 다 샀을 게 틀림없고, 여자한테 속옷은 얼마든지 있어도 좋고⋯⋯ 어디 그뿐이니. 그런 선물이야 그 뭐냐, 서로 친밀감을 느끼게 하기 위해서도 그만이란 말야. 누이 좋고 매부 좋고지 뭐니?"

듣고 보니 그럴싸했다. 주리와 공주는 양품점 안으로 들어 갔다.

"사이즈를 몰라 어떡하니?"

"그거야 뭐 내 짐작으로 주리 너하고 똑같은 거야. 히프는 너보다 좀 클는지 몰라도."

공주는 가게 안에서 중세기의 기사처럼 씩씩했다.

선물을 싸들고 '라면' 지영이네 집에 도착했을 때는 약속시간보다도 한 시간이 늦어 있었다. 이미 케이크도 다 자르고, 기타에 맞춰 노래 부르고 있던 아이들이 한두 마디씩 공격의 화살을 퍼붓다가 선물 포장을 풀어놓자 일제히 환호성을 내질렀다.

"어디 한번 가려봐라, 애."

'폐품' 미림이가 브래지어와 팬티를 양손에 하나씩 들고 너스레를 떨었다.

"미림이 네 생일에는 죽으로 사다 줄게."

"난 있지, 뽕이 있어야 돼."

미림이가 자신의 가슴을 싸쥐면서 비련의 여주인공 같은 표정을 해서 까르르 하고 웃음바다가 되었다.

"너 퀸 씨한테 매 좀 맞아야겠다."

자경이가 말했다.

"내가 왜?"

"퀸 씨가 늘 강조하는 게 뭐니. 여러분 나이에는 정직해야 합니다. 거짓이 있다는 건 곧 순수하지 못하다는 뜻과 마찬가집니다. 그렇잖니? 뽕브라라니, 넌 몸으로 거짓말을 하고 있으니 매를 맞아도 싸지 뭐."

"그치만 요즘 퀸 씨 기분이 좋아서 매질까진 안 할 거야."

"기분이 좋아?"

"볼(딸)만 세 개나 던지다가 이번 방학 중에 사모님께서 스트라이크(아들)를 던졌걸랑."

"어머, 어머, 얘 싹수없는 것 좀 봐. 어찌 아들이 스트라이크니? 넌 있지, 여성 모욕죄로 구류감이다."

창밖은 영하의 기온이었지만 이제 막 열일곱 살이 된 가슴들이 뒤섞이는 방 안은 뜨겁게 타올랐다.

"우리도 이제 열일곱이야."

"곧 중년(이학년)이 될 거고……."

"하긴 왜 그런지, 중학교 때처럼 겨울방학이 재미가 없더라, 얘."

"허전하고……."

"외롭고……."

"울고 싶고……."

갑자기 방 안이 조용하게 가라앉았다. 농담처럼 오고간 한두 마디가 각자의 가슴속에 파장이 긴 여운을 남기고 있었다. 허전하고, 외롭고, 울고 싶은 그 모든 것은 어디에서부터 오는 것일까. 왜 가슴은 이리 뜨거운데, 뜨거우면서 비어 있는 것처럼 느껴질까.

"노래나 부르자!"

'라면' 지영이가 짐을 부리듯 말하고 기타를 들었다.

각각 편한 자세로 등과 등을 기대고 앉아서 아이들이 조용조용 기타 소리에 맞춰 노래를 부르기 시작했다. 미지의 시간에 대한 꿈과 가버린 시간에 대한 애처로움이 각자의 가슴속에 흐르고 있었다. 많은 추억을 간직한 1970년대는 다시 오지 않을 것이다. 그것은 어디로 흘러가 쌓여 있게 될까.

"모닥불 피워놓고 마주 앉아서 우리들의 이야기는 끝이 없어라……."

거리엔 하나둘 저녁불이 켜지고, 그 사이로 겨울이 뚜벅뚜벅 고성(古城)의 주인처럼 걸어가고 있었다.

개학이 됐다.

그리고 개학과 동시에 아이들은 또 하나 섭섭한 소식을 들었다. 교장 '들것' 선생님이 정년퇴직으로 학교를 떠난다는 것이었다. 남다른 감회가 주리와 공주의 가슴속에 구름처럼 떠돌았지만 학년말 시험이 곧 시작되었기 때문에, 개학 후 한 주일은 거의 아무 생각도 못하고 지냈다.

"시험 잘 봐, 공주야."

주리가 손을 꼭 잡으며 말했다.

"난 슬퍼 죽겠어."

"들것 선생님 때문에?"

"그것도 그렇고…… 이학년 때 너하고 반이 갈리면 어떡하니?"

"맨날 복도에서 만나 매점으로 데이트 해야지 뭐."

"난 주리 너 없으면 못 살아!"

공주의 눈에는 정말 눈물이 글썽했다.

시험은 그럭저럭 잘 치렀다. '들것' 선생님은 여느 때와 똑같은 모습으로 시험 중의 조용한 복도를 뒷짐을 진 채 천천히 순시하곤 했다. 문제를 풀다가도 주리는 멀어지는 '들것' 선생님의 슬리퍼 소리를 들으면 마음 어딘가에 부연 습기를 몰고 슬픔의 안개가 피어올랐다.

한 주일이 얼른 갔다.

그리고 담임 '퀸' 선생님한테 불려다니며 채점을 한다, 성적 통계를 낸다, 하면서 또 한 주일이 바람처럼 지나갔다.

'들것' 선생님의 퇴임식은 일학년이 끝나는 종업식과 함께 이루어졌다. 유독 아침부터 흐린 날씨였다. '들것' 선생님은 새

하얀 와이셔츠에 검정 싱글을 입고 단상에 앉아 있었다. 마른 목과 주름진 이마와 따뜻하게 가라앉은 두 눈에 교직에서의 외로웠던 외길 사십여 년이 담겨 있었다.

학생 대표가 기념품을 전달하고 나자 '들것' 선생님이 조용히 마이크 앞에 섰다. 추운 날씨였지만 이천여 명의 학생들은 손끝 하나 움직이지 않았다.

'들것' 선생님은 잠시 학생들 쪽을 망연히 내려다보며 겨울나무처럼 서 있었다. 쓸쓸한 바람이 그의 빈 가슴속에 불고 있는 거라고 주리는 생각했다.

참으로 할아버지처럼 따뜻했던 교장 선생님이 아니었던가.

망설이지도 않고 서두르지도 않고 그저 물 흐르듯 오직 교단에서 살아오신 흔적이 표정 하나, 말씨 하나에도 역력히 나타나곤 하던 잊을 수 없는 선생님…… 주리의 눈에는 지난 일 년간 그의 인간적인 온기와 만났던 여러 일들이 환히 살아나고 있었다. 3월이던가, 부반장 지영이와 내기를 걸고 체육조회 때 졸도하듯 쓰러진 주리를 안고 "들것, 들것!" 하고 다급하게 외치던 목소리며, '로키' 선생님을 놀려주려고 준비해두었던 물 대야를 밟고 허둥거리던 모습이며, 공주의 가게에서 계란을 사려고 커다란 가죽 가방을 안고 등교하시던 일이며…… "가방 주세요, 제가 계란 사다드릴게요" 했을 때 교장 선생님은 그랬었다.

"아니다. 처음이니까 내가 직접 가보고 싶구나."

그런데 이제 '들것' 선생님이 떠나는 시간이다. 단지 나이가 들었다는 물리적인 이유만으로, 더 오래 자라나는 우리들과 함께 있음을 원하는데도 쫓기듯 물러서지 않으면 안 되는 것이다. 주리는 입술을 꼭 깨물었다.

"감회가 특별한 날입니다……."

마침내 조금 젖은 듯한 '들것' 선생님의 목소리가 확성기를 통하여 흘러나오기 시작했다.

"그러나 오늘 이 자리에 서서 제일 먼저 떠오르는 것은 지난 가을에 일학년 정반에서 시작된 여러분의 '우정의 계란 운동'이 에요."

학생들의 시선이 주리네 반 쪽으로 소리 없이 건너왔다.

'들것' 선생님은 기침을 한 번 하고 다음 말을 이었다.

"……사십여 년의 교직 생활 중에 그 일처럼 감동적이고 뿌듯한 일은 달리 없었어요. 그 운동은 무엇보다 순수하게 여러분 자발적으로 시작했으며, 둘째로는 단 한 사람도 비협조적인 학생이 없었고, 셋째는 여러분이 사회를 감동시켜 바람직한 열매를 맺었다는 데 그 이유가 있어요. 그래서 지금 여러분에게 내 송별사를 하기 전에 식순에는 없는 한 가지 시상을 하려고 해요. 아니, 이건 시상이라기보다 내 조그만 마음의 표시라고 해야 옳을 거예요. 전체 학생에게 이 조그만 선물을 나눠주겠어요."

'들것' 선생님이 허리를 굽혀 전에 보았던 커다란 가죽 가방을 집어 들었다. 교무주임 선생님이 얼른 부축하려 했지만 '들것' 선생님은 그것을 뿌리치고 손수 단상을 내려와 정반 앞에 섰다. 그리고 가방 속에서 무언가를 하나씩 꺼내 나눠주기 시작했다.

이곳저곳에서 아이들이 수군거렸다.

"계란이야……."

앞에 선 공주가 눈물이 글썽한 눈으로 돌아보며 낮게 속삭였다.

정말, 교장 '들것' 선생님은 가방을 옆구리에 낀 채 한 개씩 계란을 꺼내주며 뒤로 오고 있었다. 아무도 웃는 학생은 없었다. 싱거운 장난처럼 보일 수도 있는 교장 선생님의 단순한 행동이 이천여 학생과 육십여 명의 교사들을 하나로 감동시키고 있었다.

그런데 '들것' 선생님이 정반의 후미까지 갔을 때였다.

갑자기 대열이 잠깐 무너졌다. 교장 선생님이 건네는 계란을 막 받아들며 깨소금 복주리가 그만 기절하여 교장 '들것' 선생님의 품 안으로 쓰러졌기 때문이다. 교장 선생님이 엉겁결에 가방을 떨어뜨리며 주리를 받아 안은 건 물론이었다.

어디 안은 것뿐이냐.

교장 선생님은 햇빛 고왔던 작년 봄의 체육 조회 때와 똑같이 힘겹게 주리를 안아 올리며 "들것, 들것!" 하고 당황하여 외쳤다. 바로 그때, 기절한 듯 보였던 주리의 눈이 반짝 떠졌다. 이슬에 젖은 눈이었다. 아주 짧은 순간, 교장 선생님의 시선과 주리의 시선이 허공에서 만났다.

"안녕히 가세요! 교장 선생님!"

낮고 빠르게 주리가 속삭였다. 아이들이 우르르 몰려와 '들것' 선생님 대신 주리를 안아 들었다. 그러나 아이들은 아무도 주리의 속눈썹에 맑은 이슬방울이 하나 맺혀 있음을 보지 못했다.

주리는 임시로 운동장 뒤편에서 조금 올라와진 등나무 벤치에 눕혀졌다. 아이들이 돌아가고 나자 그녀는 조심스럽게 상체를 일으켜 조례대와 등을 지고 앉았다.

교장 선생님의 목소리가 우렁우렁 건너왔지만 멀어서 그 뜻만은 알아들을 수 없었다. 저만큼 낮은 울타리 사이로 내려다보이는 학교 앞 동네는 골목골목이 텅 빈 채 한낮의 적막 속에 단아하였다.

주리는 고개를 들었다.

앙상하게 마른 등나무 줄기 사이로 눈이 올 듯이 짙은 회색 구름이 내다보였다. 문득 텁수룩한 머리를 한 한 남자의 얼굴이 떠올랐다. 점심때면 곧잘 이 벤치로 나와 앉았던 '로키' 선생님의 모습이었다. 무례한 수두꺼비 때문에 애를 태우던 주리에게

'정공법'을 써서 이길 수 있다고 '힌트'를 주던 자리도 이곳이었다. 주경 언니와의 실연으로 어두운 그늘을 이마에 드러내며 앉아 있던 자리도, 초가을의 햇살을 받으며 배구부 선수들이 땀을 뻘뻘 흘리며 러닝을 하던 모습을 가리키던 자리도 이곳이었다.

선생님은 지금쯤 무얼 하고 계실까.

그 안개 낀 세느 강변을 거닐면서 어쩌면 버림받은 아이처럼 외로워하실지도 몰라. 내가 있었으면 귀여운 연인처럼 선생님의 쓸쓸함을 조금쯤 덜어드릴 수 있었을 텐데…….

주리는 살며시 일어나 늙은 등나무의 줄기에 기대고 섰다.

바람이 불어왔다. 아직은 늦겨울의 시린 바람이었다. 어서 봄이 왔으면. 주리는 생각했다. 봄이 오면 겨우내 움츠렸던 우리들의 의식은 아침 햇빛처럼 신선하게 깨어나겠지. 그리고 무엇보다 하루 앞서 종업식을 끝내고 어제 시골로 떠난 슬기 그 애도 다시 올 것이다. 움트는 3월의, 떨리는 예감을 갖고.

"봄이 오면 산에 들에 진달래 피고……."

주리는 가만가만 입속으로 노래를 불렀다. 외투도 없는 교복 차림이었지만 조금도 추위 따윈 느껴지지 않았다. 가슴속엔 새봄에 대한 애틋한 기다림이 있고, 그리고 그 기다림처럼 희게 깨어나는 열일곱의 청춘이 있었다.

"우리가 새해를 맞는다는 건 미지의 한 페이지를 선물받은 거와 같아……."

새해를 맞으며 보낸 슬기의 편지 구절이 떠올랐다.

"더구나…… 살아온 세월보다도 앞으로 살아갈 세월이 훨씬 더 많이 남은 젊은 우리들에겐 그 미지의 새 페이지에 우리가 어떤 모습으로 스케치해낼는지는 아무도 몰라……."

정말 그래.

주리는 등나무의 줄기를 꼭 껴안아보았다. 그리고 귀를 갖다 대자 나무의 상단을 지나가는 바람 소리가 들렸다. 주리에게 그것은 멀리서 걸어오고 있는 누군가의 발소리처럼 느껴졌다. 슬기의 발소리 같기도 하고, 봄의 발소리 같기도 하고, 어쩜 떨림을 갖고 앞에 와 서는 미지의 새 페이지, 그녀의 열일곱이라는 나이가 밟고 오는 설레는 발소리 같기도 했다.

주리는 등나무를 가볍게 흔들어보았다.

나무는 끄덕도 하지 않았다. 보아라, 난 바람 속에 있다. 등나무가 속삭이고 있었다. 수많은 시간 오직 고집스럽게 바람 속에 서 있으면서도 여름 한 철, 제복의 소녀들에게 그늘을 선물하기 위해서 꺾이거나 부러지는 일없이 고결하게 자신을 절제해온 늙은 등나무……. 주리는 등나무의 차가운 껍질 안쪽에서 지금도 뜨겁게 빨아 올려지고 있을 진한 수액(樹液)을 생각했다. 그 맥맥한 의지의 속살을 생각했다. 그리고 또한 주리는 알았다. 자신은 지금 멀고 먼 인생의 여정(旅程)에 놓여 있으며, 설령 그 여로에 바람 불고 비 내리는 한이 있다 하더라도 숙명처럼 걸어가지 않으면 안 될 거라는 것을…….

공연히 핑 하고 눈물이 돌았다.

운동장에서 박수소리가 들려왔다. 육십오 세의 교장 선생님이 노안에서 흘러내리는 눈물을 닦으면서 단상을 내려오고 있는 중이었다.

작가 후기

『깨소금과 옥떨메』는 아주 오래전, 내가 여자중학교 국어교사로 재직하던 시절 끝물에 썼다. 곧 베스트셀러가 됐고, 당시의 많은 십대들이 너나없이 열광하며 읽고 아껴주었던 소설이다. 지금도 초로의 얼굴을 한 중년부인들을 길에서 만나거나 하면 제일 먼저 곧잘 '깨소금과 옥떨메' 이야기를 한다. 그럴 때 초로의 부인들 얼굴은 한결같이 어떤 판타지에 둘러싸인 듯, 환하고 환한 표정이다.

이 소설을 쓰고 나서 나는 곧 교사생활을 그만두고 전업 작가의 길로 들어섰다. 가난하지만 햇빛처럼 환하던 아이들과 함께 나도 아이들이 되어 보냈던 시절이 행복했었는지, 전업 작가로서 마음속으로 상승과 추락을 반복하며 매일매일 오로지 소설 쓰기에만 매달려 산 그 이후가 행복했었는지는 지금 생각해도 얼른 결론이 나오지 않는다.

내가 그 시절 담임했던 아이들이 곧 이 소설의 주인공이라고 해도 과언이 아닐 것이다. 지금은 폐간된 학생잡지 『여학생』

에 연재했는데, 매달 잡지가 나올 때마다 아이들에게 독후감을 듣고 그 시대 아이들만 쓰던 '은어'를 취재해 모으고 하던 일이 상기도 눈에 선하다. 나 혼자 썼다기보다 아이들과 함께 썼다는 느낌이 든다. 오래 묵은 책이라 재출간을 망설였으나, 끝내 버릴 수 없었던 것은 그런저런 추억이 많은 소설이기 때문이다.

그때 그 햇빛 같던 소녀들은 지금 모두 어디에서 무엇이 되어 있을까.

만약 이 책을 읽는 당신이 십대라면, 당신의 어머니가 이런 학창시절을 보냈다고 여기면 된다. 다시 읽어보았더니, 가난했지만 봄꽃처럼 눈부시던, 샘물처럼 맑던 그 시절의 아이들이 너무도 그립다. 당신의 학창시절이 더 충만한가, 이 소설에 그려진 당신 어머니의 학창시절이 더 충만한가, 비교해보는 것도 좋을 것이다. 시간이 아무리 흘러도 십대가 간직한 영혼의 순결성과 그 맑고 환한 빛은 여전하다고 나는 믿는다. 지금 당신의 영혼이 이 소설 속의 소녀들 같았으면 참 좋겠다. 삼월의 햇빛 같은. 사월의 봄꽃 같은. 아니 마르지 않고 언제나 맑은 물이 흘러 넘치는 우물 같은.

박범신